MÁS ALLÁ DEL DEL CARACOL

MÁS ALLÁ DEL CARACOL

DANIEL ATIENZA

nowtilus

Colección: Narrativa Nowtilus
www.nowtilus.com

Título: Más allá del caracol
Autor: © Daniel Atienza

Copyright de la presente edición © 2009 Ediciones Nowtilus S. L.
Doña Juana I de Castilla 44, 3º C, 28027 Madrid
www.nowtilus.com

Editor: Santos Rodríguez
Coordinador editorial: José Luis Torres Vitolas

Diseño y realización de cubiertas: Opalworks
Diseño del interior de la colección: JLTV
Maquetación: Claudia Rueda Ceppi

ISBN 13: 978-84-9763-723-7
Fecha de publicación: Abril 2009

Printed in Spain
Imprime: Lavel Industria Gráfica
Depósito legal: M. 11.352-2009

Para mis padres,
Jerónimo y Caty,
por haberme enseñado a vivir.

Y, por supuesto,
para ti, Yeyo,
por haberme enseñado a soñar.

ÍNDICE

¡Cómo te pareces al agua, alma del hombre!
¡Cómo te pareces al viento, destino del hombre!
JOHANN W. VON GOETHE

Queda prohibido llorar sin aprender,
levantarte un día sin saber qué hacer,
tener miedo a tus recuerdos.
PABLO NERUDA

Definitivamente, el tiempo se va.

No importa lo mucho o lo poco que hayamos vivido, lo cerca que creamos estar de cuanto hayamos buscado durante toda una vida, o lo convencidos que estemos de tener aún cosas pendientes de hacer. Porque, al final, y a pesar de todo, de absolutamente todo, lo único seguro es que el tiempo, simplemente, se va.

Y no se va a hurtadillas, ni se va de improviso, ni se va sin avisar. Muy al contrario, se va pesadamente, casi con pereza, goteando cada uno de sus recuerdos.

Así es, ahora sé que al final, y a pesar de todo, de absolutamente todo, lo único seguro es que el tiempo, simplemente, se va. Y, con él, se van las dudas, se va la tristeza, se van las ganas de huir...

Nunca pensé que morir sería así.

Siempre creí que sería algo terrible y doloroso; que sombras atroces me congelarían el alma y empaparían mi memoria de temor.

De hecho, siempre he temido a la muerte. La he temido tanto como he temido al paso del tiempo. La he temido y, a la vez, la he respetado, como he respetado al destino, o he respetado al mar. No en vano ha sido una constante irrefutable y, en ocasiones, incluso absurda, en mi vida, que finalmente ha venido a buscarme de la única manera en la que, hasta hace apenas unos meses, jamás creí que me pudiera encontrar.

Resulta que estaba equivocado.

No hay sombras atroces, no hay temible oscuridad, no hay dolor.

Solo hay silencio.

Silencio y recuerdos.

Recuerdos y ausencias.

Y no tengo miedo.

Junto a mi cama veo a mi hija, a mi pobre hija, llorando sobre mi mano mientras Jaime acaricia su densa melena.

No, no es por ellos por los que no tengo miedo. Ni por la mirada compasiva y tristísima con la que Pablo me observa, a la vez que roza la espalda de mi hermano con la punta de sus dedos. Ni por Mónica, o por Fran, que permanecen abrazados al otro extremo de la habitación, frente a la ventana cerrada más allá de la cual muy pronto nacerá un nuevo día que ya debe clarear sobre el trocito de playa en el que solía recibir cada amanecer con María, dibujando nuestras huellas a lo largo de una orilla que nunca parecía acabar de despertar. Ni, por supuesto, por los impertinentes agentes de policía, que perseveran en sus toscas preguntas tratando de averiguar por qué todo ha tenido que terminar así, aun con la convicción paulatina de estar ante un final que, en el fondo, no ha sorprendido a nadie que me conociera de verdad, o que pudiera llegar a intuir, al menos, lo que ella significaba para mí.

No, pese a todo, no tengo miedo.

Ni siquiera al oír ese sonido recién escapado del extraño aparato al que permanezco unido por interminables venas de plástico. Ni cuando la enfermera que me ha atendido estas últimas horas se abalanza sobre mí con los ojos muy abiertos, y trata de escudriñar este agotado corazón mío que en breve dejará de latir. Ni cuando Jaime separa a mi hija de mi lado y la aprieta contra su pecho con la misma determinación y la misma dulzura con la que, hace muchos años, yo le abrazara a él, tras la muerte de nuestra madre.

En una ocasión escuché que, al morir, lo único que no nos llevamos es el amor que no hemos dado. No sé, es posible que esto sea cierto, y que todo lo demás venga conmigo, pero ahora solo puedo pensar en ella: en su olor, en su calor, en su confianza, en su sonrisa.

Eso es, ahora solo puedo pensar en ella, y en su sonrisa, y no tengo miedo.

Quién sabe, quizá el final no sea como siempre he creído.

Quizá, después de todo, María estuviera en lo cierto.

Quizá todavía pueda cumplir su promesa.

Quizá haya encontrado uno de sus grandes milagros, esos que estaba segura nos rodean constantemente, por más que nunca los sepamos reconocer justo a nuestro lado; puesto que, como ella solía decir, a fin de cuentas los grandes milagros son tan pequeños que apenas se ven...

PARTE I

UN COMIENZO

I

—¡Papá! ¡Papá, mírame!

La niña sacude la cabeza, como si pudiera así alejar de ella el dolor, y vuelve a dejarla caer sobre la mano de su padre, comenzando de nuevo a llorar.

Jaime acaricia sus densos cabellos, mientras parece sacudir también la cabeza. Se mantiene en silencio y no llora. Sabe que no debe hacerlo, por la pequeña, aunque siente las lágrimas, ásperas y rasposas, abrasándole la garganta.

Detrás de él, a un metro escaso de Pablo, frente a la ventana cerrada, la hermana de María solloza desconsolada sobre el hombro de Fran, que trata de protegerla de la desesperación y de la tristeza rodeándola entre sus brazos, a la vez que le susurra algo al oído con unos labios acostumbrados a reír, y que ahora apenas pueden contener el llanto.

Inesperadamente, uno de los extraños aparatos a los que David permanece conectado emite un sonido hosco y continuo, al que su hermano reacciona de inmediato retirando a la niña del lado de su padre y apretándola contra su pecho, que hace horas siente a punto de estallar.

Mira a David.

Le mira a los ojos, unos ojos oscuros y profundos de los que lentamente, muy lentamente, desaparece la luz.

Y, sin saber muy bien por qué, piensa en ella: en su olor, en su calor, en su confianza, en su sonrisa.

Y sonríe.

De repente, Jaime sonríe.

Sin motivo, sin razón, casi sin querer.

Solo sonríe, convencido de que, a pesar de todo, no está sonriendo solo.

II

"Definitivamente, el tiempo se va".

David no entiende por qué, pero esta idea emerge con fuerza desde algún lugar impreciso e irreconocible de su cabeza, como si, de nuevo, sus pensamientos hubieran aprendido a discurrir sin contar con él.

"No importa lo mucho o lo poco que hayamos vivido, lo cerca que creamos estar de cuanto hayamos buscado durante toda una vida, o lo convencidos que estemos de tener aún cosas pendientes de hacer. Porque, al final, y a pesar de todo, de absolutamente todo, lo único seguro es que el tiempo, simplemente, se va".

No quiere luchar más.

¿Para qué hacerlo?

Decide dejarse llevar por el inesperado tropel de sus cavilaciones, abandonándose al cansancio y a la profunda somnolencia que, de improviso, le embargan.

Nunca pensó que morir sería así.

Siempre creyó que sería algo terrible y doloroso; que sombras atroces le congelarían el alma y empaparían su memoria de temor.

Ahora se muere y, en contra de lo que siempre había imaginado, no tiene miedo.

Desvía la mirada hacia su hija. Contempla cómo le roza la mano con su mejilla, convulsionada por un llanto seco y silencioso, contenido y desgarrado, que solo puede brotar de unos ojos acostumbrados demasiado pronto y demasiado deprisa a sufrir; y es entonces cuando una repentina opresión le conmueve momentáneamente el corazón.

No, no va a arrepentirse de nada.

No tiene sentido.

Además, ha hecho lo que tenía que hacer, y sabe que ella, tarde o temprano, lo entenderá.

Suspira imperceptiblemente, sin dejar de mirarla.

¡Es tan hermosa! Tanto como lo era su madre, sobre todo cuando se mordisqueaba el labio inferior con la punta de sus dientes cada vez que no sabía qué decir, o cuando inundaba su rostro con esa inolvidable sonrisa suya en la que siempre pensó que podría llegar a ver sonreír al mar.

Su madre.

Su sonrisa.

Ella...

Así, sin más, desaparecen las dudas, mientras siente la llamada de la muerte reclamándole desde algún lugar más allá de su atormentada realidad. Y comprende que es una llamada que no puede ignorar.

Lentamente, todo desaparece tras el recuerdo de María, y de su sonrisa, a la vez que trata de despedirse, con una última mirada, de su hermano: lo único que le queda de un mundo grande y pequeño, complicado y sencillo, enloquecido y maravilloso, que hace años ha dejado de existir.

Ya solo hay silencio.

Silencio y recuerdos.

Recuerdos y ausencias.

Y, por supuesto, una secreta y renacida esperanza.

***

De repente, una luz cegadora y de intensa blancura deslumbra sus ojos.

Silencio.

Silencio y luz mientras, poco a poco, desaparece el mundo entero a su alrededor.

Desaparece su hermano Jaime, su querido hermano Jaime, con el que nunca necesitó hablar para poder entenderse. Desaparece Pablo, su tenaz marinero sin mar, en quien una vez descubrió que el amor no entiende de atajos, ni el corazón de disfraces. Desaparece su hija. Desaparecen Mónica y Fran. Desaparece aquella habitación de hospital. Desaparecen las presencias y las imágenes. Desaparecen las formas y los colores... Todo lo devora la intensa claridad que, de repente, le rodea.

Él mismo comienza a desvanecerse dentro de la luz, como si fuera una gota de lluvia que, sumisa y reverente, se disolviera en la inmensidad del océano, junto con otras gotas de lluvia que una tempestad desbocada arrojara en él.

"Quién sabe, quizá el final no sea como siempre he creído".

Ni siquiera puede ya razonar con normalidad.

Siente cómo se deshacen también sus pensamientos, su realidad, incluso su esencia más irrenunciable parece disiparse en la nada, hasta que se reconoce como un enorme vacío de luz.

Porque ahora solo existe la luz, dentro y fuera de él.

Una luz absoluta e insaciable que le llena de nuevo de temor, y de una irrefrenable necesidad de huir.

Solo la luz existe ahora.

Solo el silencio, el vacío y la luz.

***

—David...

Ha oído una voz. O eso cree.

Ha oído una voz surgiendo de la luz, formando parte de ella.

—David...

Ha vuelto a escuchar la voz. Ha vuelto a oírla, lejana e impersonal, llenando el vacío que le rodea.

—¡David!

Ha oído, de nuevo, la voz. La ha vuelto a oír, igual que vuelve a oír sus propios pensamientos.

Pero, ¿de qué se sorprende?

Él existe. De eso está seguro.

Porque puede pensar, y puede recordar.

Y quien puede pensar, y puede recordar, existe.

Entonces, si él existe, también podría existir alguien más allí.

De pronto, una sombra borrosa e informe surge de la luz, tiñendo un trocito de su nueva realidad.

—David...

La voz resuena esta vez mansa y despejada, emergiendo de aquella sombra que ha surgido de la luz.

No hay duda: la voz existe.

La sombra existe.

Por lo tanto, aquel desierto absoluto de silencio y de luz no puede ser real.

En el preciso instante en que piensa esto, comienza a sentirse como una sombra ajena a la luz, y ajena a un vacío en el que acaba de decidir no puede creer.

Una sombra capaz de pensar, de recordar, de hablar.

—¿Quién eres?

—Me conoces, David. Has venido a buscarme, como yo he venido a buscarte a ti.

—¿Eres la Muerte?

—¿La Muerte? —repite aquella voz—. No lo sé, supongo que soy quien tú quieras que sea. Es lo más justo que te puedo ofrecer, después del viaje que has hecho para encontrarme.

La sombra se perfila un poco más, sin llegar a alcanzar ninguna forma concreta.

—Estás cambiando.

—No exactamente, me estás haciendo cambiar tú. ¿No lo entiendes? Soy quien tú quieras que sea. Solo tienes que darme un nombre, que buscar en tu memoria, que creer, y este absurdo vacío desaparecerá de nuestro lado.

Sí, es la Muerte.

Tiene que ser la Muerte.

Únicamente la Muerte podría estar allí, junto a él, en aquel apabullante yermo de luz.

—¡Las manos! ¡Puedo verte las manos!

—¡Eso es, David! —exclama la voz—. Búscame en lo más profundo de tus sueños. Búscame en tus recuerdos.

Despacio, el vacío comienza a desmoronarse, igual que si pudiera derretirse la luz, bosquejándose en torno suyo cientos de sombras que, tan pronto David las reconoce, se manifiestan en la plenitud de su infinito abanico de matices y colores, como si siempre hubieran estado allí, con él, en aquel vacío en el que llegó a pensar que nada podía existir.

La voz tiene razón: solo debe buscar en sus recuerdos...

***

Una luna redonda y blanquísima cuelga ahora sobre él, en el cielo, iluminando una noche brillante y transparente que acaba de rescatar del silencio y de la luz.

Y ahí está el mar.

Ha buscado en sus recuerdos, y en ellos ha encontrado el mar.

Y ha encontrado aquella luna redonda y blanquísima, y aquella arena fina y suave, y aquel inconfundible aroma a brea y sal que persiste invariablemente unido a su primera y más entrañable memoria.

Se halla de nuevo en su pequeña cala, en su insignificante trocito de océano, rodeado por las mismas rocas corroídas y medio enterradas entre las que pasó gran parte de su corta infancia imaginando, con Jaime, las aventuras más descabelladas que le pudieran inspirar los libros que por aquella época devoraba sin cesar, o apurando las últimas horas del ocaso esperando ver pasar frente a ella la silueta del barco pesquero de su padre, o el de su hermano Antonio, confiando descubrir, colgando de sus redes, algo similar al primer rayo de sol.

Una cala solitaria y recogida en la que solía también recibir cada mañana el amanecer junto a María, trazando con sus huellas confundidas un camino que en seguida se fundiría con los insolentes vaivenes de la pleamar. Una cala inolvidable y viva en la que el océano parecía querer ocultarse del abrupto acantilado que hería a las aguas un poco más allá, y que siempre pensó que debía de ser el lugar más hermoso de la tierra. Tanto que, de niño, estaba seguro de que allí debía bajar a bañarse Dios; porque, de niño, estaba seguro de que Dios sabía nadar.

A su lado, a dos o tres metros del rompiente de las olas, ve a un anciano delgado, de rostro sereno, cabellos parcos y canosos, y unos ojos oscuros y profundos que permanecen clavados en él.

David lo contempla atentamente, sin poder reprimir una insólita mezcla de alivio y turbación aferrada a su cabeza.

Nunca pensó que la Muerte sería así.

Siempre creyó que sería algo terrible y pavoroso; que le petrificaría la sangre con solo mirarla a los ojos.

Pero David mira a aquellos ojos oscuros y profundos y se siente, sin embargo, en paz, experimentando la extraña sensación de hallarse, de nuevo, en casa. Y hace mucho tiempo que no se siente en paz, como hace mucho tiempo que no se siente en casa.

—Estamos en...

—Sí —le interrumpe su inesperado compañero—. Te dije que solo tenías que darme un nombre, que buscar en tus recuerdos, y esto es lo que has encontrado: lo que has querido ver.

David se vuelve hacia el mar, con el corazón palpitándole más y más deprisa dentro del pecho.

—Entonces, ¿esto es todo? —pregunta, desintegrando las palabras hasta convertirlas en poco más que un hilito de voz—. ¿No hay... más?

El anciano, o la Muerte, según acaba de darle un nombre, queda en silencio, también observando el océano.

"No...", piensa David.

Aquello no podía ser todo.

Ella debería estar allí, con él, esperándole.

—La echas mucho de menos, ¿verdad? —asevera la Muerte, de improviso.

David contiene un estremecimiento, cayendo en la cuenta de que aquel personaje debía saberlo todo acerca de él.

—Y creías que ibas a recuperarla aquí —concluye.

—Supongo que sí.

—En fin, eso ya no importa —afirma, acercándose un par de pasos—. Ahora tenemos que irnos.

—¿Irnos, adónde?

—¿Aún no lo entiendes? Todo esto no es más que una ilusión; un sueño, dentro del sueño absoluto de la muerte.

—¡Entonces quiero soñar con ella! —le interrumpe—. Quiero volver a verla. Volver a verla sonreír.

La Muerte adopta un gesto más serio.

—Lo siento, no es tan fácil. Esto es lo que has querido ver, lo que has decidido encontrar en tus recuerdos, y nada puede variar eso.

—¿Ni siquiera yo?

—Me temo que no. Ten en cuenta que has sido precisamente tú quien ha decidido rescatar cuanto nos rodea de tu memoria, quien me ha llamado Muerte, y quien ha querido que nadie más estuviera junto a ti.

—¡Pero no puede ser! Esto no debería ser así. Ella me prometió que estaría aquí.

—Por favor, trata de ser razonable, y de aceptar las cosas tal y como son. ¿No comprendes que no puedes rebelarte contra lo que te está ocurriendo, contra tu destino, contra tu propio final? Y, mucho menos, después de los terribles acontecimientos que te han traído hasta mí.

El Viajero agacha instintivamente la vista, dejando la mirada fija en las olas moribundas que rozan sus pies.

El anciano tiene razón.

No puede rebelarse contra su destino.

No, después de cómo ha acabado todo.

Aun así, no puede evitar que vuelvan aquellos sentimientos de los que creía haber escapado para siempre, oprimiéndole la garganta hasta hacerle prácticamente imposible respirar.

Porque vuelve la angustia, vuelve la rabia, vuelven las ganas de huir.

—Venga, David, es la hora —insiste la Muerte—. Debemos partir.

—¡Es que no lo entiendo! —repite—. Ella debería estar aquí, conmigo.

De nuevo, suspira.

Un suspiro dócil y ligero que termina difuminándose en el monótono susurro del viento, proveniente del mar.

—Ella debería estar aquí...

—¡Esta conversación es absurda! —le ataja el anciano, encrespando levemente la voz—. ¿Cómo puedes estar tan seguro de que esto no debería ser así, o de que ella debería estar aquí, con nosotros?

—No lo sé; supongo que es una de esas cosas que sabemos sin más, y sin que en ellas podamos estar equivocados.

—Vamos, David. Tú más que nadie deberías comprender que todos podemos equivocarnos, incluso en aquello en lo que parecía imposible que pudiéramos hacerlo. Si no, ¿cómo se explica que cometieras el que, sin duda, fue el mayor error de toda tu vida?

El Viajero se vuelve hacia la Muerte, reencontrándose con sus penetrantes ojos oscuros, que permanecen fijos en él.

—¿Qué quieres decir?

No responde.

—¿Te refieres a lo que sucedió aquí, en esta misma playa?

—No insistas, muchacho. No es el momento, ni es el lugar.

—Por favor, dímelo. Necesito saberlo.

—¿Y por qué lo necesitas?

—No estoy seguro. Quizá es, simplemente, que preciso respuestas. Convencerme de que no tuve otra alternativa; de que todo lo he hecho por amor, y solo por amor.

—Ya deberías tener claro todo eso, como deberías estar convencido de los sentimientos y de los motivos que te han traído hasta mí.

—Pues no lo estoy.

—Pero comprendes, al menos, las consecuencias de tus últimas decisiones, ¿no es cierto? Y comprendes la gravedad y la trascendencia de cuanto hiciste, y de la manera tan horrible en la que decidiste venir a buscarme.

—Por supuesto que sí… bueno, quizá no del todo. Solo sé que ella debería estar aquí, conmigo, y que esto no debería ser así. Aunque me imagino que nada de esto tendrá sentido para ti; que creerás que me estoy volviendo loco.

—Al contrario —contesta, extrañamente sobrecogido—. Tiene mucho sentido. Mucho más del que puedas, siquiera, imaginar. De hecho *todo tiene, ahora, sentido*.

En este momento se queda unos segundos pensativo, atando las palabras a un silencio repentino, y perdiendo sus pupilas en la visión del mar nocturno y sosegado que se abre ante ellos. Unos segundos eternos en los que el Viajero vuelve a experimentar la indefinible sensación de que el tiempo pudiera tornarse denso y translúcido al pasar a su lado, como le pasara años atrás, al contemplar por última vez el mar junto a todos sus hermanos.

—¿Por qué no? —dice, al fin, el anciano, sonriéndole con una sonrisa familiar y cercana que, por un instante, le recuerda a David otra sonrisa familiar y cercana que creía haber olvidado por completo—. Verás, voy a proponerte algo: una pregunta, y una recompensa.

—¿Una pregunta y una recompensa?

—Eso es, una pregunta para la que existe una única respuesta correcta, y que, si eres capaz de encontrarla antes del amanecer, te permitirá elegir el camino a seguir tan pronto termine esta noche que has rescatado de la nada, de tu memoria y de la luz.

—¿Me estás diciendo que me harás una pregunta, y que, si soy capaz de darte la respuesta correcta antes de que termine la noche, yo mismo elegiré mi camino más allá de la muerte?

—Exacto. Justo eso es lo que te acabo de proponer.

—¿Y qué perderé si no acierto?

—Nada que no hayas perdido ya. Si no aciertas, tendrás que aceptar lo que el destino tenía preparado para ti. Aceptar lo inevitable.

—Pero, ¿por qué quieres hacer algo así? ¿Y por qué precisamente conmigo?

—Eso no importa. Confía en mí, accede a mi propuesta, y estoy seguro de que antes de que salga el sol entenderás qué es lo que está ocurriendo, como seguro estoy de que será entonces, por más que antes llegues a convencerte de lo contrario, cuando tendrás que tomar la decisión más difícil, y más trascendente, de cuantas hayas tomado en toda tu vida.

David humedece, indeciso, sus labios.

—No sé qué decir. Todo esto es tan extraño.

—Pues dime que sí. Piensa que, bien mirado, no tienes nada que perder, salvo un poco de tiempo, y tiempo es lo único que te queda.

—Ahí no te equivocas. Sin duda, tiempo es lo único que tengo ahora. ¿Cuáles son las reglas?

—Apenas las hay. Antes de que amanezca deberás darme una respuesta y, en el caso de que esta sea la que espero escuchar, decidir cuál quieres que sea tu destino más allá de esta playa.

—¿Eso es todo?

—Eso es todo. El resto dependerá exclusivamente de ti.

—¿Y cuál sería la pregunta?

—Creo que ya la debes sospechar: tendrás que decidir cuál ha sido el mayor error de toda tu vida.

—¿El mayor error de toda mi vida? He cometido muchos errores a lo largo de mi vida. Al fin y al cabo, en eso consiste vivir.

—Desde luego, pero has cometido un único gran error, del que derivan todos tus demás errores. Y ese error es, justamente, el que debes buscar para mí.

—No existe tal error. No existe una respuesta a tu pregunta.

—Sí que existe, te lo aseguro. Y es más sencilla de lo que te puedas imaginar.

David traga saliva, se palpa la mejilla con la palma de la mano, y se aproxima a una roca situada a varios metros del agua, apoyándose en uno de sus salientes.

—¿Qué se supone que debo hacer para encontrarla?

El anciano se sienta en la arena, frente a él.

—No tenemos prisa. No todavía. Háblame de ti, de tus recuerdos, de tus secretos, de tus sueños… Ten en cuenta que lo que buscamos puede estar en cualquier parte, cuando no sabemos qué es lo que estamos buscando.

El Viajero observa brevemente el cielo, limpio y estrellado, para volver a mirar a aquel personaje que, atento y expectante, le contempla.

—Venga, David, hazme caso y acepta lo que te propongo, aunque solo sea por curiosidad.

—Está bien —consiente, tras una prolongada reflexión—. Cierto es que nada tengo que perder. Intentémoslo, anciano, y veamos adónde me llevan tus palabras.

La Muerte asiente, con satisfacción.

—Magnífico... Ya verás cómo no te arrepientes de la decisión que acabas de tomar.

David vuelve a reposar la espalda sobre la rugosa frialdad de la roca que le sirve de apoyo.

Se siente azorado, confuso. Y, a pesar de ello, va a hacerlo.

¿Por qué no?

Realmente, no tiene nada que perder.

Además, ¿y si el anciano tuviera razón? ¿Y si pudiera volver a verla, tan solo encontrando una respuesta para él?

Después de todo, lo único que le pide es que decida cuál ha sido el mayor error de cuantos ha cometido en su vida; que le hable de sus sueños, de sus secretos, que recuerde su historia para él.

Y nada hay más sencillo, ni más intranscendente, que recordar.

PARTE II

RECUERDOS

III

Mis primeros recuerdos están repletos de mar.

Nací en un pequeño pueblo pesquero orillado a la vera del Estrecho de Gibraltar, allá donde el Océano Atlántico y el Mar Mediterráneo se confunden en una sorprendente explosión de arena y sol.

Un pueblo blanco y marinero, de calles diminutas y casas encaladas que parecían haberse desprendido de alguna de las perezosas nubes que rara vez cubrían el cielo, constantemente teñido de un azul profundo y doloroso.

Un pueblo apenas colgado sobre las aguas y las mareas, y perpetuado en un inconfundible aroma a brea y sal, en el que nunca parecía cambiar nada. En el que todos los domingos repicaban a la misma hora las afónicas campanas de la iglesia de San Julián, que siempre me dio la sensación de estar fijada a la tierra por larguísimas raíces de piedra. En el que los ancianos dormitaban horas enteras bajo la precaria sombra de los naranjos, apoltronados en alguno de los bancos de la plaza de San Cristóbal. En el que frágiles barcos pesqueros zarpaban cada amanecer del puerto al que nuestra casa se adhería como si formara parte de él, adentrándose más y más en un mar aún somnoliento que pronto vestiría sus mejores galas para ellos. En el que las prisas no existían, y el futuro carecía de importancia.

Porque nací en un pequeño pueblo blanco y marinero en el que el tiempo parecía dormitar también, enredado en cada una de sus esquinas.

Y mis primeros recuerdos están repletos del bullicio de la lonja, donde la cofradía de pescadores subastaba a la baja las piezas recién desembarcadas, expuestas en grandes tarimas azules.

Y de prolongadas sobremesas compartidas con viejos marinos sin fortuna, de los de remo y patera, para los que siempre teníamos un plato caliente y un vaso de vino en nuestra mesa, que solían agradecer contándonos hermosas historias de épocas pasadas, como aquellas en las que nos relataban sus años mozos, cuando todavía era posible salir las noches sin viento a pescar las corvinas *al ronquío*, antes de que, a fuerza de sortear trasmallos, arrastres, cercos y palangres se vieran forzadas a refugiarse en la seguridad de las muchas brazas, donde cada vez les resultaría más difícil capturarlas sin recurrir a alguno de esos modernos artilugios que ninguno de ellos sabía utilizar.

Y, por supuesto, mis primeros recuerdos están repletos de mi padre.

Mi querido padre.

Mi padre era un hombre silencioso y de profunda bondad; de hosco aspecto y ásperas maneras que escondían un corazón hermoso y libre, como el mar, en el que gastó toda su existencia, vaciando en él hasta la más irrenunciable de sus fuerzas.

Mi padre era un hombre especial. Un hombre sin miedo a la vida, capaz de mirarla fijamente a los ojos y de resistir sus envites sin desviar la mirada. Un hombre sincero y generoso, dispuesto a entregar incluso sus más ocultos anhelos por amor, y solo por amor.

Mi padre era un hombre bueno.

Es curioso, pero ahora apenas puedo recordar su rostro y, sin embargo, recuerdo perfectamente su olor.

Su profundo olor a mar.

Como recuerdo el delicado calor de su mirada, o la honda emoción que me embargaba cuando, antes de embarcar, en el mismo borde del espigón de piedra, me abrazaba con fuerza y me susurraba al oído: "Hasta la vista, *Sardinita*. Me voy a pescar el primer rayo de sol para ti".

"El primer rayo de sol".

Jamás me planteé si existía o no aquel mágico destello, ese primer resplandor del día del que necesariamente debe nacer la luz. Pero creía que mi padre partía de nuestro lado para tratar de atraparlo, y estaba seguro de que, si alguna alborada llegaba a encontrarlo, aquel hombretón se lanzaría en su búsqueda y no desmayaría hasta tenerlo enredado entre sus redes para mí; y esta certeza me hacía sentir invencible, sin miedo a nada, en paz.

Porque apenas puedo recordar su rostro, pero recuerdo perfectamente cuánto le quería.

Y eso que solo tenía seis años cuando mi padre murió en el mar.

Lo cierto es que, por más que lo he intentado, nunca he sido capaz de reconstruir con precisión el instante en que descubrí que se había ido de nuestras vidas para siempre.

Solo recuerdo la tristeza.

La soledad.

El dolor.

Las ganas de llorar.

Corrí a encerrarme en el dormitorio que en aquellos años compartía con Jaime, de algún modo convencido de que únicamente en él podría esconderme de los sentimientos y de los recuerdos que ardían y estallaban, áridos y brutales, en mi cabeza; o de que exclusivamente en la protección de aquellas paredes colmadas de sueños comunes podría engañar al tiempo y volver a reunirme con mi padre, aunque fuera por una fracción de segundo, para permitirle que me empapara de nuevo en su olor. Su profundo olor a mar.

—No llores, *Sardinita*. No llores, por favor —era Antonio, mi hermano mayor, que me había seguido hasta allí—. Ven aquí, mi vida.

Me aupó con sus fuertes brazos y se sentó conmigo en la cama, recostándome sobre su regazo.

—Vamos, *Sardinita*, deja de llorar. Papá no se ha ido del todo. Está en algún lugar del mar, tratando de pescar el primer rayo de sol para ti.

Secó mis mejillas con la caricia de sus dedos, sin apartar de su rostro esa sonrisa franca y templada con la que impregnaría para siempre el perfume de mi memoria.

—Cuando te sientas solo, cuando le eches de menos, mira al mar, al romper la mañana, y busca la primera luz del día. Allí estará papá, cuidando de ti.

Desvió su atención hacia la puerta, desde donde Jaime nos contemplaba en silencio.

—Allí estará papá —repitió—, cuidando de todos nosotros.

Jaime se acercó, y nos abrazó.

Yo también les abracé, a ambos, a la vez que comenzaba a recuperar la serenidad en mi respiración.

Ya no me sentía solo.

De hecho, pasaría mucho tiempo hasta que volviera a sentirme solo.

Y, desde luego, nunca más volví a llorar por mi padre.

***

Sí, anciano, mis primeros recuerdos están repletos de mar.

Y de aquel pueblo pesquero.

Y de mi padre.

Y de mi madre.

Mi madre era una mujer menuda y delicada y, aun así, fuerte, muy fuerte. Con esa fuerza incoherente e inmensurable que suele nacer de la resignación, del dolor y, sin duda, de un corazón tan grande que nunca comprendí cómo podía caber en un cuerpo tan pequeño.

Mi madre no tuvo una vida fácil. No pudo tenerla en una familia como la nuestra, condenada a la pobreza, a la escasez y al vacío insoportable de un porvenir mejor. Y, a pesar de ello, jamás la oí quejarse, ni una sola vez, como jamás la oí llorar por mi padre.

Es más, creo que jamás oí llorar a mi madre, ni le escuché siquiera una sola palabra de resentimiento, reproche o rebeldía difuminada más allá de su inmutable buen humor. Muy al contrario, siempre tenía en los labios una sonrisa que, al menos, parecía sincera, un beso próvido y limpio capaz de cubrir cualquiera de las carencias que constantemente nos abrumaban, o una frase de aliento que bastaba para hacer añicos hasta la más infranqueable de cuantas murallas pretendiéramos levantar entre nosotros y ella.

Porque mi madre siempre estuvo incondicionalmente a nuestro lado, vigilando la presencia de gestos tristes y dubitativos, de respuestas evasivas y autocomplacientes, de secretos que escondiera el corazón y escaparan por los ojos, o de esos mensajes invisibles que solo saben ver las personas acostumbradas a mirar.

Y siempre pudimos contar con ella.

Yo pude contar con ella, por ejemplo, cuando comencé a tener los primeros problemas en el colegio.

Verás, yo era un niño tímido y retraído. Hasta creo que podría decirse que era un niño extraño, diferente. Un niño reservado y solitario, permanentemente ensimismado en complejas reflexiones y sentimientos contradictorios que me quedaban decididamente grandes, y que me impedían relacionarme normalmente con mis compañeros de clase, como me impedían avanzar con ellos.

La directora de la Escuela Municipal a la que asistíamos Jaime y yo, la única que por aquel entonces había en el pueblo, no tardó en llamar a mi madre.

Le pidió que la acompañara a su despacho, una habitación sucia y umbría, con muebles viejos y un desagradable olor a rancio, y la observó indecisa unos segundos, sin estar segura de cómo abordar un asunto que, estaba convencida, haría trizas su corazón. Otra desgracia que añadir a la muerte de su marido en aquel terrible naufragio que había conmovido a toda la región.

Ella obedeció sumisa, resistiendo la compasiva mirada de aquella señora que, finalmente, optó por ser directa para evitar alargar una situación que se le antojaba extraordinariamente incómoda.

—Verá, la he llamado para hablar de David —carraspeó ligeramente, antes de continuar—. La verdad es que le cuesta mucho seguir el ritmo de los demás alumnos. Fíjese, es el único de la clase que aún no sabe leer.

Guardó un silencio difícil, antes de exponer con palabras atropelladas lo que tanto temía pronunciar.

—Y creemos que quizá pueda deberse a algún tipo de retraso que me temo no podamos tratar adecuadamente en un lugar como este. De modo que, por el bien de su hijo, hemos pensado que sería una buena idea que prosiguiera su educación en la ciudad, en un centro específico para...

Mi madre se levantó, haciendo acopio de una energía que hacía meses la abandonaba con cuentagotas, y apoyó ambas manos en la mesa, procurando controlar un inoportuno acceso de tos.

—¿Qué está usted insinuando?

—Por favor, cálmese. No insinúo nada. Solo digo que lo mejor para su hijo sería...

—¡Lo mejor para mi hijo es estar aquí, conmigo! Y estudiar en este colegio, el mismo en el que han estudiado sus hermanos.

—Lo siento, pero debo insistir —alzó la voz, que sonó vulnerable y temblorosa—. Sé que no disponen de demasiados medios, pero existen...

—¡Le digo que lo mejor para David es continuar aquí!

—¡Es que eso no es posible! Ni siquiera sabe leer.

Ahora mi madre la hizo callar con un gesto lleno de coraje y resolución.

—Aprenderá —afirmó—. Le aseguro que mi hijo aprenderá.

Todavía permaneció un momento allí, en pie, inmóvil, con ambas manos apoyadas en la mesa, y sin apartar su mirada de los ojos de aquella mujer que no sabía qué más podía decir para convencerla de que yo no era un niño normal. Después, tras volver a toser, se marchó del despacho cerrando la puerta tras de sí con un sonoro portazo.

Nada más llegar a casa me abrazó con esa ternura suya que siempre creí podía llegar a doler, y se encerró con Antonio en su cuarto, del que salieron al cabo de poco más de media hora hablándose muy flojito y sin dejar traslucir nada de cuanto hubieran estado discutiendo en él.

Cuando terminamos de cenar, tras acomodar a Paco en el butacón, junto a la ventana con vistas al puerto, Antonio me cogió en brazos y se sentó conmigo en la vieja mesa redonda del salón, delante de uno de mis libros del colegio, el cual comenzó a leer muy despacio, dibujando en una hoja de papel las palabras que salían, pausadas, de su boca.

Esa misma noche dejé de tenerle miedo a aprender.

Porque en aquella habitación no había confusión, ni había sentimientos contradictorios, ni había nada a lo que temer. Más aún, estaba seguro de que, si se hubieran atrevido a aparecer, mi madre los habría echado de allí a patadas.

Desde ese día, cada noche, Antonio me sentaba sobre sus rodillas y me introducía pacientemente en el mágico mundo de las letras, al tiempo que se sonreía con las burlas de Jaime y de Paco, que nos solían imitar trazando divertidos movimientos con las manos.

Así noche tras noche hasta que, casi sin darme cuenta, descubrí que había aprendido a leer, como descubrí que mi hermano había despertado en mí un universo virgen e infinito que ya nunca querría abandonar, y que mucho después se convertiría en algo semejante a un universo de algodón que podría liar en un hatillo y llevar conmigo para siempre.

Porque fue una de aquellas noches inolvidables cuando mi hermano Antonio me hizo el regalo más valioso de cuantos haya recibido en toda mi vida.

Recuerdo que yo leía en alto, acurrucado a su lado, en el sofá, un fantástico libro de aventuras que nuestra madre había sacado de la biblioteca el último fin de semana, mientras él se fingía entretenido arreglando el mecanismo enmohecido de una vieja caña de pescar que había fallado la jornada anterior haciéndole perder una pieza importante.

De repente fijó en mí una mirada lenta, dejó sobre la mesa el carrete en cuya bobina continuaba atascado el hilo y me dijo:

—Muy bien, *Sardinita*. Ahora cierra los ojos y sigue leyendo.

Sorprendido, le observé con atención, sin acabar de comprender qué era lo que me quería decir.

—No seas tonto, Antonio. Es imposible leer con los ojos cerrados.

—No lo es, David. Piensa en lo que has leído, cierra los ojos y sigue la historia. Busca las palabras dentro de ti.

Reí, divertido.

—A veces dices cosas muy raras. Las palabras están en el libro, no dentro de mí.

Me señaló el pecho.

—El corazón. Busca las palabras en tu corazón.

Forcé un gesto de asombro.

—No puedo hacerlo, Antonio.

Encerró mis manos suaves y menudas entre sus manos resecas, apretándolas con fuerza.

—Confía en mí, *Sardinita*. Escucha el silencio de tu corazón.

Confiaba en él.

Siempre lo hice.

Cerré los ojos, sin separar mis manos de las suyas, y pensé en lo que había leído. En cómo caía el héroe de Sherwood, en el fragor de la batalla, en el ataque traidor y cobarde del Sheriff de Nottingham... Y busqué las palabras dentro de mí.

De pronto, todo aquello cobró sentido.

Efectivamente, ahí estaban las palabras, brotando de una fuente inagotable alojada en algún lugar desconocido de mi mente; exactamente el mismo lugar en el que antes solo existían el desorden y la duda. Y me decían que el valiente arquero se levantaba, que luchaba con arrojo y valor...

Antonio me abrazó.

—Eso es la voz del silencio, *Sardinita*. El único lenguaje capaz de obligar a callar a los demás sonidos que, a veces, no nos permiten escuchar a nuestra propia voz indicándonos el camino correcto: el camino de vuelta a casa. Escúchala, y aprende a convivir con ella —dijo, velando su perenne sonrisa con una expresión extraña que no llegué a descifrar—. Escúchala, y aprende a convivir con tus sueños.

Aprendí.

Por supuesto que aprendí.

Aprendí, aunque poco después, como sabes, lo olvidé.

Pero, como ocurre con las cosas realmente importantes, no lo olvidé por completo, y, al cabo de muchos años, tras averiguar el gran secreto de Jaime, y decidir que todo, absolutamente todo, había sido mentira, encontraría en estas frases el camino de vuelta a casa, justo cuando más lejos estaba de ella.

En estas frases, y en María.

Porque fue entonces, a los seis años, cuando comencé a escribir.

Fue entonces cuando mi hermano Antonio, mi querido hermano Antonio, me enseñó a soñar.

***

Ya debes suponer que mis primeros recuerdos están repletos, también, de mis hermanos.

Antonio era el mayor y, por desgracia para él, quien se vio en la obligación de cargar con el peso de la familia tras la muerte de nuestro padre. Puesto que, con nuestra madre enferma y estando Paco inválido, no tuvo más remedio que dejar los estudios y ponerse a trabajar en el mar.

Digo por desgracia para él, porque siempre supimos que apenas tuvo oportunidad de conocer siquiera la vida que desearía haber hecho suya, y para la que, de algún modo, estaba seguro de que debía haber nacido.

Antonio solo tuvo trabajo.

Trabajo y monotonía.

Trabajo, monotonía y, al contrario de lo que cuantos le conocían y le respetaban por su carácter intrépido y audaz debían pensar, un alma de trapo oculta tras su firmeza y su determinación. Dado que, a pesar de su oculta tristeza, y a pesar del asfixiante hastío de su vida, Antonio sabía escuchar perfectamente la voz del silencio: el sonido de su corazón.

Fue principalmente por esto por lo que, a pesar de todo, Antonio nunca dejó de soñar.

Él me enseñó a escribir, me hizo volver a amar la mar cuando comencé a odiarlo y a temerlo, como temía a la muerte o temía al paso del tiempo, tras perder a mi padre entre sus olas, y, lo que es más importante, me demostró que, a veces, hace falta irse muy lejos para descubrir qué es lo que irá contigo para siempre.

Mi hermano Paco tenía dos años menos que Antonio, pero no podía trabajar con él, porque mi hermano Paco no podía caminar.

Algo fallaba en sus piernas desde aquel desgraciado accidente en el que cayó al mar tras resbalar desde una de las rocas más altas de la playa. Algo terrible que las paralizaba y que le forzaba a permanecer atado a una cárcel en forma de silla de ruedas.

Te aseguro que nada me gustaría más que poder decirte que, a pesar de ello, era feliz; que pudo hacer una vida relativamente normal; que no envidiaba la libertad de otros.

No sería cierto.

No lo sería en absoluto.

Paco no era feliz, ni podía compartir con los demás una vida que, aun así, no dejó de anhelar ni un segundo de su existencia, con todas y cada una de las fuerzas de su cuerpo imperfecto.

Quizá fue por esto por lo que, de entre mis tres hermanos, él fue, sin duda, al que menos llegué a entender. Y no imaginas cómo pude lamentarlo varios años después, cuando fui incapaz de regresar para salvarlo.

Incluso me atrevería a decir que siempre le rehuí, aun sin tener demasiado claro el porqué. Si bien sospecho que tendría que ver con la constante sensación de impotencia que experimentaba a su lado, como si creyera que esperaba continuamente de mí algo que yo jamás le supe dar.

Lo cierto es que, desde que le perdimos de aquella espantosa manera, cada vez que pienso en él me viene a la memoria una tarde de otoño en la que nunca he llegado a comprender si algo nos unió, o algo nos separó para siempre.

Yo debía tener unos ocho años, y Antonio y nuestra madre nos habían dejado solos en casa, entre tanto ellos llevaban a Jaime al médico para que le examinaran la herida que se había provocado en la pantorrilla izquierda aquella misma mañana, al tratar de rescatar un anzuelo que habíamos encontrado enredado en una de las rocas del espigón.

Me parece que él contemplaba, tras los cristales con vistas al puerto, cómo varios pescadores jóvenes aprendían a calafatear, rellenando de estopa las juntas de las tablas de un viejo buque, cubriéndolas después con una mezcla viscosa de brea, aceite y sebo para evitar posibles vías de agua, mientras yo estaba sentado a la mesa de la cocina, repasando la colección de conchas que atesoraba desde hacía varios años.

Paco, como siempre, estaba en silencio.

Un silencio inquebrantable que me helaba la sangre, y que me hacía sentir diminuto e invisible.

—Mira qué concha más bonita —le comenté, tratando de forzarle a hablar—. Fíjate —añadí, acercándome a su lado—, si le da la luz así, de lado, casi se ve el arco íris.

No dijo nada. Se limitó a suspirar profundamente, sin apartar su atención del puerto.

—¡Vamos, Paco, hazme caso...! —insistí.

—Déjame tranquilo, David.

Puse la concha sobre sus rodillas.

—¡Mírala, Paco!

—¡Te he dicho que me dejes! —gruñó.

Irritado, zarandeé uno de sus antebrazos.

—¡Venga, Paco, mírala y dime algo, que lo que tienes muertas son las piernas, no la boca!

Mi hermano frunció los labios y, con un brusco movimiento, me empujó hacia atrás, haciéndome perder el equilibrio y caer aparatosamente al suelo.

Quedé allí tendido durante varios segundos, al cabo de los cuales me incorporé, palpándome el lado de la cara en el que me había golpeado, y me giré hacia Paco, que me observaba fijamente, con un ademán roto prendido de su rostro.

Tras dudarlo un instante, me acerqué a él caminando despacio, hasta acabar apoyando una de mis mejillas sobre sus muslos inertes.

—Lo siento... —dijo con una voz intensa, acariciándome la cabeza—. Lo siento mucho, *Sardinita*.

Entonces me erguí, traté de ofrecerle una expresión que pudiera entender carente de resentimiento, y me acerqué a la mesa para coger una hermosa caracola que parecía impregnada aún de todos los aromas de las aguas.

—Esta es la mejor de todas, Paco: mi favorita. Si te la pones en el oído puedes oír el mar como si estuvieras frente a él.

Se la entregué.

—Es tuya. Te la regalo.

Mi hermano volvió a acariciarme la cabeza y, tragando saliva, aproximó la concha a su mejilla sin separar de mí sus tristes pupilas oscuras.

—Es verdad, *Sardinita*, se puede oír el mar —me guiñó un ojo. Lo recuerdo perfectamente, porque nunca antes le había visto hacerlo—. ¿Sabes?, siempre me he preguntado cómo puede caber algo tan grande en una cosa tan pequeña...

Después me sonrió significativamente y se volvió de nuevo hacia la ventana, perdiendo la vista más allá de los cristales, sujetando ahora, a escasos milímetros de su oreja, la rugosa y reseca caracola desde la cual podía oír el mar como si estuviera frente a él.

Por supuesto, también estaba Jaime.

Jaime es un año mayor que yo, a pesar de lo cual desde que éramos niños me ha gustado pensar que ambos nacimos, de alguna manera, a la vez, supongo que por haber sentido toda la vida la extraña sensación de que no necesitábamos hablar para entendernos; de que tan solo nos bastaba una mirada, o un gesto, para saber lo que pasaba por la mente del otro, como si, efectivamente, nuestras cabezas y nuestros corazones hubieran comenzado a latir al mismo tiempo.

Jaime era mi mejor amigo.

De hecho, es mi mejor amigo.

Siempre lo fue, incluso en aquellos meses sombríos en los que traté de huir de todo y de todos, hasta de él.

Juntos descubrimos la apabullante vivacidad de nuestra imaginación, repartida entre las cunas desiertas del antiguo varadero, las jarcias olvidadas en los almacenes de la Cofradía de Pescadores, invariablemente cubiertas de polvo y moho, y esos tesoros increíbles ocultos del mundo en las puntas de escollera, allá donde el agua del mar se vuelve espuma y sal. Juntos nos enfrentamos, en esta misma playa que, finalmente, he recreado para nosotros, a las dudas y a los hallazgos que forzosamente acompañan a la niñez primera. Juntos encaramos la dureza y la desesperanza en que pronto se transformarían nuestras vidas, y juntos aprendimos a crecer y a madurar en aquel pequeño pueblo pesquero, repleto de sorpresas y de aventuras para quienes las supieran buscar.

Jamás olvidaré, por ejemplo, nuestra conversación con César, a quien años después dedicaría mi tercera novela.

César el vagabundo.

César el borracho.

César el poeta.

Porque con él comprendí que siempre puedes aprender hasta de quien menos te esperes que tenga algo que enseñar, como descubrí que la voz del silencio no era exclusivamente mía.

Lo encontramos una tarde de sábado, en la que Jaime y yo subíamos corriendo las escalinatas de la calle de la Piedad huyendo de un grupo de niños con los que acabábamos de pelearnos.

Mi hermano iba unos dos o tres metros por delante de mí, todavía congestionado por el puñetazo que uno de nuestros improvisados enemigos le había propinado en la mejilla izquierda, antes de que escapáramos apresuradamente de lo que podría haber finalizado en una paliza tras golpear yo con un trozo de madera a quien le había atacado.

En su precipitación tropezó con César, forzándole a dar un traspiés que a punto estuvo de arrojarle al suelo.

Les alcancé en seguida, justo cuando mi hermano terminaba de disculparse con unas palabras que no debieron sonarle muy sinceras, y sintiendo cómo se estremecía todo mi cuerpo en cuanto César se percató de mi presencia y me miró. Siempre nos había dado mucho miedo aquel personaje del que mi padre solía decir que era el marinero más valiente con el que había trabajado; antes, por descontado, de que César se diera sin control alguno a la bebida.

—¿Qué te pasa? —le preguntó a mi hermano, suavizando la expresión al tiempo que retrocedía para apoyar la espalda en el muro de una de las casas vecinas.

No respondió.

—Has llorado...

Jaime asintió, de nuevo sin atreverse a hablar.

—Y te has peleado.

Volvió a asentir.

—Eran más que nosotros —confirmó, al fin—. Y mucho mayores. Por lo menos tenían catorce años, los muy cobardes —se frotó el pómulo izquierdo, ya tenuemente amoratado—. Nunca podremos vencerles.

César se agachó hasta colocar su rostro muy cerca del de mi hermano, como si quisiera contarle un secreto.

—No digas eso, niño. ¿Quieres saber algo importante? Eres un pedacito de cielo en la Tierra. Estás hecho de polvo de estrellas. Todos estamos hechos de polvo de estrellas.

Le señaló el pecho con su dedo índice extendido.

—Ahí está encerrada la fuerza entera del universo, y por eso no hay nada que no puedas hacer con tan solo desearlo de verdad.

De repente soltó una risotada y comenzó a alejarse por el estrecho callejón de las Monjas en dirección a la iglesia de San Julián, que inundaba ya el pueblo entero con el sonido voluble y resquebrado de las campanas que coronaban su altísima torre.

—¡No lo olvidéis, muchachos! —vociferó, dibujando insólitos aspavientos con los brazos—. ¡Sois polvo de estrellas...!

Entonces empecé a sonreír, mientras le veía desaparecer más allá de la esquina del Ayuntamiento, caminando a trompicones.

No volvimos a hablar con César. Es más, creo que apenas volvimos a verle. Que poco después se marchó, sin que nadie supiera decirnos qué había sido de él. Sin embargo, te aseguro que, desde aquella noche, no volvimos a temerle, ni volvimos a pensar, como el resto del pueblo hacía, que aquel pobre marinero estaba completamente loco.

***

Así es, anciano, sin duda, mis primeros recuerdos están repletos de aquel pequeño pueblo pesquero, y de mi familia, y del mar.

Pero aún no te he hablado del mar.

El mar de Luis, siempre hirviendo de cientos de camarones, acedías o cantarinas bandadas de gaviotas. Dominado por el intrépido sargo que mordisqueaba el señuelo flotante cuando pescaba a la anchova, por la lubina que picaba en agosto y, sobre todo, por la descomunal corvina, que, entre doradas y urtas, imponía la ley del más fuerte a lo largo de la costa, capaz de reventar el nailon más resistente de cuantos se usaban por aquellos lugares, o de hacer chirriar el carrete hasta la extenuación antes de caer las últimas luces de Poniente.

El mar de mis recuerdos.

El mar de mi infancia.

Ese mar eterno y profundamente azul que aprendí a amar y a mirar a través de los ojos de mi padre.

Porque todos los recuerdos que me quedan de mi padre están repletos de mar.

Un mar tranquilo y perezoso que mecía con suavidad su pequeña embarcación, cuando nos adentrábamos en él hasta perder de vista cualquier rastro de tierra. Un mar brillante y poderoso sobre el que dejaba la nave al pairo, mientras el ocaso hacía refulgir el agua a nuestro alrededor. Un mar mágico y vivo que parecía hablar en la quietud de la noche, cuando únicamente alcanzábamos a oír el crepitar sereno del barco sobre las olas, el vaivén mudo y cansino del hilo de nuestras cañas de pescar arañando la tersura del océano, o el sonido de la línea saliendo del carrete. Un mar afectuoso y cercano cuando nos reunía en torno suyo, al alba, para contemplar como nacía, casi por arte de magia, la luz.

Todos guardábamos silencio, a la vez que la noche entera se desvanecía a nuestro alrededor, inundando su rostro curtido y seco una amplia sonrisa tan pronto distinguía los primeros destellos del sol desdibujados a cinceladas sobre la bruma del amanecer.

Después nos observaba junto a él, y solía acariciar la espalda de Paco, y besarle en su revuelta coronilla, en cuanto el día terminaba de nacer.

Nunca decía nada.

Se quedaba inmóvil, con todos sus hijos congregados en torno suyo, sin apartar sus pupilas de un horizonte recién nacido que, en aquellos instantes, parecía existir solo para nosotros, y sin borrar de sus labios esa sonrisa amplia y enigmática cuyo significado no pude descifrar hasta varios años más tarde, cuando el devenir circular e inevitable del destino me permitiera comprender, con irrevocable certeza, lo que en esos momentos debía sentir.

Como puedes suponer, tras su muerte cambiaron muchas cosas. Aquellas horas consumidas sobre las mareas turbias del Estrecho fueron, sin duda, las que más llegué a añorar. Aunque, al menos, pudimos repetirlas una vez más. Precisamente la última vez que contemplé el mar junto a todos mis hermanos.

No podrías imaginar siquiera la expectación con la que organizaba, en el salón, cuanto estimaba debíamos llevar con nosotros. Cómo revisaba los anzuelos y agrupaba con cuidado las carnazas, siguiendo las instrucciones que Antonio me había dado antes de salir a preparar el barco.

Jaime estaba a mi lado, intentando imitar, sin demasiado éxito por cierto, los movimientos que poco antes viera realizar a los dedos de nuestro hermano, cuando este pretendió enseñarnos cómo trenzar nudos de lazada para fijar los señuelos con mayor garantía, al mismo tiempo que nos explicaba el modo en que debíamos humedecer el hilo con el fin de que resbalara perfectamente y no quedara bloqueado en la caña del anzuelo. Se hallaba junto a la ventana, con la vista clavada en la vieja caña de pescar que nuestro padre nos regaló la primera noche que nos llevó a pescar con Antonio y con Paco, y sumergido en un frágil mutismo en el que se podía entender que, para él, aquello era tan importante como para mí.

Todo comenzó la noche anterior, durante la cena, cuando Jaime se quejó de la comida a pesar de que nuestros hermanos insistían constantemente en que no lo hiciéramos.

Antonio siguió contando algún cotilleo referente a no recuerdo qué antigua rencilla existente entre Luis y el Patrón Mayor de la Cofradía, simulando no haberle escuchado, al tiempo que yo le servía agua a nuestra madre, que volvía a toser.

—Es que no me gusta —insistió—. ¡Todas las noches lo mismo!

Mamá tensó el cuello y, como siempre, tan solo sonrió.

—Cállate, Jaime —le dije—. Cállate, y cómetelo.

—Pero no me...

Se detuvo cuando vio que nuestra madre cerraba los ojos y entreabría los labios para decir algo que, como era normal en ella, finalmente decidía callar, permaneciendo en un espeso silencio que, de repente, anegó la habitación.

—¡Tengo una idea! —anunció súbitamente Antonio, haciendo sonar varias veces su vaso al tamborilear en él con la cuchara—. Mañana no tengo que trabajar. ¿Qué os parece si salimos a pescar en el barco de papá?

Le miramos con la respiración pegada al paladar, sabiendo que nuestra madre le había hecho prometer varios años atrás que nunca nos dejaría embarcar.

—¡Sí! —Paco fue el primero en responder—. Por favor, Antonio, vamos a hacerlo.

—¡Eso, hagámoslo! —dijo Jaime, levantándose de la silla—. Cogeremos uno bien grande, ¿a que sí, David?

—Seguro. El mayor de todo el mar.

De este modo desapareció el silencio, sin que nadie más, salvo yo, se percatara de que mamá acariciaba la mano de nuestro hermano por debajo de la mesa, y volvía a sonreír.

Antonio entró precipitadamente en casa, frotándose las manos.

—Hace frío —comentó, depositando en el suelo, junto a la puerta, el asta de un bichero, y acercándose a la estufa para calentarse—. ¿Todo listo?

Contestamos afirmativamente, justo cuando nuestra madre empujaba la silla de Paco dentro del salón.

—Bueno, ¿a qué esperamos? ¡Vámonos!

Se irguió, ayudó a Paco a ponerse el anorak, mientras Jaime y yo nos apresurábamos a recoger las bolsas esparcidas bajo la mesa, y salimos a la calle, en la que un viento gélido nos recibió envolviéndonos en una nube de arena que nos obligó a cerrar los ojos para evitar que alguno de aquellos minúsculos granitos acabara dentro de nuestros párpados.

Antonio empezó a caminar delante de nosotros, moviendo con dificultad la silla de nuestro hermano entre el gentío y las cajas amontonadas en el suelo, hasta que localizó el viejo barco de nuestro padre meciéndose orgulloso y altivo sobre las aguas del Puerto, con su pequeño casco repleto de verdín y el mudo testimonio de sus defensas repartidas por sus costados, igual a como lo estará para siempre en mi memoria.

—¡Qué de recuerdos! —me dijo, agachándose para que Paco también pudiera oírle.

Asentí.

—Venga —animó—, démonos prisa, que pronto anochecerá.

Se inclinó sobre nuestro hermano, lo cargó sobre sus enormes hombros y subió con él a bordo, situándolo a popa, bajo la *chubasquera* colocada a la salida de la carroza, entre tanto Jaime y yo corríamos a dejarle a Luis la silla de ruedas, y volvíamos para terminar de disponer la cubierta según las órdenes de Antonio, quien, tras zafar y largar amarras, me indicó cómo usar el bichero menor para desatracar evitando choques fortuitos con otros barcos vecinos del pantalán. Después aferró el timón con ambas manos y nos hizo rebasar la bocana del puerto, dirigiéndonos en dirección al horizonte empujados por un viento franco que nos permitía navegar a rumbo directo, a la vez que, muy poco a poco, moría a nuestro alrededor la luz.

Aquella fue una noche realmente especial.

La pasamos sin apenas hablar, mientras el tiempo aparentaba tornarse denso y translúcido al pasar a su lado, y el mundo entero simulaba desaparecer en torno a nosotros, salvo por un cielo plagado de estrellas, ese trozo de océano, y la suave caricia del viento, el amigo impredecible y egoísta de mi padre, que no dejaba de soplar a través del aire.

Así transcurrieron una tras otra todas las horas de la noche: fondeados en una zona bien conocida por Antonio, y sin prestar atención a nada que no fuera los perezosos flotadores que lastraban los cebos, los eventuales restos de carnaza que pudieran mostrarnos la situación de alguna presa, y esa luna llena, aunque medio incompleta, como si alguna urta despistada la hubiera mordisqueado en su parte inferior, que producía un sendero ancho y luminoso que parecía querer indicarnos el camino a algún punto enclavado acaso en la última cuarta de la rosa de los vientos. Hasta que finalmente, y casi sin avisar, nos sorprendió el alba en aquel impreciso lugar del mar.

—Eh, *Sardinita*: el sol —me avisó Antonio, apoyando su mano en mi espalda, que ya sentía agotada tras tantas horas manejando la pesada caña que me había dejado Luis poco antes de zarpar.

—Sí —respondí—. El sol...

Entonces se levantó, se acercó a Paco y se sentó a su lado, sobre las maromas que le habían servido de improvisado asidero. Jaime y yo nos pusimos también en pie y nos aproximamos a ellos, hasta que pudimos sentir sus cuerpos rozando con los nuestros, llenándolos de calor, a la vez que la luz desfiguraba su presencia más allá del límite imposible de las aguas.

Nos mantuvimos así durante un instante prolongado, en silencio y muy juntos los unos de los otros, observando cómo la claridad quebraba una noche que habíamos llegado a creer perpetua, y convencidos de que, en esta ocasión, sí que nacía solo para nosotros.

—¿Sabéis una cosa? —susurró Antonio, sin querer elevar la voz—. No sé qué nos deparará el futuro, pero os aseguro que nunca olvidaré este amanecer.

Pasé mi brazo sobre el hombro de Jaime.

—Yo tampoco —añadí—. Porque... siempre estaremos juntos, ¿verdad, Antonio?

Fijó la vista en el mar, ese mar poderoso y arrogante que parecía jugar con el barco entre la espuma de sus dedos. Luego acarició la coronilla de Paco y, tras ablandar sus pulmones, me miró en el suspenso de aquella alborada que ya sabíamos nunca podríamos olvidar.

Y sonrió.

Simplemente sonrió, con una de esas sonrisas que jamás terminan.

Por supuesto, no me contestó.

Para qué hacerlo, si ya conocíamos la respuesta.

Esta fue, como antes te dije, la última vez que contemplé el océano junto a todos mis hermanos. Porque, ese mismo invierno, mi hermano Antonio, mi querido hermano Antonio, murió en el mar.

***

Aquella tarde fatídica el viento aullaba con fuerza, alcanzando una intensidad de siete u ocho en la Escala de Beaufort, con mar muy gruesa y temporal fuerte que arrastraba la lluvia siguiendo la dirección del aire. Tanto era así que, antes de anochecer, ya habían regresado a puerto la práctica totalidad de cuantas embarcaciones se habían atrevido a salir a faenar, a pesar de los avisos de la guardia costera y del enardecido vendaval que desde el mediodía hacía sonar fantasmagóricamente las campanas de la iglesia de San Julián.

En casa, sin embargo, todo parecía normal.

Jaime repasaba, con la ayuda de Paco, unas cuentas que debía presentar en la escuela al día siguiente, mientras que yo leía algún libro repleto de infancia.

En la cocina, nuestra madre preparaba la cena, escrutando insistentemente el puerto a través de los cristales, y dando un ligero respingo cada vez que alguien surgía de la creciente oscuridad extendida frente a ellos.

Conocía el mar.

No en vano lo había temido toda la vida.

Conocía el mar, y presentía que algo no iba bien; que nada bueno podía esperarse de una noche como aquella.

Una ráfaga de viento abrió estrepitosamente la ventana del salón, comenzando a flotar en la corriente recién creada los papeles que antes reposaban sobre la mesa, levantándose Jaime para cerrarla.

—Mamá —avisó—, alguien viene.

Dejó caer al suelo los cubiertos que acababa de sacar de la alacena, girándose hacia nosotros con los ojos espeluznados.

Lo sabía, estoy seguro. Ya lo sabía…

Golpes secos en la puerta.

En aquel instante también lo supe yo.

Jaime se acercó al pasillo que hacía las veces de recibidor, abriendo la puerta y dejando pasar a Don Alberto, el Párroco, seguido de Luis y de otros miembros del Cabildo de la Cofradía de Pescadores.

—Hija mía —dijo Don Alberto—, traigo terribles noticias.

Nuestra madre echó la cabeza hacia atrás, blandiendo una de sus manos en el aire. No quería escuchar nada más.

—No sabes cuánto lo siento —insistió Don Alberto, aproximándose a ella—. Ni siquiera yo entiendo dónde está Dios cuando ocurren estas cosas.

—¡No...! —prorrumpió Jaime—. ¡Otra vez no...!

Corrí hacia él, sujetándole por la cintura para evitar que se derrumbara preso de un descontrolado acceso de llanto.

—¡Otra vez no...! —repitió, descuartizando las palabras—. ¡Otra vez no...!

Suspiré con fuerza, sintiéndome desbordado, de repente, por unas irresistibles ganas de llorar.

Me fijé en mi madre.

No lloraba.

Se había separado de Don Alberto, y permanecía con los labios apretados, sus manos retenidas entre las manos de Luis, y los ojos clavados, a través de la ventana, en el océano, apenas intuido detrás la lluvia y del viento furibundo que azotaba la noche.

Entonces se volvió para mirar primero a Paco, después a Jaime, y terminar posando sus ojos en mí.

Ambos nos miramos con una mirada cargada de recuerdos. Recuerdos de momentos felices que ya no podrían repetirse. Recuerdos de presencias irremplazables que desaparecen para siempre en el mar. Recuerdos de un mundo grande y pequeño, complicado y sencillo, enloquecido y maravilloso, que se empezaba a desvanecer, y recuerdos de personas queridas e insustituibles que, simplemente, se van.

Ya solo había recuerdos.

Recuerdos y ausencias.

Y, por supuesto, el final de una etapa de mi vida que nunca podría olvidar.

IV

La Muerte se pone en pie y permanece por unos instantes sin moverse, arqueando ligeramente la espalda, con ambas manos presionando sus caderas.

—¿Te encuentras bien? —le pregunta el Viajero.

—Más o menos... mis huesos ya no son lo que eran.

Ahora aspira una larga bocanada del aire frío y espeso que les llega del mar, y vuelve a agacharse para sentarse de nuevo sobre la arena. Al verlo, David se levanta, le sujeta del brazo y le ayuda a apoyarse en uno de los salientes de la roca desde la que le ha hablado de su infancia.

—Gracias —dice el anciano, acomodándose en la rasposa superficie de piedra y fijando en él una mirada extraña—. Le acabas de hacer un gran favor a mi espalda.El Viajero le responde con una sonrisa, mientras se deja caer en la arena, muy cerca de él.

—Debió de ser terrible perder así a tu hermano —afirma la Muerte, tratando de retomar la historia recién interrumpida.

David deja de sonreír.

***

No solo perdimos a nuestro hermano.

Perdimos mucho más.

De hecho, nada volvió a ser lo mismo.

Todos intentamos seguir con nuestras vidas de la forma más similar a como estas eran antes de que Antonio desapareciera en el mar. Persuadirnos de que sabríamos salir adelante sin él; de que podríamos llenar el hueco que su ausencia había dejado en torno nuestro.

Sin embargo, creo que ninguno de nosotros lo consiguió, porque creo que ninguno de nosotros volvió a recuperar lo que con él tuvimos, ni volvió a sentirse, como entonces, tan seguro o tan en paz.

Y, cuanto más lo pienso, más convencido estoy de que, a pesar de cuánto todos sufrimos con su pérdida, y a pesar de lo que a simple vista se pudiera llegar a pensar, fue mi madre quien más lo sintió.

Ya te comenté que siempre me causó admiración esa asombrosa fe que tenía en la vida, de la que constantemente nos quiso imbuir, procurando hacernos partícipes de su absoluto convencimiento de que la felicidad debía hallarse un poco más adelante, y siempre un poco más adelante.

Pero, tras la muerte de mi hermano, aquella fuerza imperturbable pareció desvanecerse en sus venas, como si lo que hasta ese momento la empujara a mantener la fe se hubiera hundido también en el mar, con su querido hijo Antonio, quien, como mi padre, ni siquiera le había dejado una tumba que visitar.

Solo le había dejado el hueco de su ausencia en torno nuestra.

El hueco de su ausencia, y un océano entero de recuerdos tan hermosos como dolorosamente irrecuperables por los que, pese a todo, nunca la vería llorar.

Paco era otro que lo sintió más de lo que a simple vista se pudiera pensar.

Supongo que, en cierto modo, no sabía vivir sin Antonio. Que le necesitaba para ver desde sus ojos lo que sus piernas le impedían mirar, para no perder por completo la esperanza y, sobre todo, para no abandonarse definitivamente a la oscuridad y a la amargura que desde el principio supimos crecían y se expandían en su interior, devorando las escasas fuerzas que todavía le quedaban para seguir adelante, y siempre adelante, como si seguir adelante fuera el único camino posible.

Pero no llegué a sospechar siquiera el grado al que llegaba esta dependencia, esta necesidad de encontrar en nuestro hermano lo que en sí mismo nunca halló, hasta aquella tarde de domingo en la que regresó a casa con el rostro iluminado por la sonrisa más amplia y más sincera que jamás le conocí.

—¡Me he mantenido en pie, mamá! —gritó en cuanto Antonio le sentó en el sofá, a mi lado.

Nuestra madre salió por la puerta entreabierta de la cocina, aproximándose a nosotros sin desprenderse del viejo delantal verde con el que suelo recordarla.

—¡Me he mantenido en pie, te lo prometo! Antonio me levantó, y dejó de sujetarme... y no me caí.

Desvió un instante la vista hacia mí, antes de regalar de nuevo su inesperada sonrisa a nuestra madre.

—¡Voy a andar, mamá! Voy a volver a caminar.

Ella le miró con una mirada colmada de cariño, como hiciera conmigo después de que, en un despacho sucio y umbrío, de muebles viejos y un desagradable olor a rancio, trataran de convencerla de que no era un niño normal, y le abrazó con fuerza, tras rozar el hombro de Antonio con la caricia de una de sus manos.

Sin duda, Paco lo intentó.

Lo intentó como no le vimos intentar ninguna otra cosa en toda su vida.

Desde entonces, cada vez que Antonio tenía una tarde libre, iban a la playa, buscando el reflujo del mar, y allí procuraban fortalecer sus piernas con los ejercicios que ambos inventaron. Después volvían a casa radiantes, satisfechos, y convencidos de que estaba próximo el día en que estas despertarían y les permitirían vivir las aventuras y los fantásticos viajes que tantas veces imaginaron hacer juntos.

Lo curioso es que estoy seguro de que ambos comprendían perfectamente que no lo conseguirían, que Paco no volvería a andar; como estoy seguro de que no les importaba. Paco había vuelto a tener fe en una vida que le había tratado con desmesurada dureza, y había recuperado las ganas de sonreír, y de seguir adelante... y esta era una victoria por la que los dos sabían que merecía la pena luchar.

Tras la muerte de Antonio, Paco no volvió a intentar ponerse en pie, y ni siquiera volví a oírle hablar de aquella tarde de domingo en la que nuestro hermano dejó de sujetarle y se mantuvo unos segundos sostenido sobre sus piernas inertes, o de aquellos meses en que creía que estaba cerca el día en que volvería a caminar.

Es más, tras la muerte de Antonio, creo que ni siquiera volví a verle sonreír.

Y, tras la muerte de Antonio, todo cambió también para Jaime y para mí, puesto que no tuvimos más remedio que dejar la escuela y ponernos a trabajar en el puerto, con Luis.

Aunque, ahora que lo pienso, apenas te he contado nada de Luis.

Luis era un marinero enjuto y espigado, de tez morena y unos profundos ojos grises que hablaban constantemente de su bondad y de su valor.

Había nacido en una de las antiguas casas de piedra de la colina, esas que derribaron hará unos dos o tres años a pesar de las presiones que encabezamos María y yo para que las dejaran en pie, y su vida transcurrió siempre en torno al mar, al que amaba más de lo que nunca amó a nada ni a nadie en este mundo, del que solía decir que todo cambiaba tan deprisa que, de seguir así, le resultaría imposible echar algo, cualquier cosa, de menos.

Al que amaba más de lo que nunca quiso a nada ni a nadie en este mundo salvo, por supuesto, a mi padre.

Porque Luis era un buen amigo de mi padre; el mejor de cuantos tuvo.

Se conocieron cuando nuestro abuelo decidió que había llegado el momento de que papá le ayudara en el puerto, y desde ese mismo instante fueron amigos. Amigos de verdad, con esa amistad sincera y próvida que solo pueden experimentar quienes han compartido una vida entera en el mar.

Juntos comenzaron a trabajar en el barco del padre de Luis cuando eran unos chiquillos. Juntos lucharon incansablemente, durante más de cuarenta años, contra el omnipotente dios de las aguas, y juntos afrontaron la fatiga y las hondas tristezas de una existencia gastada por completo en el océano.

Más de un millón de veces nos contó mi padre cómo Luis le salvó la vida el día que el *Albatros* se hundió. Cómo se enfrentó denodadamente a las devastadoras fuerzas de la tormenta que devoró el barco entre sus fauces, y que después trató de arrastrarlos a todos hacia la escalofriante frialdad del abismo. Cómo logró mantenerle a flote, a pesar de la herida que tenía en el muslo derecho, que desde entonces le dejaría una cojera permanente, y cómo se mantuvo a su lado, ignorando el dolor con el que le atenazaba el corte de su pierna, hasta que le vio abrir los ojos y volver a respirar.

Sí, Luis quería a mi padre, y al mar, más de lo que nunca quiso a nada ni a nadie en este mundo, a pesar de que no vivió siempre solo.

Estuvo casado una vez, mucho antes de que naciéramos nosotros, y, por más que nuestra madre insistiera en lo contrario, estoy seguro de que con aquella mujer fue, de algún modo, feliz. Aunque supongo que con una felicidad diferente. Una felicidad a un tiempo egoísta y generosa que se conformaba con la mera presencia del otro, sin exigir, ni esperar siquiera, un mínimo de cariño o de sinceridad.

Pero tengo entendido que su mujer no era feliz con él, como tampoco le era fiel, ni debía respetarle lo suficiente para ocultarle, o para suavizarle al menos, su desprecio y su deslealtad.

Hasta tal punto llegó su frivolidad que Luis no tardó en estar en boca de todos, porque Luis había cometido el único pecado que aquel pequeño pueblo pesquero parecía no poder perdonar: Luis había perdido su honor.

Y en aquel momento, como en tantos otros momentos, solo un amigo estuvo junto a él.

—¡Tienes que hacer algo, hombre! —le aconsejó mi padre, según nos contó en cierta ocasión, aporreando la tosca mesa de madera ante la que estaban sentados—. La gente habla.

Luis contemplaba meditabundo el vaso que tenía frente a él, mientras dejaba escapar, más allá de sus labios entreabiertos, el humo de un cigarrillo. Discutían en voz baja, entremezclando sus palabras con el ruido y la confusión de la taberna en la que solían acabar las noches que no salían a faenar con el barco.

—¡Que hablen! —respondió secamente, sorbiendo un largo trago del licor contenido en la botella casi terminada que mediaba entre ellos—. No me importa. No me importa en absoluto.

—Pero es tu mujer...

—Tú lo has dicho: es mi mujer, y es mi vida.

Elevó la mirada hasta clavarla en los ojos de mi padre, quien, tras sostenérsela brevemente, apoyó una de sus manos en el antebrazo de Luis.

—Perdona, no quiero meterme donde no me llaman. Únicamente quiero lo mejor para ti.

—No te preocupes, ya lo sé.

Lió otro cigarrillo y lo encendió pausadamente, observando los dibujos que tejía el humo en la cargada atmósfera que los rodeaba.

—La quiero —aseveró, al poco—. Y no podría soportar el vacío de su olor en mi armario, ¿entiendes? No podría vivir sin ella.

Se quedó en silencio durante unos instantes.

—Quizá creerás que estoy loco, o que no tengo carácter —continuó—. Pero soy feliz con solo saber que siempre acaba regresando a mi lado. Piensa que el orgullo no es un precio demasiado alto para la propia felicidad. Además, todo se va a arreglar, lo sé. Ella volverá a quererme como antes.

Bajó la vista, concentrándola en el cigarrillo preparado con la picadura que les traía Martín cada vez que visitaba el pueblo, y liado en papel de fumar.

—Ya lo verás, todo se va a arreglar...

Mi padre asintió, volviendo a sonreír a su amigo. Y nunca más volvió a dudar de su honor.

Aquella mujer le abandonó varios meses después.

Se fue una mañana plomiza e impasible de octubre, despidiéndose con un mudo trozo de papel que se limitaba a esbozar "*Ya no aguanto más*" en letras de tinta azul.

Al final, no fue tan insoportable para Luis el vacío de su olor en el armario, ni tan angustiosa la infelicidad de saber que en esta ocasión no acabaría regresando a su lado.

De hecho, Luis no volvió a verla, y ni siquiera intentó acercarse a la ciudad para comprobar si eran ciertas, o no, las noticias que le llegaron respecto al penoso paradero de aquella mujer por la que había pagado un precio enormemente alto.

Luis decidió seguir adelante, a solas con su orgullo, su trabajo y el mar.

Y siempre he querido creer que desde entonces fue feliz. Aunque con una felicidad diferente. Una felicidad a un tiempo generosa y egoísta que ni exige, ni espera siquiera, encontrar la felicidad en otro.

Porque Luis no se volvió a enamorar.

***

Otra vez me estoy yendo por las ramas...

Como te estaba diciendo, tras la muerte de Antonio, Jaime y yo no tuvimos más remedio que ponernos a trabajar en el puerto, con Luis.

Solo en el puerto, puesto que Luis nunca nos dejó embarcar. Creo que, en su mente supersticiosa de pescador, consideraba que de ningún modo debía atreverse a desafiar de nuevo al mar, entregándole otro hombre de nuestra familia; que sabía que el dios del agua es un monstruo vengativo y con memoria, por lo que, de hacerlo, no tardaría en salir de su tenebrosa morada para buscarnos, como buscó a nuestro hermano Antonio. Por ello, y usando su influencia en la Cofradía de Pescadores, que no era poca, consiguió que nos dejaran en el muelle, realizando labores sencillas de mantenimiento y reparación.

Sí, Luis nunca dejó que lucháramos contra el mar, como nunca permitió que trabajáramos más allá de nuestras fuerzas, que nuestra infancia muriera antes de tiempo, o que dejáramos de soñar. Porque sé que hizo cuanto estuvo en su mano para que no dejáramos de soñar, y para que no nos olvidáramos por completo de la hermosa manera de hacer frente al mundo que nuestro padre y nuestro hermano Antonio trataban de compartir con todos aquellos que querían, lo que sin duda le incluía a él.

Así que, aquellos primeros años, cuando las jornadas de trabajo habían finalizado, al atardecer, casi al desaparecer la luz, nos solía hacer sentar a su lado, en el límite del muelle, y allí nos contaba hermosas historias siempre repletas de mar.

Historias que yo escuchaba atento, sobrecogido, y sin poder evitar el sentirme desbordado por una incipiente sensación de asfixia y de desolación, ya que era en aquellos momentos cuando más firmemente advertía el modo en que había callado la voz del silencio en mi interior.

No me mires así, anciano.

No es fácil soñar con las manos encallecidas y la espalda consumida por el agotamiento y el dolor. No es fácil soñar cuando vives rodeado de miseria y de resignación. No es fácil soñar cuando tu madre digiere su dolor y su enfermedad en silencio, y sin querer molestar. No es fácil soñar cuando crees que no tienes más futuro, ni más posibilidades, que aquellas interminables jornadas de trabajo junto al mar. No es fácil soñar cuando ves cómo tus hermanos pierden, poco a poco, todas y cada una de sus esperanzas, que escapan de ellos igual que jirones de luz atrapados por la noche.

Yo mismo había perdido la serenidad, había perdido la paz, y sentía cómo la confusión y los sentimientos contradictorios volvían a arder, anárquicos e incoherentes, en algún lugar de mi cabeza, encarándome con una realidad opresiva y sombría que creía no tenía más remedio que acostumbrarme a identificar como mía, y sin ser capaz de asimilar la gran lección que muchos años después podría extraer de todo aquello, que no era otra que el convencimiento de que lo único que puede devolvernos a nuestra correcta realidad es, precisamente, nuestra insuperable capacidad para alejarnos de ella: para soñar.

Lo más terrible, sin embargo, era saber que, a pesar de nuestros esfuerzos, a pesar de nuestros sacrificios, a pesar de nuestra muda desesperación, Jaime y yo éramos incapaces de lograr que en casa las cosas fueran bien, sobre todo para nuestra madre.

Nuestra madre estaba enferma, muy enferma, como si ese corazón suyo tan grande que nunca comprendí cómo podía caber en un cuerpo tan pequeño se hubiera cansado, sin más, de latir.

Con un nudo en el estómago la veíamos apretar los labios cuando el dolor se hacía inaguantable, intentando escondernos la existencia misma de su enfermedad; afanándose por mantener intacta su actitud, sin querer detenerse ni aun para quejarse, como si creyera que solo su anhelo de cuidar de nosotros, de no detenerse, de seguir adelante, pudiera mantenerla viva.

Pero la tos la estaba secando por dentro, debilitándola más y más, hasta que ni siquiera su coraje le fue suficiente para continuar ocultándonos su situación.

Cuando esto ocurrió, todos seguimos aparentando una descabellada normalidad, y simulando ser felices. ¿Lo entiendes? Fingíamos ignorar el dolor, el suyo y el nuestro, y esta fue, finalmente, nuestra mayor crueldad.

Porque la felicidad no es un estado obligatorio. No lo es en absoluto. Y, aun así, nos sentíamos obligados a fingir ser felices ante ella, en la certeza de que nada le haría mayor bien que el oír exactamente aquello que pensábamos deseaba escuchar.

Ahora creo que no obramos bien. Que hubiera preferido conocer nuestros miedos, nuestras miserias, nuestro dolor. Habernos prestado de nuevo su fuerza, su valor y su fe. Haber vuelto a cuidar, aunque solo fuera así, de nosotros, como nos cuidaba cuando éramos niños y estábamos seguros de que, pasara lo que pasara, siempre podríamos contar con ella.

Pero nuestra madre lo sabía.

A pesar de nuestras mentiras, y de nuestras risas inagotables, lo sabía todo. Incluso el gran secreto de Jaime. Y, aun así, nos dejaba fingir y mentirla una y otra vez.

Aquellas últimas semanas, mientras Jaime se quedaba con Paco en el salón, tratando de restituirle una brizna de cuanto Antonio le había arrebatado con su ausencia, yo solía acudir a su dormitorio para ayudarla a asearse y a adoptar la postura en que menos fatigoso le resultase respirar. A continuación la besaba en la frente, la arropaba y apagaba la luz.

—*Cierra los ojos y deja que las estrellas te lleven a dormir con los ángeles, trayéndote de vuelta al alba y devolviéndote a mí.*

Pronunciaba estas palabras casi sin pensar, las mismas que ella recitaba, al acostarnos, mucho tiempo atrás, cuando todavía compartíamos Jaime y yo la habitación que él se quedó cuando yo pasé a ocupar la de Antonio; esforzándome inútilmente en creer, como a ella le gustaba decir, que escondían algo parecido a una oración a ese dios caótico y desconocido que rige el absurdo mundo de las cosas que continuamente buscamos, aún en el convencimiento, o justamente por el convencimiento, de que nunca fueron o serán de verdad.

Después me sentaba en la vieja mecedora que le habían regalado los abuelos el día en que se casó con nuestro padre, y me quedaba allí quieto, observándola amodorrado, velando su sueño, y sin poder evitar sentirme el ser más pequeño y más débil de cuantos hayan existido sobre la faz de la Tierra.

***

A lo mejor todo habría sido distinto si no hubiéramos sido tan pobres, aunque supongo que de nada sirve cuestionarse ahora una cosa así. Aquella fue una mala época para todo el pueblo, con los amarres forzosos de la flota y las primeras movilizaciones de la Cofradía, y Jaime y yo apenas ganábamos lo suficiente para sustentarnos, mientras que Paco únicamente contaba con su miserable pensión. A pesar de lo cual, y a pesar de tener, sin lugar a dudas, razones de sobra para hacerlo, por más que lo intento no recuerdo ni una sola vez en que le oyera quejarse de nuestra precaria situación, o de su trágica realidad.

Es más, constantemente procuraba inventar frases complacientes para nosotros, ser amable, simularse en armonía, y hasta inconcebiblemente esperanzado, con un porvenir que le gustaba afirmar que solo podía depararnos cosas buenas. Pero sufría, sufría mucho y, desde luego, no era feliz. De hecho, creo que desde la muerte de nuestro hermano Antonio no lo fue ni una vez, aunque jamás se quejó.

Yo me sentía, al respecto, totalmente desconcertado.

No sabía cómo ayudarle. No sabía qué esperaba que hiciera, o que dijera, para devolverle la ilusión y las ganas de vivir y, lo que era peor, tenía la impresión de que, cada vez que intentaba acercarme a él, ofrecerle alguna razón para que volviera a sonreír, no conseguía sino el efecto contrario, alejándolo una nueva cuarta de nosotros y hundiéndolo un poco más en esa especie de foso sin fondo que estoy seguro le engullía día tras día sin dejarle apenas aire para respirar.

En cierta ocasión, por ejemplo, pensé que sería una buena idea sacarle de casa, hacerle pasar una velada diferente.

Llamé a Sonia y le pedí que aquella noche saliéramos a cenar con su hermana y con Paco.

—Por favor, cariño... —supliqué, al sentirla titubear al otro extremo de la línea.

Nada más colgar corrí a su cuarto, sintiéndome convencido de que por fin le daría lo que creía que esperaba de mí.

Paco me escuchaba receloso, con ambas manos apoyadas en sus rodillas y la espalda ligeramente encorvada hacia adelante.

—Venga, hombre, lo pasaremos bien —recalqué.

Miró de soslayo a Jaime, que nos contemplaba apoyado en el quicio de la puerta.

—Vamos, Paco, no lo pienses más —insistí, tratando de contagiarle mi entusiasmo—. Va a ser genial, te lo prometo.

—Está bien, iré —consintió finalmente, confiriendo a las sílabas un extraño temblor—. Pero nos volvemos pronto, ¿vale?

Respondí con un expresivo ademán, al tiempo que buscaba la mirada de Jaime, esperando de él, cuando menos, una frase de aprobación que, por descontado, no pronunció.

—Ya verás cómo no te arrepientes —afirmé, no obstante, por los dos.

Poco antes de anochecer salimos de casa, canturreando yo alguna canción de las que por aquel entonces estuviera de moda en la discoteca del final del puerto, a la que acostumbraba a ir los sábados por la noche con Sonia y sus amigos.

Me sentía plenamente confiado.

Aquello no podía fallar.

Lo cierto es que, al principio, la situación era, al menos, sostenible. Yo no paraba de hablar, temiendo más al silencio que al daño que podían causar las palabras, mientras que Sonia y su hermana permanecían calladas, sin atender apenas a mis cada vez más torpes comentarios, sospecho que temiendo, por encima de todo, a delatar con sus palabras cuanto sus silencios, sin embargo, se veían incapaces de ocultar.

Después de cenar fuimos a uno de esos locales de los que solía oír hablar a los marineros más jóvenes, donde nos sentamos en torno a una de las mesas que rodeaban la pista de baile, y donde seguimos bebiendo y pretendiendo estar pasándolo bien.

Paco perseveraba en su forzado mutismo, sin permitirse abandonar esa espantosa mirada suya que siempre me llenó de temor, y sin conseguir que Sonia o su hermana le hicieran el menor caso, salvo para observarle con moderada compasión cada vez que yo me refería a él intentando extraerle algún indicio de conversación.

—¿Bailamos? —propuse de repente.

Me arrepentí de haber dicho esto antes incluso de terminar de hablar.

—Mejor no —contestó Sonia, rozándome la manga de la chaqueta verde de pana que ella me había regalado por Navidad—. Ya es un poco tarde.

—Vamos a casa, David —rogó Paco, con voz sombría.

—Sí, David, será mejor que lo dejemos —volvió a hablar Sonia—. Mi hermana no se encuentra bien. Algo ha debido sentarle mal.

No quise insistir. ¿Para qué hacerlo, si todo había resultado exactamente al contrario de como yo lo había planeado?

Empujé la silla de Paco fuera de aquel local abarrotado, reparando por primera vez en los ojos duros y humillantes desde los que miraban a mi hermano quienes se apartaban de nuestro camino para dejarnos pasar.

—Adiós, David. Llámame mañana.

Su hermana ni siquiera se despidió. Solo esbozó una parca sonrisa, antes de apresurarse detrás de Sonia en cuanto esta se alejó en dirección a la plaza de San Cristóbal, tras la que su familia se acababa de mudar.

Nosotros también nos alejamos de allí, perturbando la quietud de las estrechas callejuelas que bordeaban el muelle con el chirriar de la silla de ruedas de mi hermano, que se mantenía inmóvil, con la vista congelada y los dientes apretados.

—Paco...

—No, no digas nada, por favor. No es culpa tuya. Mírame. ¿Quién va a querer estar a mi lado?

Sin articular una palabra más continué empujando la silla de ruedas hasta alcanzar su habitación, donde me excusé rápidamente para salir de ella y encerrarme en mi cuarto.

A veces pienso que me equivoqué con él. Que lo único que esperaba de mí era que le ayudara a encontrar alguna respuesta, cualquiera que fuera, a las preguntas que constantemente calcinaban su garganta hasta hacerle prácticamente imposible respirar.

Pero es que yo no tenía ninguna respuesta.

No conocía las respuestas entonces, y creo que no las conozco todavía.

Ojalá hubiera sabido reaccionar. Ojalá hubiera podido compartir con él algún motivo que le aliviara de la desesperación con la que tan despiadadamente le estrangulaba su propia historia. Ojalá hubiera logrado darle alguna razón para vivir, o para sonreír.

Sin embargo, no lo hice.

¿Cómo podía, si ni siquiera era capaz de reconocerme en quien me había convertido?

Porque, como antes te dije, había desaparecido el silencio en mí. Había desaparecido por completo, sumergiéndome sin contemplaciones ni misericordia alguna en el ruido. Un ruido ensordecedor y vacío como una gota de aire, en el que me sentía definitivamente incapacitado para recordar por qué una vez me había creído alguien especial. A pesar de lo cual, decidí ocultar estos opresivos sentimientos a cuantos me rodeaban, supongo que sin querer reconocer algo que ni yo mismo comprendía.

Bien mirado, incluso podría decirse que lo conseguí.

Que lo conseguí con todos, menos con Jaime.

No en vano nunca tuvimos que hablar para entendernos.

Él sabía que yo no estaba bien, sabía que, desde la muerte de Antonio, no había vuelto a ser el mismo, y sabía que algo me sobraba, o algo me faltaba, en aquella vida que el destino me había abocado a vivir, como sabía que no se lo iba a reconocer.

Y, pese a ello, volvería a preguntarme qué me sucedía, y volvería a tratar de persuadirme de que podía confiar en él. Una y otra vez, hasta que le abriera mi corazón.

Así era mi hermano.

Tenía una capacidad asombrosa para detectar el sufrimiento en los demás, una exquisita paciencia con aquellos que amaba y, sobre todo, una sorprendente habilidad para dar respuestas sin hablar.

Por eso no me sorprendió demasiado que Pablo sintiera predilección por él.

No sabría decirte con exactitud en qué momento conocimos a Pablo, si bien me imagino que sería durante las primeras semanas que coincidimos con él en el puerto, donde trabajaba desde el accidente en el que perdió la visión del ojo derecho.

Creo que es un par de años mayor que Jaime, y que ya entonces destacaba por su carácter, franco y extrovertido. Lo cual, sumado a que hiciéramos a la vez los mismos trabajos, facilitó que en seguida los tres nos hiciéramos totalmente inseparables, como antes lo éramos solo mi hermano y yo.

¿Sabes?, quería a aquel joven tuerto y simpático. Le quería con incondicional sinceridad, aunque tampoco a él le hablé de mis recién nacidos temores, o de las dudas que surgían y se expandían dentro de mí.

Y sé que Pablo me apreciaba pero, desde luego, no sentía por mí la devoción y el cariño que sentía por Jaime.

Debo confesarte que, poco a poco, germinó en mí un secreto resentimiento contra el estrecho vínculo que, desde el comienzo, existió entre ellos. Contra el modo en que Jaime y él podían entenderse también sin palabras.

Hasta intenté, al principio, oponerme a este hecho, tratando de forzarles a admitirme en el exclusivo círculo de dos que estaban formando.

Qué insensato fui, qué infantil. Como si fuera así de sencillo torcer la realidad de toda una vida, a la vez siempre estática y siempre cambiante, como el viento, o como el mar.

Con el tiempo me rendí, y aprendí a tolerar su amistad como entonces creía que era, en la esperanza de que Pablo no sería sino uno más de los amigos que se pierden a lo largo del ineludible camino a la madurez. Una de esas personas que cobran repentinamente una importancia capital en tu existencia, como si siempre hubieran estado allí, contigo, y no fueran a marcharse nunca, y que finalmente terminan relegados al apenas evocador recuerdo de su nombre.

Aunque, como ya debes suponer, lo único que descubriría es que Pablo no era uno de ellos.

Que no lo era en absoluto.

Muy al contrario, Pablo se convertiría, más bien, en algo similar a uno de esos acontecimientos imprevistos y aparentemente insignificantes que, no obstante, y sin que sepamos muy bien cómo, o por qué, acaban cambiándote la vida para siempre.

***

De todos modos tengo la sensación de que no estoy siendo del todo justo con aquella etapa de mi historia, dado que, a pesar de cuanto te he contado, no fue tan terrible como tal vez te estés llegando a imaginar, o te esté transmitiendo yo. Ya que aquellos fueron los años de mi vida en los que averigüé lo poco que, en ocasiones, hace falta para ser feliz.

Porque fue entonces, a mis dieciséis años, cuando, por primera vez en mi vida, me enamoré.

O, al menos, eso creía.

No lo sé, puede que no fuera amor en el más estricto significado del término. Pero la quería, de eso estoy seguro, como estoy seguro de que, a su manera, me hizo sentir alguien especial.

En este sentido sí que fue amor, por más que no fuera sino un amor pequeñito, de esos que acaban marchándose a hurtadillas y por la puerta de atrás.

Pero creo que apenas hemos hablado de Sonia, ¿verdad?

No, me parece que apenas lo hemos hecho.

Verás, Sonia era una niña esbelta, de cabellos castaños y unos increíbles ojos azules que parecían teñidos del mismo color que el cielo. Era hermosa, y alegre, muy alegre, con una risa vibrante y arrebatadora capaz de transformar en vidrio los miedos y las dudas de aquellos que la supieran escuchar.

La descubrí en la taberna del puerto, almorzando en la barra con tres de sus compañeras de la fábrica de conservas, mientras yo comía solo en una de las toscas mesas de madera que se amontonaban junto a la pared del fondo, y no pude dejar de mirarla.

Era como una estrella fugaz.

Solo una estrella fugaz podía brillar con tanta luz.

Solo una estrella fugaz podía llenar aquella taberna sucia y abarrotada con su mera presencia, hasta hacerme creer que no había nadie más allí.

Antes de que me decidiera a reaccionar, las cuatro salieron a la calle, dejando entrar en el interior de la taberna el aire espeso de aquel inclemente mediodía de verano.

La vi desaparecer, inmóvil y absolutamente desarbolado, sin poder activar ni uno de los músculos de mi cuerpo, y sabiéndome prisionero de algún tipo de cobardía que nacía de mi estómago y se extendía por mis venas, hasta detener y fosilizar mi sangre.

Todo pareció quedar en silencio a mi alrededor.

En silencio, y completamente vacío.

Había dejado que se fuera sin llegar a conocer su nombre; sin decirle siquiera una simple palabra.

Aunque, por supuesto, no la había perdido del todo.

Y volveríamos a encontrarnos.

Aún debía aprender, con ella, una importante lección.

Porque también fue entonces, a mis dieciséis años, cuando, por primera vez en mi vida, mi corazón me engañó.

La volví a ver varias semanas después, cuando salía del callejón de las Monjas una tarde de sábado en la que habíamos decidido ir al Teatro Municipal, para asistir a uno de esos programas dobles de películas de terror que tan poco me gustaban, pero que les encantaban a Jaime y a Pablo, que las disfrutaban agarrados a la butaca y sin parar de gritar.

—Es ella —dije nervioso, señalando a un grupo de chicas que reían ruidosamente junto a un banco de la plaza de San Cristóbal, bajo la sombra de uno de los naranjos que impregnaban el aire de un embriagador olor a azahar—. La chica de la que os hablé.

—¿A qué esperas? —me animó Pablo—. Ve a por ella.

Sacudí, indeciso, la cabeza.

—¿Y qué le digo?

Torció el cuello, forzando un gesto de desaprobación.

—Vaya por Dios, mira que te gusta complicar las cosas... Anda, venid conmigo.

Sin permitirme objetar se encaminó hacia aquel banco con pisadas resueltas, seguido de cerca por mi hermano, mientras yo me quedaba atrás, contemplándolos atónito.

Volvía a sentirme sorprendido, acobardado y preso de una emoción desconocida —y, en cierta forma, agradable—, que me aturdía y me impedía pensar con normalidad.

Así que, con las pulsaciones desatadas y una expresión absurda detenida en el rostro, observé cómo Pablo decía algo a la chica de la taberna mientras me apuntaba con el dedo, provocando una apenas encubierta carcajada entre sus amigas, y cómo, poco después, se me aproximaba y me llevaba del brazo hasta situarme sin el menor disimulo justo a su lado.

—Este es David —me presentó—. El hermano de Jaime.

Ella sonrió, sumergiéndome en la claridad de sus hermosos ojos azules.

—Hola, David, me llamo Sonia. Pareces un poco tímido, ¿no?

Rehuí su mirada, sin responder. De hecho, no volví a hablar, aunque los demás continuaron charlando un buen rato, durante el que Pablo y mi hermano no dejaron de bromear con un par de niñas francamente bonitas que, a su vez, no dejaron de coquetear con ellos.

Al despedirnos, Pablo me propinó un codazo cuyo significado entendí de inmediato.

—Sonia...

Se giró, arrullándome de nuevo con su mirada tibia y suave, como arrullaba ya la luna menguante a los naranjos de aquella plaza casi desierta.

—Dime, David.

—Verás —titubeé—. ¿Te gustaría que nos viéramos mañana? Me refiero a tú y yo, a solas.

Asintió, dejando escapar una risa luminosa y abierta.

—Creía que no me lo ibas a pedir nunca.

Entonces, por fin, también reí yo.

Al día siguiente nos encontramos en aquel mismo lugar, justo cuando las campanas de la iglesia de San Julián repicaban llamando a la última misa del domingo.

—Estás muy guapa —quise piropearla nada más tenerla ante mí.

—Gracias, David. ¿Vienes hoy con más ganas de hablar?

Contesté que sí, sintiendo de repente un impulso casi incontrolable de acercarme más a ella y apretarla contra mi pecho, en el que sentía los pulmones a punto de explotar.

Pasamos el resto de la tarde paseando por la playa, confundiendo nuestras sombras en la arena al tiempo que, lentamente, moría algo más allá la luz, arrastrada sobre las olas.

Poco antes de anochecer nos sentamos en una de las rocas que regaban esta cala, mientras Sonia continuaba describiéndome cómo era su vida desde que había llegado al pueblo proveniente de una pequeña aldea de la sierra, deslizando las palabras en el mismo viento que se ensortijaba una y otra vez en su melena, cubriéndole con ella la frente.

Recuerdo que, cuando finalmente calló, permanecí unos segundos concentrado en la creciente oscuridad de las aguas, hasta que la bonanza del mar me permitió divisar, en el horizonte, un veloz pesquero que apenas alcanzaba a alterar la uniformidad del océano. Y recuerdo que comencé a hablarle de Antonio, y de mi padre, y del primer rayo de sol, del que necesariamente debe nacer la luz.

Sonia me escuchaba en silencio, consumiendo en mis ojos la caricia tersa y apacible, casi irreal, de su mirada. De improviso, también guardé silencio, y también la miré, a la vez que el viento volvía a enredarse en sus lacios y sedosos cabellos castaños.

Fue en aquel momento cuando me incliné sobre ella, aparté, con el roce de mis manos, los mechones que resbalaban por su frente y, tras sonreír brevemente en el minúsculo espacio en el que se fundía mi respiración con su respiración, la besé.

Desde aquel instante iniciamos lo que podría entenderse como una nueva vida, en la que, en cierto modo, nos sentíamos enteramente dependientes el uno del otro, como si no pudiera existir nada aparte de nuestra proximidad, nuestros secretos a voces y nuestra propia felicidad.

Aquella niña hermosa y alegre me hizo feliz, te lo aseguro. Muy feliz. Aunque con esa felicidad artificial y prestada que, lejos de llenar, parece vaciarte cada vez que te toca.

Porque, poco a poco, dejé de estar seguro de ella. O, al menos, tan seguro como lo había estado cuando la descubrí en la taberna del puerto, almorzando en la barra con tres de sus compañeras de la fábrica de conservas. Más aún, comenzaba a experimentar el insólito convencimiento de que nada de cuanto tenía con ella me pertenecía del todo, como si estuviera viviendo la felicidad de otro, o como si no supiera quién era yo, ni supiera quién era ella, ni supiera qué era lo que nos hacía estar juntos, salvo la necesidad de no estar solos.

Lo que era peor, no me sentía mejor que antes de conocerla ni, evidentemente, había recuperado con ella la paz.

—¿Qué te pasa, David? —me preguntó una noche, al salir de la discoteca del puerto.

—No lo sé —respondí, deteniéndome para dejar que nos adelantaran las dos parejas que habían salido del local con nosotros, de las que me despedí levantando la mano—. Todo esto es tan nuevo para mí.

Se echó a reír.

—¿Estás borracho?

—No —repliqué—. No es eso. No he estado más sobrio en toda mi vida.

Rió, de nuevo, bulliciosamente.

—Yo también he bebido más de la cuenta —reconoció.

—¡Te digo que no es eso! Es que hay cosas que no entiendo.

Me besó. Un beso profundo, apasionado.

—No pienses tanto.

Volvió a besarme, ahora con un beso espeso y violento que copó hasta el más indiferente de mis sentidos, que parecieron dejar de funcionar a la vez.

Estaba claro: el fallo no estaba en ella.

Porque ella era lo que siempre había querido tener.

Es más, ella era lo que siempre había querido ser yo.

Ella era tan libre, tan previsible, tan voraz.

Sin duda el fallo no estaba en ella, sino en mí.

Tenía que estar en mí.

Quizá esperara demasiado de la vida, o del amor.

Quizá solo tuviera que dejarme llevar, dejar de luchar, dejar de anhelar lo que, simplemente, nunca podría conseguir; admitir sin rebeldía el camino que el destino tuviera reservado para mí...

Entonces la abracé con fuerza y, tras susurrarle algo al oído, nos dirigimos al angosto almacén en el que la Cofradía guardaba la palamenta de algunas embarcaciones menores, entrando en él por uno de sus ventanucos sin querer encender la luz.

Lo cierto es que pensé que todo sería distinto después de aquello; que dejaría de sentirme un extraño en mi propia vida.

Pero nada cambió.

A pesar de su proximidad, del calor pegajoso e impaciente de su cuerpo consumiendo el calor apabullado del mío, y del reflejo de su olor impregnando y embebiendo por completo mi propio olor, nada cambió.

De hecho, cada vez me sentía más y más embustero, y menos seguro de qué era lo que estaba buscando en ella.

Y creo que Sonia lo sabía.

Que sabía que nuestra relación no era tan perfecta como desde fuera pudiera parecer, que no había encontrado entre sus brazos lo que necesitaba encontrar y que, incluso en aquellos instantes de incondicional cercanía, me hallaba muy lejos de su lado, a pesar de sentirla irremediablemente fusionada con todos los poros de mi piel.

Sin embargo, seguía conmigo.

Y yo seguía con ella.

No sé por qué, pero seguíamos juntos. Adelante, siempre adelante, como si esperásemos que tarde o temprano fuera a ocurrir algo similar a un milagro que nos permitiera acercarnos a la meta que nos hubiéramos impuesto como el punto último que debíamos alcanzar a la vez, aun sin terminar de creernos que en él pudiera esperarnos algo equiparable a un final.

—David, ¿puedo hablar contigo? —me requirió Luis, apoyándose en una de las fuentes gemelas que usábamos para llenar los cubos de agua.

Jaime le observó con atención, mientras me pasaba la pastilla de jabón con la que acababa de frotarse las manos.

—Lo siento, he quedado con Sonia —contesté—. Mejor mañana.

—Será solo un momento, por favor —insistió, dirigiendo ahora sus ojos hacia mi hermano, que le hizo un gesto antes de alejarse de allí, sin decir nada, por el camino que bordeaba las dársenas más antiguas.

—Como quieras —consentí, un tanto intrigado, y siguiéndole hasta el límite del muelle, donde no hacía tanto tiempo luchaba por salvar nuestra infancia.

—¿Qué tal está tu madre? —se interesó, sentándose con las piernas colgando sobre una mar rizada.

—Regular, Luis. Últimamente no anda demasiado bien.

—Lamento oír eso, muchacho. Pero, dime, ¿y tú? ¿Qué tal estás tú?

—Estoy estupendamente, amigo, te lo aseguro.

Inspiró una bocanada del aire húmedo y frío de aquel atardecer recién terminado. Sabía que no me creía, como sabía que no me lo iba a reconocer.

—Me alegro.

Carraspeó, sin dejar de otear el océano.

—¿Sabes? Sé que no suelo decírtelo, pero echo mucho de menos a tu padre.

Le miré. Era la primera vez que me hablaba de él.

—Tu padre era un buen hombre, David. El mejor de cuantos he conocido. Y siempre estuvo a mi lado, hasta cuando creía que no tenía razón. En cierta ocasión, incluso estuvo a mi lado después de que yo le rompiese una botella en su enorme cabezota —sonrió, más para sí que para mí—. Nunca os contó aquello, ¿verdad? No, supongo que no lo hizo. Verás, yo estuve casado hace años, y mi mujer me abandonó por otro. Cuando me enteré, me volví loco. Dejé de trabajar, dejé prácticamente de comer y de dormir, y dejé de respetar a quienes únicamente querían ayudarme. Era como si hubiese decidido abatir por completo el rumbo de mi vida, y mandarlo todo al garete. Siempre estaba bebido y de mal humor. Tanto era así que, cuando tu padre vino a mi casa, con José Manuel, para intentar hacerme entrar en razón, le golpeé con una de las botellas que pretendían tirar por la ventana, haciéndola estallar en más de mil pedazos al chocar contra su cabeza.

Tragó saliva, sin dejar de escrutar las aguas apagadas y sucias que arremetían una y otra vez contra los pilares que caían bajo nosotros.

—Ni siquiera se inmutó. Se limitó a dar media vuelta, observarme unos segundos en silencio, coger de la mesa una garrafa de aguardiente medio acabada, apurarla de un sorbo largo y pausado, y sentarse después junto a mí, comenzando a reír los tres dando grandes carcajadas.

Cerró los párpados, a través de los cuales intuí las lágrimas esforzándose por salir.

—No sé si lo entenderás, pero al día siguiente estaba faenando de nuevo con ellos, en el *Albatros*, y, lo que es más importante, tras aquella noche ya no volví a emborracharme por ella.

Permaneció unos instantes pensando despacio, contemplando ahora el cielo, todavía luminoso a pesar de haber desaparecido, hacía unos minutos, el sol.

—Sí, David, tu padre era un buen hombre. Un hombre de mar. Por eso sabía que, en algunas ocasiones, cuando el océano se embravece y enloquece la virazón del viento, cegando el aire con espesos rociones de lluvia, la mejor manera de no zozobrar es plegar las velas y rendirse a la violencia de la tormenta. Pero siempre teniendo en la cabeza la derrota a seguir, y el punto del horizonte que quieres alcanzar, puesto que, de no hacerlo, corres el riesgo de no llegar nunca a ninguna parte...

De repente sentí un escalofrío, mientras experimentaba la insólita certeza de que, a veces, y como no hace mucho leí, el mundo entero te habla, si lo quieres escuchar.

Porque tenía razón.

No había duda de que tenía razón.

Efectivamente, hay momentos en los que es necesario mostrar más valor para regresar que para marcharse, para rendirse que para luchar. Puesto que es relativamente sencillo ser osado en el fulgor de la batalla, en la victoria. Sin darnos cuenta de que la verdadera valentía, y el verdadero orgullo, surgen, por el contrario, al mantener ese mismo valor en el fracaso y en el silencio del olvido.

Aquella noche dejé de salir con Sonia.

Al principio se mostró atribulada, herida, casi furiosa. Pero su mirada no podía mentirme, y en ella vi que, en el fondo, se sintió liberada; ratificada en su convencimiento de que yo no era lo que estaba buscando, y que espero terminase encontrando en algún marinero que supiera volverse de vidrio con tan solo oírla reír.

La besé por última vez bajo los mismos naranjos que habían presenciado nuestro primer encuentro impregnando el aire de un embriagador olor a azahar. Luego me acarició con sus enormes ojos azules, nublados por unas lágrimas que hacía rato se precipitaban por sus mejillas, balbuceó una despedida y desapareció más allá de la plaza de San Cristóbal, tras la esquina desde la que, noche tras noche, me enviaba, agitando las manos, su último adiós.

A pesar de cómo tuvo que acabar, te aseguro que nunca me he arrepentido de haber compartido con ella aquella extraña e inevitable relación.

¿Cómo podría hacerlo?

Después de todo, aún no había aprendido que las estrellas fugaces están condenadas a brillar más que las otras, precisamente porque están condenadas, también, a morir antes; como no podía imaginar siquiera que el destino no me había reservado una estrella errante para indicarme el camino de vuelta a casa, sino una diminuta estrella de mar que sí sería capaz de resplandecer en la eternidad de mi memoria, y de mi historia, para siempre.

***

Sin embargo, tras dejar a Sonia no me sentí, en absoluto, mejor. Muy al contrario, mis dudas y mi confusión de antaño se convirtieron en una nueva y hermética sensación de asfixia que me forzaba a cuestionarme una y otra vez lo que era y, sobre todo, lo que me creía obligado a ser.

Porque, nada más reanudar mi vida sin ella, empezó a obsesionarme la idea de que debía haber algo más.

Algo más que aquellas jornadas de trabajo agotador en el puerto; que aquel pequeño pueblo pesquero en el que nunca parecía cambiar nada; que aquel futuro conocido e inalterable al que mi realidad y mis circunstancias me abocaban sin remedio.

Tenía que existir algo más, aunque era consciente de que probablemente jamás llegaría a comprobarlo, ya que sabía que no podía renunciar a ser quien era, que no podía rechazar cuanto hasta entonces lo había sido todo para mí, que no podía abandonar a mis hermanos, que no podía abandonar a mi madre...

Mi querida madre.

Una noche, varios meses después de aquella reveladora conversación con Luis, tras ayudarla a acostarse y reclinarme sobre ella para besarla en la frente, sujetó débilmente mi mano con sus dedos, ya fatídicamente finos y ahuesados, y la acercó a una de sus mejillas, rozándola con ella.

—Hijo mío, ¿eres feliz?

—Sí, mamá —mentí—. Muy feliz.

A continuación me senté a los pies de su cama, en la mecedora, y pensé si ella había sido feliz. Si, en ese último momento que aún consideraba poblado de oscuridad y de temor, podría refugiarse en sus recuerdos.

La observé dormir. La contemplé en su repentina quietud, con su rostro extremadamente pálido y, aun así, hermoso, muy hermoso, ladeado sobre la almohada, y los párpados apretados, como si no pudiera evitar que, a pesar de ellos, penetrara la luz en el interior de sus ojos.

Me bañé en su olor. En ese maravilloso aroma que me hablaba de una infancia en la que, pasara lo que pasara, siempre podíamos contar con ella. De perennes atardeceres consumidos con Jaime en este pedacito de playa, esperando ver surgir en el horizonte el barco de mi padre, o el de mi hermano Antonio, mi adorado hermano Antonio, que para ella jamás se fue del todo, ni murió por completo. De lo fáciles que parecían las cosas cuando se deseaban con suficiente pasión, incluso que yo aprendiera a leer, o que Paco volviera a caminar. De lo mucho que la había querido. De lo mucho que la habíamos querido todos.

Y me recosté hasta apoyar la nuca en el rígido respaldo de la mecedora, cayendo al instante, y por primera vez en mucho tiempo, en un sueño tranquilo, calmado y repleto de paz.

¿Sabes?, siempre creí que, mientras yo estuviera allí, ni la luz de luna osaría quebrar uno solo de sus cabellos, que podría protegerla de la muerte, y del dolor.

Por desgracia, no fue así.

Porque aquella misma noche, mi madre, mi querida madre, murió.

V

El anciano permanece en silencio, observando al Viajero, quien, a su vez, continúa observando el mar.

—Es curioso —dice este, volviéndose hacia la Muerte—, pero, a pesar de mi experiencia como autor de más de una docena de libros, y a pesar de haber reflexionado sobre todo aquello en muchas de mis obras, me parece que no te estoy narrando mis primeras vivencias, de ninguna manera, como debería.

—¿A qué te refieres?

—No estoy seguro. No estoy siendo tan coherente en mi relato como lo he sido siempre en mis novelas, por ejemplo. Y tengo la impresión de que debes pensar que he sido incapaz de dotar de orden y de consistencia a mis ideas, o de transmitirte la trascendencia que aquellos años tuvieron en el resto de mi historia.

—Esto no es una de tus novelas, David, y no creo que deba preocuparte lo que yo pueda pensar, o lo que me llegues a transmitir. Esta vez estás recordando para ti: para intentar entender tus decisiones, y desentrañar de entre ellas ese gran error gracias al cual podrás decidir el camino a seguir cuando esta noche termine.

—Está bien, pero no se trata solamente de eso. Es que nunca antes había visto aquellos acontecimientos como los estoy contemplando ahora. De hecho, a veces tengo la sensación de que nada de cuanto te estoy contando debe parecerte real.

—No sé, supongo que nuestra memoria no es siempre objetiva, sino que a veces depende de nuestra forma de recordar.

El anciano se inclina hacia delante.

—O, quién sabe, quizá, sencillamente, estás aprendiendo a dudar.

—¿Aprendiendo a dudar? Me temo que exageras un poco. No creo que sea tan raro que me sienta así, al tener que rememorar mi historia para ti, analizándola desde una perspectiva que jamás me había planteado, y buscando en ella una respuesta a tu pregunta, aun sin tener claro que tal respuesta exista.

—Eso es cierto, si bien en toda búsqueda debe asumirse el riesgo de que no solo encontremos lo que estamos buscando, sino que es posible incluso que, al final, hallemos algo que hubiéramos deseado permaneciera oculto para siempre.

—Pero yo no he encontrado nada. Lo único que te he dicho es que se me hace extraño cómo te estoy contando mi vida, y las sensaciones que estoy experimentando al hacerlo. Si esto es dudar, creo que es una duda de lo más intrascendente.

—Ninguna duda es completamente intrascendente, muchacho. Piensa que dudar es el primer paso antes de realizar cualquier descubrimiento. El primero, y el más difícil de todos. Y lo es porque, para decidirnos a afrontarlo, y para poder asimilar sus consecuencias, es imprescindible aprender a destruir para crear, a olvidar para recordar cosas nuevas, y a replanteárnoslo todo para acabar separando la mentira de la verdad. Además, ten en cuenta que siempre hay un motivo para nuestras dudas, aunque este sea simplemente que nos habíamos equivocado al dudar.

El anciano vuelve a reposar la espalda sobre la rugosa superficie de la roca.

—Pero nada de esto tiene importancia. Por lo menos, no todavía. De momento basta con que te esfuerces por abrir tu mente, y por concebir que las cosas no son siempre lo que parecen, como no siempre somos capaces de ver lo que creemos estar mirando en realidad.

—No te entiendo.

—Pues es sencillo —señala al cielo, y continúa hablando—. Fíjate en las estrellas, por ejemplo. A simple vista puedes creer que están ahí, casi al alcance de nuestra mano, vigilándonos desde un firmamento invariable y eterno. Y, sin embargo, lo que ves son tan solo reflejos de soles situados a una distancia infinita de nosotros, que, por más reales que los lleguemos a suponer, acaso pueden haberse consumido hace varios siglos, no siendo entonces sino el destello de algo que ya ha dejado de brillar.

Inunda sus labios con una sonrisa.

—O mírame, mira cuanto te rodea, y dime ¿alguna vez habías pensado que morir sería así?

Ahora también sonríe David, reclinándose hacia atrás para contemplar un cielo que, efectivamente, le parece real.

Después se yergue, y vuelve a mirar al anciano.

Le mira fijamente, con un abismo de sentimientos enfrentados bullendo en su interior, y una desconcertante e inesperada sensación de estar, de nuevo, en casa.

Y, por supuesto, con el convencimiento de que, al menos, hay una cosa en la que tiene razón: porque, desde luego, nunca había pensado que morir sería así.

***

Sigamos...

Siempre he creído que mi madre decidió irse de la misma manera en la que había decidido que debía ser su vida: sin quejas, sin reproches, sin querer molestar.

Cuando desperté, la descubrí con los párpados petrificados, la cabeza ladeada hacia la derecha y un forzado rictus cosido a sus labios, que simulaban dibujar algo parecido a una sonrisa.

La observé desde los pies de la cama, pálida, exánime, tratando de sonreírme con el último gesto de su rostro, y no pude evitar el sentir un intenso cosquilleo recorriéndome la espalda.

No, no iba a llorar.

Ella no lo habría querido.

Varios años atrás, mientras preparaba la mesa para la cena de Navidad con los adornos que Antonio le trajera de una de sus frecuentes visitas a la ciudad, Paco le preguntó si alguna vez había llorado por nuestro padre.

—No, hijo mío —reconoció, tras meditar unos segundos—. Solo se debe llorar por aquello que amamos de verdad y perdemos para siempre. Y yo no he perdido a vuestro padre —se tocó el pecho—. Él está aquí, conmigo, en mis recuerdos, en este amor tan grande y tan bonito que nunca he dejado de sentir por él; como está en todos vosotros.

Tomó, entre sus manos, la mano de Antonio.

—Y estoy segura de que volveré a verle —continuó—. Sé que él me espera en algún lugar del mar, desde el que un día ambos vigilaremos para que nada malo pueda sucederos.

Después desvió su mirada hacia mí con los ojos semicerrados, como se hace cuando hay ventisca, y volvió a sonreír.

Fue en aquel preciso instante cuando, por fin, la comprendí.

Echaba de menos a mi padre. Le añoraba tanto como añoran al viento las redes desechadas, o al mar esos barcos pesqueros que, parcialmente desguazados, se pudrían en los depósitos de La Cofradía, a cinco metros escasos del pantalán.

Y le amaba.

Aún le amaba.

Le amaba tanto que no podía llorar por él.

Yo tampoco podía llorar por ella.

De hecho, nunca lloré por mi madre, como nunca volví a llorar por mi padre, una vez que Antonio me asegurara que no se había ido del todo de nuestro lado.

Para qué hacerlo, si solo se debe llorar por aquello que amamos de verdad, y perdemos para siempre.

Me limité a suspirar profundamente, y a dirigirme a la cocina, en la que Jaime debía estar ya preparando el desayuno.

Entré en ella sin apenas hacer ruido, acercándome despacio a la mesa redonda que ocupaba su parte central, desde donde le contemplé aún en pijama, con el pelo revuelto y la expresión abotargada por las estiradas horas de sueño, terminando de hacer el café que solíamos tomar antes de despertar a Paco.

Entonces se percató de mi presencia, y me miró.

Y yo le miré.

Y se lo dije.

—Mamá... —musitó, comenzando a llorar.

Le abracé con fuerza.

No, yo no iba a llorar, a pesar de sentir las lágrimas que mi hermano dejaba resbalar por sus mejillas como si fueran mis propias lágrimas.

—Vamos, Jaime, cálmate.

Pasé una de mis manos por su nuca, sin llegar a acariciarla.

—Cálmate, por favor. Debemos ser fuertes. Ahora más que nunca —afirmé—. ¿No lo entiendes? Ya nadie volverá a serlo por nosotros.

Apoyó su frente en mi hombro, respirando trabajosamente y obligándose a recobrar la firmeza que acababa de insistirle que debía ser capaz de mantener. Después se separó unos centímetros de mí, secó con la palma de una de sus manos los ríos diminutos que las lágrimas dejaban a lo largo de sus mejillas, y quedó unos segundos inmóvil y en silencio.

—Paco... —dijo de repente, reencontrándose con su voz, y con esa desquiciada generosidad suya que siempre me recordó a la desquiciada generosidad de nuestra madre—. ¿Sabe Paco...?

—No.

—Bueno, creo que será mejor que se lo diga yo. ¿Te parece?

Asentí.

—¿Estás bien? —le pregunté.

—Supongo que sí. ¿Y tú?

Apreté los labios, como tantas veces hiciera nuestra madre.

—Sí.

Continué mirándole, convencido de que debía decir algo más, aunque no sabía qué.

—Paco —insistió—. Debe saberlo.

Secó de nuevo sus mejillas, y se dirigió a la habitación de nuestro hermano, en la que entró con sigilo, pronunciando su nombre para despertarle.

Todavía me quedé varios minutos en la cocina, desasosegado, confuso, dejándome arrobar por el olor del café recién hecho y la brisa suave que entraba por la ventana entreabierta, mientras alcanzaba a oír, con una nitidez aterradora, el llanto roto de Paco, y el murmullo contenido de Jaime tratando de calmarle, sin estar seguro de si debía entrar también en aquella habitación y ayudarle a apaciguar a nuestro hermano; pasar aquello juntos, los tres, como hiciera Antonio con nosotros cuando nuestro padre murió.

Al final, y sin saber muy bien por qué, decidí no acudir junto a ellos. Al contrario, opté por hacer acopio de la poca fortaleza que me quedaba para regresar al dormitorio de nuestra madre, donde cerraría sus ojos, la besaría en la frente y, por última vez en muchos años, le rogaría a su dios desconocido que, al menos por ella, y por la gente como ella, aprendiera a ser real.

***

La enterramos a la mañana siguiente, en un nicho pequeño orientado a Poniente y con vistas al mar, con una ceremonia muy sencilla a la que acudió prácticamente todo el pueblo.

Cuando esta concluyó, y siguiendo las indicaciones de Don Alberto, los asistentes se fueron alejando por los estrechos caminos del cementerio, dejándonos a solas frente al lugar que ocuparían sus restos hasta que fueran llevados al osario.

Paco era el que estaba peor. Lloraba con amargura, aun sin llorar; con esas lágrimas que no se dejan ver y que, sin embargo, están ahí, brotando en el vacío del dolor, que es donde más daño pueden hacer.

Jaime sujetaba su mano y, de cuando en cuando, se inclinaba sobre su silla de ruedas para susurrarle al oído algo que parecía serenarle un poco, al menos por unos segundos.

Luis, junto a ellos, continuaba con los puños cerrados y una inesperada sonrisa prendida de sus labios, rememorando quizá aquellos inolvidables almuerzos de los domingos, en los que nos reuníamos en su casa para escuchar boquiabiertos las historias que nuestro padre y él nos contaban a la vez.

Yo me había adelantado un par de pasos, hasta quedar apenas a un metro y medio del hueco en el que reposaba el cuerpo de mi madre. Solo su cuerpo, porque mi madre no estaba allí. Ella se hallaba ya con mi padre y con Antonio, contemplando, a su lado, el despertar del día desde algún lugar privilegiado del mar.

***

Al volver a casa, después del entierro, una extraña sensación se apoderó de mí, junto con la tristeza que nos invadió a todos al no tener que acercarnos al dormitorio de nuestra madre para que supiera que habíamos llegado, y la certeza de que, por más suerte que tuviéramos en la vida, nunca encontraríamos a nadie que nos quisiera y que se preocupara por nosotros con la absoluta abnegación con la que siempre lo había hecho ella.

Tras desprendernos de las ropas de abrigo, Jaime se encerró en su habitación, con Paco, que volvía a llorar, mientras que yo iba a sentarme en el sillón del salón, para perder la vista en el puerto a través de los visillos de la ventana.

Me sentía vacío, oprimido, ausente.

Y sentía, de repente, una profunda e irrefrenable necesidad de huir.

Me imagino que lo más sencillo hubiera sido achacarlo a la muerte de mi madre. Al vacío, la opresión y la ansiedad que siempre queda cuando alguien querido se va.

Hubiera sido lo más sencillo, pero no hubiera sido lo más correcto.

Venía de antes.

De mucho antes.

Verás, no sé si podré hacértelo entender de una manera convincente, pero hacía tiempo que todo me parecía distinto y lejano. Era como si pudiera reconocer los diferentes lugares de mi memoria, y pudiera reconocer incluso los recuerdos que estos lugares me evocaban, y, aun así, no pudiera reconocerlos como parte de mí.

Eso es, de algún modo reconocía los lugares, y reconocía los recuerdos, pero no era capaz de distinguirme a mí mismo en ellos.

Y fue entonces, sentado en aquel viejo sillón, mirando el puerto a través de los visillos de la ventana, cuando descubrí la verdad.

Una verdad de la que, años después, no tuve más remedio que renegar.

Entonces supe que el tiempo puede ser tu mayor enemigo, o tu mayor aliado, puesto que, en el fondo, no es más que una bestia irracional que lo devora todo a su paso. Todo lo bueno y todo lo malo, dejando tras de sí únicamente el cúmulo de desperdicios que acaban constituyendo nuestros recuerdos.

Supe que, si no le plantamos cara, avanza tenaz y perseverante, arrasando con cuanto no podamos recoger para escapar de él; sin sentido, sin lógica, sin otra finalidad que la de hacernos seguir adelante, y siempre adelante. Dejándonos creer que nos impulsa hacia algún punto concreto y con alguna finalidad específica y singular, y sin permitir que nos percatemos de que, en ocasiones, solo nos mueve por azar.

Supe que siempre está y estará ahí, acechándome, amenazándome con deshacer ante mis ojos mi futuro y mi historia, recordándome que nunca da una segunda oportunidad...

Lo cierto es que, al contártelo ahora, me resulta asombroso que alguna vez haya creído en algo así.

Porque, como bien sabes, poco antes de que todo concluyera para mí, averiguaría que estaba equivocado; que el tiempo es más, mucho más.

Aunque supongo que, de alguna forma, no me estaba equivocando del todo.

Como supongo que, en este punto de mi historia, lo único que debes comprender es que me sentía cada vez más vacío, más oprimido, más ausente.

Y más y más dominado por una profunda e irrefrenable necesidad de huir.

***

Sin embargo, y a pesar de cuanto acabo de contarte, o de cuanto después se ha dicho sobre mí, no hice nada.

No sé si fue porque no quería dejar a mis hermanos en unos momentos tan difíciles para ellos, porque no terminaba de tomarme en serio la sensación y los sentimientos que, por un instante, llegué a confundir con el vacío, la opresión y la ansiedad que siempre queda cuando alguien querido se va o, simplemente, porque prefería pensar que todo aquello no eran sino fantasías infantiles; vanos sueños de merecer una vida mejor, sin carencias, sin aquella terrible trivialidad, sin dolor.

Te lo aseguro, no conozco el por qué pero, de nuevo, no hice nada.

Decidí proseguir con mi vida tal y como esta era antes de morir nuestra madre, sumergiéndome en mis cotidianeidades y en mi abrumadora monotonía, con las que trataría de llenar esa especie de despeñadero en que se había transformado mi memoria.

Así que continué trabajando en el puerto, con Luis, procurando colmarme de esa sabiduría suya tan peculiar que tanto me marcó, y que pronto sería una constante en todos mis libros. Continué paseando solo por esta misma playa desierta. Continué agotando las tardes de los sábados en el Teatro Municipal, con Jaime y con Pablo, viendo aquellos programas dobles en los que podía perderme en las imágenes proyectadas en la pantalla sin tener que pensar y, sobre todo, continué fingiendo ser feliz, y continué engañando a todos aquellos que, de un modo u otro, se relacionaban conmigo.

A todos, menos a mi hermano.

Porque tampoco entonces fui capaz de engañar a mi hermano.

Y es que a pesar de mi inquebrantable serenidad, a pesar de la desesperada regularidad de mis costumbres y de mis actos, a pesar de mi más que perfeccionada capacidad de mentir, él lo sabía.

Siempre lo supo.

Sabía que cada vez crecía y se expandía más y más el vacío dentro de mí, sabía que me estaba ahogando en mis propias mentiras, y sabía que, por más cerca que pudiera tener lo que estuviera buscando, nunca querría, o nunca podría, encontrarlo allí.

Jamás le dije nada y, aun así, lo sabía, como sabía que, por más claro que tuviera lo que debía hacer, no me atrevería a hacerlo solo.

A fin de cuentas, no necesitábamos hablar para entendernos.

Fue por ello por lo que, una vez más, no tuvo más remedio que pensar, y que actuar, por mí.

Sucedió una noche de viernes, varios meses después del entierro de nuestra madre, tras haber acostado a Paco, que aún tenía que tomar tranquilizantes para conseguir dormir.

Estábamos sentados en el salón, junto a la ventana con vistas al puerto, bebiendo del licor que nos había regalado Luis esa misma mañana. Permanecíamos en silencio, sorbiendo pausadamente aquel líquido que abrasaba nuestras jóvenes gargantas, contemplando abstraídos cómo caía la lluvia sobre el mar y sobre los barcos que dormitaban en el fondeadero.

—¿En qué piensas? —me preguntó de improviso, dejando el vaso que sostenía sobre la mesa redonda de madera.

—En nada.

—Vamos, David, ¿te preocupa algo? —insistió, decidido a finalizar una conversación que había rehuido ya demasiadas veces—. Te veo tan distante últimamente...

—No me preocupa nada, Jaime. Solo estoy un poco cansado.

Se inclinó hacia delante.

—En serio, ¿qué te ocurre? Sabes que nunca ha habido secretos entre nosotros. Que siempre has podido confiar en mí.

Le miré, sintiendo cómo se me desataba súbitamente el pulso.

Tenía razón.

Por más que me negara a aceptarlo, tenía razón.

No había duda de que siempre había podido confiar en él.

—No sé —admití, al fin—. La verdad es que no termino de encontrarme bien, que no le encuentro sentido a nada. Siempre he creído que era especial, que tenía muchas cosas que dar, que acabaría haciendo algo grande con mi vida, y supongo que me está costando hacerme adulto, y aceptar mi realidad tal y como es.

Me encogí de hombros.

—De todos modos, no debes inquietarte. Ya se me pasará.

Giré la cabeza para vislumbrar el mar. Un mar plácido y sereno, recogido bajo la delgadísima cortina de lluvia que caía sobre él.

Entonces Jaime se levantó, me observó brevemente desde el mismo lugar desde el que solía hacerlo nuestra madre mientras Antonio me enseñaba a leer, y se sentó a mi lado en aquel viejo sofá que aparece en cuantos recuerdos guardo de los mejores años de nuestra vida en común: aquellos en los que aprendimos a creer que, pasara lo que pasara, estaríamos juntos para siempre.

—Hazlo, David.

—¿Hacer qué?

—Vete. Vete, y cambia tu realidad.

—¿Irme, adónde?

—No lo sé. Lejos de aquí, de todo esto. A algún lugar en el que puedas volver a ser el que eras.

—Soy el mismo de siempre, Jaime. Aunque un poco mayor, más maduro.

—No, no lo eres. Algo ha desaparecido dentro de ti. Te conozco, y sabes que tengo razón. Hace tiempo que lo sabes, ¿no es cierto?

Retuve mi mirada en sus ojos, con el pulso definitivamente arruinado y un sentimiento desconocido recorriéndome todo el cuerpo, desde los pies hasta la cabeza.

—Venga, David, no te engañes más. No tiene sentido.

Inflé mis pulmones para decir algo que, finalmente, callé.

En efecto, nada de aquello tenía sentido, salvo el que invariablemente le conferiría a mi vida esa casi enfermiza incapacidad mía para decidir y para actuar, principalmente en aquellas ocasiones en las que estaba seguro de que alguien acabaría tomando la decisión adecuada por mí, como me pasara años después, con Mónica, o cuando María me enseñara a escuchar de nuevo la voz del silencio dentro de mí.

—Vete, David. Vete, y enséñale al mundo de qué estamos hechos.

Me golpeó el hombro, como tantas veces hiciera a lo largo de mi historia.

—Vete, hermano —repitió, con los ojos anegados por unas lágrimas que no quería dejar escapar—. Vete, y haz que vuelva a sentirme orgulloso de ti.

***

Dos días después abandoné mi pequeño pueblo pesquero orillado a la vera del Estrecho de Gibraltar, allá donde el Océano Atlántico y el Mar Mediterráneo se confunden en una sorprendente explosión de arena y sol.

Dos días después abandoné mi infancia encerrada entre sus casas encaladas, dormitando con el tiempo, enredada también en cada una de sus esquinas.

En cuanto la puerta del autobús se cerró, y este comenzó a moverse, mi mente se inundó de recuerdos.

De recuerdos y de sentimientos.

De sentimientos y de ausencias.

De ausencias y de presencias que jamás se irían del todo.

Y de momentos.

Y de mar.

Sobre todo, de mar.

No, no volvería la mirada atrás.

No lo necesitaba.

Mi pequeño pueblo pesquero venía conmigo, como venían mis recuerdos, las ausencias y el mar.

Y sabía que siempre que los necesitase estarían ahí, observándome desde el pálido reflejo de la luna sobre los naranjos de la plaza de San Cristóbal, pendientes de que nunca me olvidase de que, a veces, es necesario morir para vivir de verdad, marcharse para regresar, rendirse para ganar o soñar para comprender la realidad.

Tan pronto doblamos la primera esquina, y mi hermano desapareció de mi vista oculto por las construcciones más cercanas, deposité la maleta en el reducido espacio que colgaba sobre mi asiento, me senté y comencé a sonreír con una sonrisa que debió rebosar en mis labios.

No conocía el camino, ni sabía adónde me llevaba el destino que, de repente, sentía que acunaba mis actos, igual que acunan a los barcos el viento o el mar.

No conocía el camino y, aun así, estaba convencido de que algo extraordinario me esperaba al final de aquel viaje que había decidido emprender, de que algo grande y deslumbrante se escondía para mí solo un poco más adelante.

Y era así.

Sin duda, era así.

Pero no como yo esperaba.

Porque yo no podía esperar que toda la grandeza del océano pudiera esconderse en algo tan simple como una mirada, ni podía sospechar siquiera que la estrella más brillante del cielo fuera una diminuta estrellita de mar, o que tendría que aprender a perderme y a dar rodeos para encontrar de nuevo, o quizá por primera vez, mi hogar.

Después de todo, aún no sabía que los grandes milagros son tan pequeños que apenas se ven.

PARTE III

ELLA

VI

—Hermosa historia —afirma la Muerte, tan pronto David vuelve a quedar en silencio—. Y, a pesar de cuanto antes me dijeras, muy bien contada, te lo aseguro. Con mucho sentimiento.

—Gracias, aunque debo confesarte que no es la primera vez que relato aquellos años de mi vida.

—Desde luego: *Recuerdos*. Una novela magnífica. Probablemente la mejor de cuantas has escrito. Al menos, es la que más me gustó.

El Viajero se torna hacia él con una expresión atónita.

—Pero, tú no puedes...

Se detiene. No sabe qué decir.

—¿Qué es lo que no puedo? —le pregunta el anciano, poniéndose en pie.

—No sé, conocer mi obra, supongo.

—¿Por qué no?

—Pues por estar aquí. Por quien eres.

La Muerte respira prolongadamente, como si se hubieran secado las palabras en su interior, o como si sintiera agotada la paciencia con la que hasta ahora le ha intentado explicar cuanto sabe apenas ha tenido tiempo de asimilar.

—Vamos, David, ya deberías haber comprendido que de ningún modo puedes juzgar lo que puedo, o lo que no puedo hacer.

Da un paso hacia él.

—Te he dicho que debes abrir tu mente: Esforzarte por aceptar que las cosas no son siempre lo que parecen, y que no siempre somos capaces de ver lo que tenemos delante de nuestros ojos; aprender a destruir para crear, y a replanteártelo todo para separar la mentira de la verdad. ¿No lo comprendes? Tienes que olvidar cuanto creías saber antes de encontrarme, y ser capaz de leer entre líneas. Únicamente así podrás descubrir los misterios que esta noche has rescatado del vacío y que tu memoria esconde para ti.

—Lo sé, pero no es fácil.

—Por supuesto que no. Y, pese a todo, debes hacerlo. Es la única oportunidad que te queda para elegir tu destino más allá de esta playa, y para adivinar los motivos que te han traído a este lugar.

—¡Entonces puede que te hayas equivocado conmigo! Que no sea capaz de averiguar la respuesta correcta a tu pregunta, o de descubrir por qué he querido regresar precisamente aquí.

—No digas eso. Sé que no me he equivocado contigo, como sé que solo necesitas un poco más de valor para adentrarte en la vereda sorprendente que tus recuerdos abren ante ti, y para dar con las respuestas que te permitirán elegir dónde ir cuando esto termine.

—¿Estás seguro? ¿Y si no soy capaz de desembarazarme de mis prejuicios, de mis ideas preconcebidas, de cuanto siempre he dado por cierto, por más que ya no pueda creérmelo del todo? ¿Y si no encuentro nada en mis recuerdos que me haga pensar que, en efecto, existe una respuesta que merezca la pena desentrañar para ti?

La Muerte sonríe.

Sonríe intensamente, mientras vuelve a respirar con fuerza, hasta vaciar de aire sus pulmones.

—Estoy totalmente seguro, David. Ahora sí que lo estoy. ¿O es que no ves que ya has aprendido a dudar?

—¿Cómo?

—Pues eso, que has aprendido a dudar, a ver más allá de lo que tus recuerdos te están mostrando, y a intuir que las cosas no siempre son lo que parecen, o lo que deberían ser.

El Viajero se queda brevemente en silencio.

—No lo sé. Visto así, puede que tengas razón. Todo esto es tan complicado, tan confuso.

—Claro que lo es. Pero debes creerme cuando te aseguro que estás en el buen camino: en el camino que te debe llevar a averiguar las respuestas que necesitamos encontrar.

Se gira hacia su derecha, se acerca a la roca que ocupa desde hace un rato, se sienta en ella y vuelve a contemplar al Viajero, percibiendo con cierta sorpresa cómo ha desaparecido de sus ojos ese punto casi inevitable de temor hacia él.

—Recuerdos —repite—. Sí, creo que es una de las mejores novelas de cuantas he leído. Y, sin duda, es la mejor de todas las que has escrito.

—Es probable —consiente David—. Además, supongo que ya no podré escribir ninguna mejor.

Acompaña estas palabras con una risa leve y sincera, suave y efímera, que le coge completamente por sorpresa. No en vano ha pasado mucho tiempo desde que riera por última vez.

Sin embargo, y en contra de lo que siempre había creído, no le resulta extraño que sea aquel anciano de blancos cabellos y ojos oscuros y profundos quien le haya robado la primera risa que se oye desde que ella se fuera de su lado.

Igual que no le sorprende haber vuelto a reír justamente en el mismo lugar en el que todo, absolutamente todo, terminó.

***

Como te iba diciendo, dos días después de aquella conversación con Jaime abandoné mi pequeño pueblo pesquero en la que te aseguro fue, de entre todas las que, por desgracia, he llegado a experimentar a lo largo de mi vida, la ocasión en la que más difícil me ha resultado tener que partir.

—En serio, llámale —me reiteró Luis, entregándome la media cuartilla que me mostrara unos segundos antes, y que contenía un nombre, dos direcciones y dos números de teléfono—. Es dueño de una carpintería metálica, y me debe varios favores. Ya he hablado con él, y está dispuesto a darte trabajo. Llevas también las señas de una pensión en la que he dormido un par de veces. No está mal, y es muy barata.

—¡David, deprisa! —nos interrumpió Jaime, cogiendo la maleta de nuestra madre, que reposaba a mis pies, y encaminándose hacia el grupo de personas que pululaba a varios metros de nosotros, en una de las dársenas más apartadas de aquella estación de autobuses inaugurada apenas unos meses atrás—. ¡El tuyo está a punto de salir!

Asentí, sin dejar de mirar a Luis.

—Muchas gracias, amigo. Mañana mismo iré a verle.

Cerró fugazmente sus párpados, agrietados y ligeros como el papel de fumar que siempre guardaba en alguno de sus bolsillos.

—Nunca te olvidaré, muchacho.

—Vamos, no te pongas así. Volveremos a vernos muy pronto.

No me rebatió.

Se limitó a quitarse su vieja gorra azul, como si quisiera dar mayor solemnidad a aquel momento, y a tenderme su mano derecha, que apreté con fuerza.

—Que Dios te bendiga, *Sardinita* —dijo, adelgazando la voz y fijando en mis ojos oscuros sus ojos grises—, y que el viento te guíe hasta encontrar el camino de vuelta al lugar al que perteneces: a tu verdadero hogar.

Sonreí, al reconocer en esas frases aquellas otras con las que mi padre nos intentó transmitir, hacía muchos años, su convencimiento de que, por más que constantemente nos empeñemos en lo contrario, nada hay más sencillo, ni más hermoso, que aprender a vivir en paz.

—¡David! —me urgió Jaime.

Hice un gesto a mi hermano para que esperara.

—Tiene razón, será mejor que te marches ya —aconsejó Luis, cubriéndose de nuevo las desgreñadas hebras blancas de sus cabellos con su inseparable gorra azul—. Nunca he soportado las despedidas.

Después volvió a contemplarme en la gravedad de un persistente silencio y, murmurando unas palabras que no llegué a entender, se alejó cojeando de mi lado, confundiéndose de inmediato en la multitud que nos rodeaba al aproximarse a la entrada principal, por la que desapareció sin girarse siquiera un instante para decirme adiós.

Por supuesto, entonces no podía saberlo, pero aquella fue la última vez que le vi.

El claxon de un vehículo retumbó, estridente, por toda la estación.

—¡Venga, David, que ya no pueden esperarte más!

Di media vuelta y comencé a acercarme a Jaime con un punzante hormigueo detenido en mi estómago, que pareció volverse de metal en cuanto le alcancé al costado del autobús.

—Jaime, yo...

Mi hermano me golpeó con suavidad el hombro derecho, como solía hacer a no excesiva distancia de aquella estación en la que debía decidir las palabras adecuadas para despedirme de él.

—No hace falta, David. Ya lo sé.

—Voy a conseguirlo —le aseguré, a pesar de todo—. Haré que vuelvas a sentirte orgulloso de mí.

El conductor hizo sonar de nuevo el claxon, notoriamente irritado.

—Debo subir —me disculpé, un tanto apurado, y dándole la espalda para entregar mi billete a un encargado que ya me lo había reclamado un par de veces.

—¡Hasta pronto, David! —se despidió, al tiempo que yo ascendía aquella corta escalinata sintiendo mi estómago cada vez más y más metálico.

La puerta se cerró tan pronto pisé el último escalón, poniéndose en marcha el motor.

—¡Dile a Paco que volveremos a vernos dentro de nada! —grité, tratando de sobreponer mi voz al ronroneo del autobús, que comenzaba a moverse, y a la barrera infranqueable de la puerta cerrada—. ¡Os quiero!

Luego le vi agitando la mano en aquel andén repleto de personas desconocidas mientras buscaba mi asiento, que localicé justo cuando el autocar giró a la izquierda y mi hermano desapareció de mi vista oculto por las construcciones más cercanas de aquel pueblo pesquero que entonces supe vendría conmigo para siempre.

Me apoyé en el respaldo del asiento contiguo al que me correspondía, dejé mi maleta en el reducido espacio que colgaba sobre nuestras cabezas, me senté y me recliné hacia atrás, perdiendo de inmediato los sentidos más allá de los empañados cristales, desde los que pude vislumbrar por última vez el mar al pasar junto a esta pequeña cala de la que no me quise despedir.

***

Aquella noche llegué al único lugar que en mis recuerdos tiene un nombre.

Aquella noche llegué a Sevilla.

Un cielo pesado y nuboso nos vigilaba con lejana apatía mientras recorríamos sus anchas y hermosas avenidas, hasta que llegamos a una estación que nos esperaba con las puertas cerradas, obligándonos a circundarla y a detener el vehículo en una de las calles adyacentes a su entrada trasera.

Al primer aviso del conductor bajé a la acera, y en ella me quedé completamente paralizado, casi hipnotizado por el espectáculo que constituían los demás viajeros moviéndose a mi alrededor, ocupando otros vehículos o caminando hasta desaparecer tras la esquina más próxima, por la que al rato también terminó desapareciendo el autobús, dejando aquel rincón de la ciudad totalmente desierto, salvo por la presencia de mi figura, vacilante y desasosegada, encogida bajo la luz de la única farola que mantenía intacta su bombilla.

Por primera vez en mucho tiempo volvía a sentirme solo, con una soledad asfixiante y opresiva que me oprimía el pecho hasta hacerlo crujir.

Es más, creo que nunca en mi vida me había sentido tan solo.

Nunca en mi vida había necesitado tanto una voz amiga que me susurrara al oído que todo iba a salir bien.

En el puerto, en aquellos largos y cálidos atardeceres en los que el trabajo se prolongaba hasta después de haber anochecido, recuerdo que, a veces, cuando el Levante me arropaba alejando de mí el ruido de las viviendas vecinas, también me sentía solo. Pero aquella no era una sensación desagradable. Muy al contrario, era una soledad diferente, que me hacía sentir ajeno a cuanto me rodeaba. Un ser único y especial capaz de fundirse con el viento y de elevarse con él, deslizándome con sus alas prestadas en dirección a cualquier lugar remoto en el que pudiera, al fin, dejar atrás aquella realidad que debía acostumbrarme a reconocer como propia, y aquellos sentimientos anárquicos e incoherentes que nunca dejaron de arder en algún lugar indeterminado de mi cabeza.

Sin embargo, junto a aquella estación de puertas cerradas, en aquella ciudad extraña, la soledad se me antojaba más bien como una enemiga terrible y despiadada, dispuesta a arrebatarme incluso mis más ocultas y firmes convicciones hasta dejarme vacío y hueco como un puñado de niebla.

Me obligué a respirar profundamente, fantaseando con la improbable posibilidad de que aquel aire que colmaba mis pulmones fuera el mismo aire que, poco antes, hubiera acariciado al océano que bañaba mi pueblo, que hubiera llegado a mí empujado por el viento, el viejo amigo de mi padre y, por qué no, también el mío, o por ese destino travieso y esquivo que estaba intentando merecer, para que no me sintiera tan solo, y para que no olvidara que el verdadero valor, y el verdadero orgullo, surgen necesariamente de la derrota y del olvido.

Tenía que serenarme.

Y tenía que sobreponerme al alarmante presentimiento de que nada de cuanto estaba haciendo tenía sentido; de que me había equivocado al emprender aquel absurdo viaje en busca de algo que, de ningún modo, podía ser real, o de que jamás podría huir del vacío que crecía y se expandía dentro de mí.

Pero no me iba a rendir.

Todo iba a salir bien.

Todo tenía que salir bien...

Sacudí la cabeza, tratando de recordar por qué siempre había creído que la felicidad debía salir inexcusablemente al encuentro de quien se atreviera a ir a buscarla, o por qué el destino solo sabía escribir recto, hasta en renglones torcidos e invisibles.

Así, sin más, mi pecho dejó de crujir.

Y, aunque no desapareció la soledad, al menos ya no se me antojaba tan asfixiante, ni tan opresiva. Y ya no la veía tanto como una enemiga terrible y despiadada, sino más bien como una compañera de viaje impredecible y egoísta que, tarde o temprano, acabaría convirtiendose en mi amiga.

No me resultó fácil encontrar la pensión que Luis me había recomendado, pero, finalmente, y tras extraviarme varias veces por las serpenteantes calles del centro de Sevilla, la descubrí enclavada en el corazón de la ciudad, muy cerca de uno de los costados de la iglesia del Salvador; en un edificio de tres plantas y una fachada ennegrecida y desconchada que me dio la descabellada impresión de estar apenas bosquejada sobre los ladrillos y la cal.

Al entrar en ella me sorprendió la extremada parquedad de unos muebles que hacía años deberían haber sido reemplazado por muebles nuevos, así como, sobre todo, el olor. Un desagradable olor a rancio que en seguida me recordó al olor del despacho en el que solían castigarnos a mi hermano y a mí después de cualquiera de nuestras travesuras en el colegio, y en el que una vez intentaron convencer a mi madre de que yo nunca aprendería a leer.

Me deshice rápidamente de la sorpresa que todo aquello me acababa de causar, y crucé el corto recibidor que me separaba del mostrador blanco desde el que me observaba una mujer pequeña, de rostro ovalado y anchísimas caderas, quien, tras hacerme algunas preguntas y aceptar parte del dinero que llevaba de casa, rebuscó una llave en el casillero que colgaba a su espalda y me hizo acompañarla, subiendo unas escaleras que se hallaban a mi derecha, hasta alcanzar la habitación situada al final del pasillo principal de la primera planta, frente a los baños comunes.

Tan pronto abandonó el cuarto que me había asignado, alertada por una campanilla que repicaba en el piso de abajo, deposité la maleta sobre la colcha roja de lana que cubría la cama y me dejé caer a su lado, percibiendo en las pantorrillas el roce duro de una de sus aristas.

Me forcé a pensar en Jaime y en Paco. Los imaginé en el sofá del salón, cavilando sobre cómo me habrían ido aquellas primeras horas alejado de ellos, mientras probaban quizá el líquido contenido en la botella que mi hermano comprara en el colmado la tarde anterior, y que no pudimos beber al terminar de almorzar, como era nuestra intención, al echárse-nos encima la hora de salida del autobús.

Pensé también en Luis, quien seguramente se pregunta-ría, como ellos, por mi nueva situación, sentado en el límite del muelle, fumando un cigarrillo con ambas piernas colgando sobre las aguas y la mirada perdida en la intuida magnitud del océano.

Y pensé en la iglesia de San Julián, y en sus larguísimas raíces de piedra, y en los naranjos de la plaza de San Cristóbal, y en los barcos fondeados en el puerto pesquero, mecidos por el vaivén de la brisa y bañados por la luz de la misma luna que me hubiera iluminado desde lo más alto del cielo, de no estar oculta tras la cerrazón de la noche.

Apreté los párpados, como si fuera así de sencillo espan-tar el miedo y la nostalgia que calaban todos mis pensamien-tos, me puse en pie, situé la maleta de mi madre en la silla de madera colocada a los pies de la cama, junto al armario, y abrí la ventana que quedaba a mi izquierda para contemplar el angosto callejón que caía a sus pies.

Entonces volví a respirar profundamente, mientras un niño comenzaba a llorar en el piso de abajo, resquebrajan-do el silencio de aquella noche en la que había dejado atrás cuanto hasta aquel momento lo había sido todo para mí, por perseguir algo que ni siquiera estaba seguro de que fuera real. Y, no sé muy bien porqué, volví a sonreír, y volví a dejarme caer sobre la cama, donde me cubrí la cara con los brazos, y donde esperé a que me venciera a traición ese letargo en el que podría reencontrarme, aunque fuera a escondidas, con el sosiego, con la confianza y con la paz.

***

Al día siguiente me desperté tarde, sintiendo bullir en mi imaginación los últimos retazos de un sueño que no podía recordar y que, sin embargo, había dejado un reconocible sabor agridulce en el eco de mi memoria.

Tras permanecer unos instantes tumbado sobre la colcha de lana, me incorporé dispuesto a enfrentarme con aquella mañana que determinaría el comienzo de mi nueva vida.

Me di una ducha rápida, me vestí con los pantalones vaqueros que solía reservar para los días de fiesta y la camisa blanca que comprara precisamente para aquella ocasión, y bajé la escalera para toparme, al salir al exterior, con un luminoso mediodía de invierno que me permitió, al fin, confirmar la sutil belleza de unas calles que pronto consideraría las más hermosas de cuantas viera a lo largo de mi vida.

Desayuné en una pequeña cafetería ubicada en la parte trasera de la pensión, tras lo cual decidí coger un taxi para que me llevara al polígono industrial construido en las afueras de la ciudad, en la carretera hacia Alcalá de Guadaira, donde localizamos las señas que Luis me indicara marcando la fachada de una nave repleta de gigantescas piezas de metal.

Pagué apresuradamente la carrera al taxista, me acerqué a una furgoneta que estaba siendo cargada por dos hombres jóvenes que vestían un mono azul idéntico, y pregunté a uno de ellos por quien Luis me escribiera en la media cuartilla que me entregara en el pueblo, a lo que este señaló una escalera de hierro situada junto a una voluminosa pila de cajas a medio desembalar.

—Allá arriba, en las oficinas.

Le agradecí la información, atravesando la amplia nave central que en breve llegaría a conocer como la palma de mi mano, esquivando las prensas plegadoras y la trefiladora, y comencé a subir los ajustados escalones que me acababan de indicar, deteniéndome al sentir cómo la estructura entera vibraba bajo mis pies.

—¡No se preocupe, amigo! —gritó el conductor de la furgoneta, en un tono más bien jocoso, antes de poner en marcha el motor—. ¡Resistirá!

Avergonzado, le hice una señal y proseguí la subida.

—Por favor, ¿José Manuel Castaños?

La chica morena y delgada a la que había formulado esta pregunta dejó de puntear la lista que tenía ante ella, regalándome sus grandes ojos verdes.

—¿Perdona...?

—Busco a José Manuel Castaños. Es aquí, ¿no?

Soltó una risa minúscula y deliciosa, que terminó de agotar los últimos restos de desazón que aún persistían en mi ánimo.

—Sí que es aquí. El tercer despacho, a la derecha.

—Gracias.

Bajó el rostro, resbalando por sus hombros una tupida melena, oscura y rizada, que pensé debía oler a primavera y a hierba recién cortada, al tiempo que sentía como mis mejillas empezaban tímida y someramente a arder.

Me reproché en silencio estos inesperados pensamientos, acercándome al despacho que me señalara para encontrar, tras una mesa saturada de papeles, a un hombre corpulento, de edad incierta y unos ojos nerviosos y voraces que enseguida se clavaron en mí.

—¿Qué deseaba?

116

—¿José Manuel Castaños? —inquirí, apabullado bajo la presión de su mirada, que sentía escrutando cada uno de mis gestos mientras caminaba hacia él—. Soy David, creo que Luis le ha hablado de mí.

—¡Hombre, David! —se levantó y se me acercó para estrecharme efusivamente la mano—. Te estaba esperando. Por favor, siéntate.

Se acomodó tras aquella mesa cuidadosamente desordenada, observándome sin prisas.

—¡Vaya! —exclamó, sorprendido—. Eres el vivo retrato de tu padre.

Arqueé las cejas.

—¿Conoció usted a mi padre?

—Claro que sí, en el pueblo. ¿Luis no te ha contado nada?

Respondí que no, aunque por un momento me pareció reconocerle. Lo cual era imposible, puesto que luego supe que se había marchado del pueblo mucho antes de nacer yo.

—Ya sabes cómo es —le excusó, sacando, de uno de los cajones del escritorio que quedaba a su derecha, una cajita plateada repleta de cigarros, que abrió ante mí—, no le gusta hablar del pasado. ¿Fumas?

Volví a responder que no, desatando una disimulada sonrisa en cuanto le vi echarse hacia atrás y expulsar el humo de la misma manera que hacía a Luis cuando se sentaba en el borde del muelle.

Estuve un buen rato en su despacho, mientras José Manuel me describía los años que pasó en el pueblo, y la íntima amistad que le unió a mi padre y a Luis, con quienes pasó más de una década faenando en el *Albatros*, hasta que decidió abandonar cuanto tenía para buscar fortuna en aquella ciudad que intuí nunca llegó a hacerle olvidar del todo nuestro lejano trocito de mar.

Yo le escuchaba embelesado, tratando de imaginarle luchando contra el océano, con mi padre y con Luis, o apurando con ellos una botella de licor en la taberna del puerto, y sintiéndome realmente dichoso por poder compartir con él unos recuerdos que la noche anterior creí que no podría volver a compartir con nadie.

Cuando nos levantamos y nos despedimos con un prolongado apretón de manos, me percaté de que me sentía, de repente, profundamente reconfortado y, en cierta medida, también profundamente sorprendido por el modo en el que se estaban desarrollando los acontecimientos. En una mañana había encontrado un trabajo, un mundo entero de posibilidades abriéndose ante mí, la oportunidad de continuar buscando la felicidad, que de nuevo aprendía a creer debía esconderse un poco más adelante, quizá en algún lugar de aquella ciudad de hermosas avenidas y, lo que era más increíble, un pedacito de mi hogar encerrado en un amplio despacho situado al final de unos escalones que parecían mecerse bajo mis pies.

Y comprendí que aquello no podía ser más que una clara señal. Un mensaje secreto e invisible del destino, que pretendía susurrarme así al oído que todo iba a salir bien, que estaba en el lugar apropiado, y que seguía escribiendo recto para mí, por más que yo me empeñara en torcer los renglones o, lo que era peor, no los quisiera ver.

∗∗∗

Antes del final de aquella semana comencé a trabajar para José Manuel, aprendiendo el arte de domar la rigidez del metal con mis manos; de jugar con él como si estuviera hecho de plastilina.

Eligió a Óscar, uno de sus más antiguos empleados, para que me instruyera en el manejo de aquellas enormes máquinas de amenazantes rodillos y monótono funcionamiento, comenzando así a formarme en un oficio al que finalmente dedicaría más de diez años de mi vida.

Y, a pesar de su dureza y del hastío de repetir una y otra vez los mismos movimientos, aprendí a ejercerlo sin quejas, y hasta con afición, como quien practica un juego complejo y desconocido que intuye puede llegar a ser divertido tan pronto se comprendan sus reglas, lo cual solo me resultó posible después de conocer a Fran.

Fran era un joven alto y rollizo, de frente despejada, barriga prominente y una alegría pura y contagiosa que trataba de hacer partícipes a todos aquellos que le rodeaban, como si creyera que la vida no era sino un manjar exquisito que debía saborearse en compañía.

Había llegado a Sevilla desde un pueblo cercano de la comarca del Aljarafe, y nos hicimos amigos nada más conocernos, supongo que fundamentalmente por ser casi opuestos en carácter, mentalidad y forma de ser y de pensar. Porque Fran era un hombre simple y espontáneo, siempre dispuesto a ver el lado más amable de las situaciones y de las personas. Y había elegido una vida también simple y espontánea, alejada de todas aquellas tribulaciones que le obligaran a un enfrentamiento directo consigo mismo o con su más inmediata realidad, en la seguridad de saber perfectamente lo que podía obtener de cuanto era y de cuanto llegaría a ser, y sin esperar, ni desear siquiera, lo que pensara que no se hallaba justo al alcance de su mano.

Aún recuerdo la noche en que decidimos compartir su apartamento.

Agotó el resto de cerveza que quedaba en un vaso que había llenado ya tres o cuatro veces, y lo posó ruidosamente sobre la barra de aquella cervecería abarrotada de la calle Luis Montoto en la que solíamos terminar la mayoría de nuestras salidas de los sábados.

—¿Quieres otra? —me preguntó, encendiendo un cigarrillo.

—Mejor no. Ya es muy tarde.

—Entonces me voy a casa —anunció, irguiéndose con pereza mientras guardaba el encendedor dentro del paquete de tabaco.

—Y yo me vuelvo a la pensión —comenté, levantándome de una silla que había sentido cojear levemente la escasa hora y media que habíamos pasado allí, como siempre charlando de infinidad de cosas sin importancia alguna que, no obstante, llegaban a hacernos sentir tremendamente importantes—. Espero que hoy me deje dormir el crío de la casera.

—Tienes que irte de ahí, hombre. Hay mejores sitios para vivir.

Salimos a la calle, donde nos encontramos con una noche húmeda y desapacible que nos aguardaba lloviznando.

—Ya lo sé, pero con lo que gano no puedo permitirme nada mejor.

Fran se detuvo para abrir su paraguas, mirando descaradamente a una chica preciosa que pasó ante nosotros, y a la que creo recordar hasta llegó a decir algo, tratando de reclamar inútilmente su atención.

—Oye, se me ha ocurrido una idea genial —afirmó, volviéndose hacia mí.

—¿Cuál?

—¿Por qué no compartimos mi piso? Me sobra una habitación y entre los dos el alquiler nos saldría muy barato.

—No sé...

—Venga, David, es una idea fantástica. Ahorraremos dinero y, encima, lo podemos pasar en grande.

Sonreí, cobijándome, bajo su paraguas de dobladas varillas, de la fuerte lluvia que de improviso absorbía la noche tras un turbulento telón de agua.

—Bueno, te prometo que lo pensaré.

Apenas una semana después me mudé a su apartamento de la calle Febo, en pleno barrio de Triana.

No puedes imaginar con cuánta ilusión llevé a aquel apartamento mis reducidas pertenencias, profundamente convencido de que iniciaba esa nueva vida que tanto había anhelado, y de que acabaría aprendiendo de Fran, y de todo cuanto desde ese momento debía constituir mi única realidad, lo que comenzaba a creer que había ido a buscar: la capacidad de ser feliz sin mirar adelante, y sin mirar atrás.

Verás, en una ocasión escribí, al final de mi segunda novela, que la vida es como un largo viaje por la orilla del mar, en el que nuestras decisiones dibujan las huellas que pronto se asemejarán a los eslabones de la cadena en la que inevitablemente se acaban convirtiendo nuestros recuerdos. Pues bien, entonces no estaba seguro de adónde me dirigían mis pasos, y ni siquiera sabía si las olas terminarían borrando mis pisadas, pero al menos, y sin llegar a comprender porqué, estaba convencido de que esta vez había elegido, al fin, la dirección correcta.

***

Aunque, como ya debes suponer, esto no era totalmente cierto, porque allí no estaba lo que andaba buscando. Si bien lo que andaba buscando me iba a encontrar a mí, quizá guiado por el viento, mi amigo, cuidando acaso de que hallara el camino de vuelta a casa, a mi verdadero hogar.

Pero todavía no te he hablado de una tarde de mi infancia que, de algún modo, acabó marcando mi existencia para siempre.

Aquel día, en la escuela, Don Carlos, el maestro, trató de enseñarnos cómo se originaba el viento.

Nos habló de presiones atmosféricas, de corrientes de aire... De cosas confusas e incomprensibles para los seis años apenas cumplidos que por aquel entonces debía de tener, y que se me antojaban demasiado complicadas para explicar algo que intuía debía ser bastante más sencillo, como bastante más sencillo era sentir surgir el viento de la nada, o desaparecer en ella cuando se hubiera cansado de ulular entre la tierra y el cielo.

Al terminar las clases persuadí a Jaime para que nos acercáramos al puerto, a ver a nuestro padre, al que encontramos cerca de la bocana, junto al barco que tantos esfuerzos le había costado conseguir, afanándose en remendar una red enorme y riendo abiertamente de algún comentario afortunado de Luis, quien también soltó una ruidosa carcajada, golpeando el suelo con sus botas altas de goma.

—Papá —le interrumpí, dando un ligero tirón de la manga de su camisa para percatarle de nuestra presencia.

—Hola, pequeños —nos saludó, un tanto sorprendido—. ¿Qué hacéis aquí?

Sin responder, me senté sobre una de las cajas vacías que se apilaban detrás de él, con los brazos cruzados y los ojos fijos en el riachuelo de agua que, escapado de los depósitos de la Lonja, recorría el amarradero para acabar cayendo al mar desde alguno de los diminutos canales que la erosión había formado en la piedra.

—¿Qué tal la escuela? —me preguntó, girándose hacia mí mientras Jaime se acercaba a curiosear el atraque de una embarcación cercana—. ¿No habrán vuelto a castigaros?

—No.

Se me aproximó un poco más, tras ceder a Luis el resto del cigarrillo que antes colgaba por la comisura de sus labios.

—¿Qué te preocupa, *Sardinita*?

Alcé la vista del suelo y la clavé en su rostro, emborronado en el contraluz de la tarde.

—Papá, ¿dónde nace el viento?

—¿*Dónde nace el viento*? —repitió muy despacio, dejando caer la red sobre sus rodillas—. Pues no lo sé, *Sardinita*. La verdad es que nunca me he planteado una cosa así —reconoció—. Y, ahora que lo pienso, creo que es algo que carece, por completo, de importancia.

Levantó su mano, señalando con ella el horizonte, más allá del inmediato escarceo del mar.

—El viento me acompaña cuando estoy lejos, en la soledad del océano. Controla mi deriva y me trae de vuelta a casa, con vosotros, incluso después de la travesía más accidentada, alejándose al instante como si nunca hubiera estado allí. Y, ¿sabes una cosa? Me da igual de dónde viene, o adónde va. El viento es un buen compañero de viaje, el mejor de todos —me aseguró, volviendo a sujetar con firmeza la red—. Y creo que también es un buen amigo. Un amigo impredecible y egoísta que no siempre se comporta como hubiéramos querido pero, aun así, es un buen amigo. Un amigo fiel y cercano que siempre está a nuestro lado, hasta en aquellos momentos en los que creemos que nos hemos quedado completamente solos.

Desvió fugazmente su atención hacia Luis, para concentrarla, seguidamente, en mí.

—Y lo único que tiene realmente importancia de tus amigos es que puedes contar con su ayuda cada vez que los necesites, y que ellos podrán contar con la tuya cada vez que te necesiten, a su vez, a ti.

Entonces, tras permanecer unos segundos en silencio, con los brazos cruzados y la vista detenida en el punto del horizonte que mi padre me acababa de señalar, me puse en pie y fijé en él una mirada interminable.

Le contemplé a través de la tarde, viéndole decir a Luis algo en voz baja que le provocó volver a soltar una carcajada, justo antes de que ambos se centraran de nuevo en su trabajo, como si yo ya no estuviera con ellos.

Le contemplé repleto de orgullo, y de seguridad.

Le contemplé repleto de paz.

Y, por supuesto, nunca más volví a cuestionarme dónde nacía el viento, ni volví a intentar comprender cómo era mi padre capaz de encontrar el camino de vuelta a casa cuando se alejaba más allá del horizonte.

Como nunca volví a preguntarme si alguna vez se sentía solo en el inmenso vacío del mar.

VII

La Muerte frota instintivamente uno de sus antebrazos, a la vez que parece estremecerse al alcanzarle un repentino soplo de aire.

—¿Tienes frío? —se interesa David, rompiendo el mutismo con el que le observa desde hace varios minutos.

—Un poco.

—¿Y qué tal la espalda? ¿Sigue molestándote?

—Algo menos que antes.

El Viajero señala las sombras que se amontonan donde debería iniciarse el estrecho camino de tierra que desembocaba en su casa, que no ha sabido recordar para él.

—Si quieres, podemos resguardarnos de la humedad. Alejarnos de la orilla.

—No hace falta. Me encuentro bien, y me gusta estar cerca del agua. Pero gracias por preocuparte —añade, poniéndose en pie y girándose hacia su derecha para contemplar el mar, que reposa en una calma tan apacible que casi le da la apariencia de un mar de juguete.

David apoya ambas manos en la arena e inclina la cabeza hacia atrás, permaneciendo así durante algo más de un instante, respirando despacio y sintiendo en el rostro el roce continuo del viento, que, aun amainado, se hace notar a su alrededor.

—¿Crees que hubiéramos podido ser amigos? —inquiere, de repente—. De habernos conocido en otras circunstancias, por supuesto.

La Muerte se vuelve hacia él con una mirada repleta de significado.

—¿Quién sabe? Siempre he creído que la verdadera amistad, como el verdadero amor, no se busca: te encuentra.

—No puedo estar de acuerdo con eso. La mayoría de las veces no tenemos más remedio que buscar la amistad y perseguir el amor; luchar por aquello que queremos, o que creemos necesitar.

—¿Estás seguro? Quizá sí sea posible perseguir, y alcanzar, los amores diminutos. Esos que ni siquiera nos acordamos de despedir tan pronto los dejamos de tener delante de nosotros. Pero dime, ¿y ella? ¿La buscaste o, sin más, te encontró, como sin más, y sin buscarme, te he encontrado yo?

David desmenuza en sus labios una especie de sonrisa.

—En eso estás en lo cierto. Con ella todo fue tan diferente...

Vuelve a quedar en silencio, sin apartar la vista de su compañero.

—¿En qué piensas? —le pregunta la Muerte, acercándosele.

—No sé, supongo que ahora me has recordado un poco a María. Siempre creyó en el destino, y siempre trataba de contagiar a todos los que la rodeaban de esa maravillosa manera suya de ver el mundo, invariablemente repleto de pequeños milagros, de respuestas enredadas en el aire y de mensajes invisibles con los que poder esquivar el azar.

—Es una bonita manera de verlo. Desde luego, debió de ser una gran mujer.

—No puedes imaginarte cuánto.

Después de terminar de hablar el Viajero se mantiene de nuevo momentáneamente en suspenso, con las pupilas fijas en el insistente renacimiento de las olas.

—¿Qué te dijo? —indaga, por fin, liberando una duda que le acompaña desde el comienzo de la noche, y temiendo oír aquello que tanto le ha atormentado desde que María se fue—. Me refiero a cuando ella estaba aquí, contigo.

—Sigues dando demasiadas cosas por supuestas, y sigues sin querer mirar y ver. Ella jamás estuvo aquí, David. Esto es solo para ti. Además, nadie podrá saber qué pasó por su cabeza cuando tuvo que afrontar su propio final, ni qué fue lo último que pensó al comprender que debía dejar atrás, y para siempre, lo que tanto había amado, y lo que tanto os había costado conseguir.

Retrocede unos pasos, en dirección a la roca desde la que antes le escuchara, apoyándose en ella.

—Pero, aun así, estoy seguro de que sus pensamientos no debían andar muy lejos de esta misma playa, de una orilla que nunca parecía acabar de despertar, y de dos hileras de huellas enmarañadas junto al mar.

David siente cómo se le eriza brevemente la piel.

—No hay duda de que sabes decir las cosas, anciano —afirma, contemplando a aquel personaje que le ha rescatado del vacío, que le ha enseñado a dudar, y que le ha ayudado a oír de nuevo su voz, precisamente cuando empezaba a pensar que no volvería a oír nada—. Y creo que sí hubiéramos podido ser amigos... de habernos conocido en otras circunstancias, por supuesto.

Después vuelve a quedar parcialmente en suspenso.

Y vuelve, sin saber muy bien por qué, a sonreír.

***

Será mejor que continuemos con mi historia.

El tiempo comenzó a transcurrir entonces un poco más deprisa, casi atolondradamente, disperso, esporádico, como si pudiera plegarse a nuestra voluntad y a nuestro estado de ánimo con la ductilidad de nuestros deseos, de nuestras elecciones o de nuestra forma de pensar.

Así, a los días siguieron las semanas, y a las semanas los meses, sin que volviera a sentir el vacío, la opresión o la ansiedad que durante mi último año en el pueblo llegara a considerar como parte inseparable de mi realidad.

Porque aquella fue una buena etapa de mi vida.

Tenía un trabajo que no me disgustaba y que, sin estar bien pagado, me permitía ciertas comodidades. Tenía la oportunidad de hacer de mi futuro lo que quisiera, al fin convencido de que únicamente yo poseía autoridad para decidir cuál era la dirección correcta. Tenía la sensación, no, mejor dicho, la seguridad, de hallarme en el sitio correcto, abandonando aquella idea absurda de que había algo magnífico y deslumbrante esperándome un poco más adelante, aguardando tan solo a que emprendiera el camino que me llevaría ineludiblemente a alcanzarlo. Tenía también buenos amigos, de los que ahora apenas recuerdo sus nombres, y, sobre todo, tenía a Fran, y tenía a Mónica.

Mi dulce Mónica.

Mónica era una chica morena y muy delgada que trabajaba en las oficinas de la empresa, que conocí al día siguiente de mi llegada a Sevilla. El mismo día en el que descubrí en José Manuel Castaños un fragmento de mi pasado, y una señal inequívoca del destino indicándome que todo iba saliendo bien.

Mónica tenía unos inmensos ojos verdes repletos de luz, y una tez blanca y sedosa que a veces me daba miedo incluso acariciar por temor a que se desvaneciera al contacto de mis manos. Y, aun así, lo primero que me atrajo de ella fue su manera de hablar, siempre muy despacio, como si en lugar de pronunciar las palabras se limitara a esbozarlas colgándolas del aire.

De hecho, creo que me enamoré de ella la primera vez que la vi. Que en ese instante supe que terminaría transformando mi vida, y mostrándome un universo sorprendente y prodigioso que pronto aprendería a mirar, y a ver, a través de sus brillantes ojos de primavera.

Sin embargo, al principio no me atreví a dejarle sospechar siquiera mis sentimientos, volviendo a saberme —a pesar de creerme alguien totalmente distinto— subyugado por la misma cobardía y la misma impasibilidad que experimentara en el pueblo, en la taberna del puerto, cuando conocí a Sonia.

Pero, una vez más, el destino volvió a mover pieza, y fue ella la que se nos acercaría a Fran y a mí, inducida, supongo, por nuestra soledad compartida, en la que sin duda reconocía un espejo de su propia soledad. Y, por descontado, ambos la admitimos en seguida y sin condiciones como parte de nuestra nueva vida, encontrando los unos en los otros algo equiparable a esos amigos firmes e imprevistos que siempre quise tener, y de los que creía que únicamente podían disfrutar aquellos que lucharan junto a otros contra el mar.

Los tres nos hicimos inseparables, y con ellos viví los que acabarían constituyendo varios de los mejores pasajes de mis recuerdos, o, cuando menos, de los más divertidos e irresponsables, lo que también representa, indudablemente, un grado de felicidad. Es más, creo que nunca he vuelto a disfrutar como en aquellos meses de la amistad, del alboroto, del sentido o del contrasentido de la aventura y del entusiasmo de hacer las cosas por el mero goce de hacerlas, sin ambicionar, ni esperar de ellas, consecuencia alguna.

Y Mónica estaba allí, ¿entiendes? Ella estaba allí, justo cuando más necesitaba que estuviera allí. Demostrándome que era posible darle la vuelta a esa suerte esquiva y enigmática que hasta entonces me había rehuido, y que presentía podía convertirse en una inesperada compañera de viaje si tan solo aprendía a apoyarme convenientemente en quien en cada momento estuviera a mi lado.

Fue así como por primera vez en mi vida puede decirse que realmente me enamoré.

Porque aquello sí fue, de alguna forma, amor.

Por más que no fuera sino un amor buscado. Un amor tan inevitable como necesario con el que el destino pretendía enseñarme que en sus planes no existe el azar.

Creo que me aventuré a besarla en la Plaza de España, bajo una de las columnas de la hermosísima construcción semicircular en la que solía perder tardes enteras emborronando mis cuadernos con las historias que imaginaba sin cesar, tratando de recuperar una voz que hacía mucho tiempo había dejado de oír dentro de mí.

Mónica se mostró un tanto sorprendida, ante lo cual me disculpé jurándole que no volvería a pasar, que no quería que aquello estropease nuestra amistad. Ella sonrió, acarició una de mis mejillas y, acercando mi rostro al suyo, unió nuestros labios, fundiendo y confundiendo mi respiración con su olor. Ese olor a manantial y a hierba recién cortada que desde entonces embriagaría mis sentidos hasta hacerme olvidar por completo el olor del mar.

Varias semanas después nos fuimos a vivir juntos a un amplio apartamento del barrio de Los Remedios, situado en el último piso de un edificio de descomunal altura de la calle Asunción, también próximo al río y también orientado hacia el Noroeste, dejando yo el que compartía con Fran.

Y, a pesar de lo que puedas llegar a pensar, conociendo ya cómo terminó todo entre nosotros, te aseguro que los meses que conviví allí con ella fui, de alguna manera, feliz. Aunque con esa felicidad cobarde y evasiva que necesita convencerse constantemente de que todo está exactamente donde debe estar.

Supongo que simplemente la necesitaba, la buscaba y la encontré.

Porque Mónica era lo que siempre había buscado. Justo lo que me faltaba para no añorar el árido recodo del océano que había dejado atrás, o para no desear siquiera volver a contemplar el sol, moribundo y melancólico, dormitando sobre las aguas.

Mónica era el futuro, el bendito olvido. Y era la paz, y la cotidianidad de una vida que debía hacer mía.

Mónica era, en fin, mi rosa de los vientos, con la que, tan pronto aprendiera a guiar con ella mi rumbo, y a seguirlo sin desconfiar de la derrota que me indicara, estaba seguro de que nunca más me volvería a perder.

***

—No me encuentro bien, cariño —dije, depositando en el suelo las últimas bolsas de plástico que acabábamos de sacar del ascensor de aquel edificio en el que ya debíamos llevar viviendo unos once o doce meses—. Creo que me echaré un rato antes de cenar.

—¿Qué te pasa?

—No es nada, solo quiero descansar un poco.

La besé en la comisura de los labios y, antes de permitirle preguntar nada más, salí de la cocina para encerrarme en nuestro dormitorio y tumbarme en la cama, todavía deshecha.

Sin duda había sido un buen sábado.

A primera hora habíamos acudido a la sucursal bancaria de la esquina de Sánchez Arjona con República Argentina, en la que el director nos confirmó que nos concederían el préstamo para adquirir el coche que, a continuación, pasamos a reservar en el concesionario ante el que nos solíamos detener cuando cruzábamos frente a él, camino de la casa de

José Manuel. Después hicimos algunas compras en las inmediaciones de la estación de Santa Justa, almorzamos con Fran y su nueva novia en aquella pizzería del barrio de Nervión que tanto nos gustaba y, para terminar, fuimos al cine Cervantes a ver la última película de Martin Scorsese, de la que tan bien nos habían hablado y que apenas me había interesado lo suficiente como para ayudarme a dejar de pensar.

Porque hacía unos días que no podía dejar de pensar.

Creía que todo estaba saliendo bien, que al fin había conseguido cuanto había buscado durante toda mi vida, que tenía junto a mí lo que siempre había querido tener y en la proporción adecuada, pero nada más colgar el teléfono, tras hablar con Jaime, todo volvió a antojárseme fútil, lejano y completamente incapaz de saciar el despeñadero en el que de nuevo se había convertido mi historia, mi seguridad y mi memoria.

Lo cierto es que hacía bastante tiempo que no sabía nada de ellos. Me temo que incluso demasiado. De hecho, no había vuelto al pueblo ni una sola vez desde que llegué a Sevilla y, en el año y medio largo que debía de haber pasado ya desde que abandonara mi infancia enredada en cada una de sus esquinas, creo que apenas les llamé más de una o dos veces, como si, aun sin atreverme a reconocerlo, me esforzara por mantenerlos lo más alejados posible de mí, quizá temiendo hallar en ellos, y en los recuerdos que me pudieran evocar, algo con lo que no me quería reencontrar.

En aquella ocasión Jaime se mostró un poco más locuaz que de costumbre. Me contó que había dejado de trabajar en el puerto y que había montado con Pablo una pequeña tienda de ultramarinos cerca de casa, al comienzo del muelle pesquero. Parecía muy contento, por lo que me alegré mucho por él, aunque no pude impedir el volver a experimentar un secreto resentimiento al constatar la devoción con la que me hablaba de nuestro viejo amigo, a quien sospechaba entregaba a manos llenas una proximidad y un cariño que una vez fueron solo para mí.

Pero no habían vuelto las dudas por él.

Ni siquiera por las noticias que me dio de Paco.

Mi pobre hermano Paco.

Paco no estaba bien. Pasaba las horas mirando por la ventana de la cocina en un silencio aterrador, que únicamente rompía cuando Jaime se sentaba a su lado y trataba de forzarle a hablar.

No, a pesar de cuanto me contó de Paco, no era por él por quien no podía dejar de pensar. Ni por el abismo ávido e inalterable que estaba seguro aún crecía y se expandía en su interior, y que ya intuía no podía concluir en nada bueno, como efectivamente ocurrió. Ni por los sentimientos brutalmente contradictorios que se agolpaban en mi mente mientras le oía hablar, o por los remordimientos que raspaban mi entereza cuando pensaba en ellos, y en cómo los había abandonado para emprender aquel viaje acaso a ninguna parte.

Quizá se debiera a que, en cierto modo, presentía que los acontecimientos se precipitaban demasiado deprisa a mi alrededor, sin que me viera capaz de controlar su atropellado devenir, por más que fuera yo quien los azuzaba una y otra vez para que no se detuvieran ni una milésima de segundo a cerciorarse de estar siguiendo la dirección correcta.

O quizá, sencillamente, había vuelto a recordar mis sueños de infancia, cuando aún creía que era alguien especial, y que tenía todo un mundo de cosas que dar y que enseñar a quien quisiera escucharme. Y, en aquellos momentos en los que alcanzaba a comprobar la manera en la que cuanto una vez fui había dejado de tener importancia para mí, en aquella ciudad ajena que poco a poco aprendía a reconocer como propia, comenzaba a echarlos de menos.

No lo sé.

Solo sé que no podía dejar de pensar, como no podía abandonar el presentimiento tenaz y recalcitrante de que algo fallaba en aquella existencia con la que me había topado en una ciudad de anchas y hermosas avenidas, y un río manso y majestuoso que, en las noches más despejadas, simulaba para mí el inimitable olor del mar; como si una parte de mi conciencia se rebelara contra aquel inesperado final del camino, o contra las respuestas de apabullante simpleza que este me ofrecía, y en las que a duras penas me veía capaz de encajar las preguntas que me atormentaban desde que aprendiera a dudar.

Sin embargo, y tal y como hiciera en el pueblo, y supongo que por los mismos motivos, opté por no compartir con nadie ninguna de estas cavilaciones, ni siquiera con aquellos que sentía más próximos a mí.

Por ello cuando, al cabo de unos minutos, Mónica se decidió a entrar en la habitación para sentarse a mi lado y preguntarme qué era lo que me ocurría, me limité a inspirar profundamente, fingir una excusa y, tras susurrar alguna mentira a su oído, dejar que me rodeara entre sus brazos, igual que debía hacer ya, con el resto de mi historia, el inapelable paso del tiempo, que volvía a intuir justo detrás de mí, olfateándome como olfatean las fieras a sus presas, cuando las tienen acorraladas e indefensas, antes de terminar con su agonía haciéndolas suyas para siempre.

Y es que, como hace un rato te dije, aquello no era amor de verdad.

Aquello era, simplemente, amor.

Ese amor ciego y autocomplaciente que, a su modo, nos hace felices, por más que no nos haga más libres, sino esclavos de nuestra propia felicidad, ante la que acabamos sacrificando nuestra realidad, nuestros sueños, nuestros recuerdos y nuestro destino.

Y, por supuesto, no era ella.

Pero por supuesto ella estaba a punto de salir a mi encuentro, y estaba a punto de enseñarme lo fácil que es, a veces, mirar sin ver.

***

—¿Tomamos una cerveza? —me propuso Fran tan pronto salimos de la nave central aquella fría y apagada tarde de marzo.

—No puedo —le contesté—. He quedado con Mónica.

Me giré unos centímetros para descubrirme difuminado en el cristal de una de las ventanas adyacentes a la puerta principal.

—Hoy viene su hermana —puntualicé—, la que vive en Madrid.

—Es cierto, ya me lo habías dicho —se situó a mi lado, alisándose el flequillo con los dedos—. Oye, si es guapa me la presentáis, ¿de acuerdo?

Le respondí que sí, procurando no reflejar en el tono de mi voz el malestar que sentía ante la mera idea de tener que compartir mi vida, aunque fuera por unos pocos días, con una extraña.

Porque exactamente eso es lo que era, una perfecta desconocida, a pesar de tratarse de la única familia que le quedaba a Mónica tras el terrible accidente de tráfico en el que, siendo ambas unas niñas, habían perdido a sus padres y a su hermano Miguel, dado que Mónica apenas me había hablado de ella, si bien en una ocasión me refirió de pasada cierta tempestuosa relación de su hermana con un hombre mucho mayor que ella, que acabó con su anterior íntima armonía y provocó que viniera a Sevilla, según sus palabras, para no verla tirar su vida por la ventana con aquel personaje cruel y ruin que solo podía hacerle daño.

—Ahí está —anunció Fran, al ver salir nuestro Ford Fiesta blanco de la curva colindante con el comedor en el que solíamos almorzar.

—Vamos, sube —ordenó Mónica, deteniendo el vehículo frente a nosotros justo cuando un nuevo aguacero volvía a exprimir las nubes—. Se nos ha hecho tardísimo.

—¿Dónde tenemos que recogerla? —pregunté, sentándome a su lado y despidiéndome de Fran.

—En la estación de Plaza de Armas. Y llega en menos de un cuarto de hora.

—Tranquila, cariño, ya verás como estamos allí a tiempo.

No fue así, aunque solo nos retrasamos unos minutos.

Aparcó en doble fila, junto a un Seat Panda gris en cuyo asiento trasero aguardaba una anciana que nos observó ociosamente, a la vez que Mónica se apresuraba fuera del coche.

—Quédate aquí —decidió antes de cerrar la puerta— por si hay que moverlo.

Asentí, sabiendo que mentía. Que lo que verdaderamente quería era estar a solas con ella antes de presentármela. Limar por completo sus diferencias, en el convencimiento de que, después de las interminables acusaciones que se habían intercambiado durante los últimos años, y a pesar de las prolongadas llamadas de teléfono que se cruzaban desde la ruptura de su hermana con aquel hombre realmente despreciable, necesitaban poder reencontrarse en la intimidad... y sintiéndome, en parte, culpable de que no se hubiera atrevido a reconocérmelo.

Sin prestarle no obstante excesiva importancia a esta falta de sinceridad, y en cuanto se alejó de mí para subir corriendo la escalinata que desembocaba en la sala de espera de la estación, recliné la cabeza en el respaldo del asiento y me dejé llevar por el agitado discurrir de mi imaginación, rítmicamente acompasado por el incesante tintineo de las gotas de lluvia que tamborileaban una y otra vez sobre la chapa del automóvil.

De hecho, apenas presté atención cuando vislumbré a Mónica bajando las mismas escaleras que antes subiera corriendo, acompañada ahora de una chica algo más alta que ella, de la que únicamente podía distinguir su difusa silueta emborronada más allá de los ríos minúsculos que resbalaban por el parabrisas.

Es más, creo recordar que solo me percaté de su presencia cuando estaban a unos metros escasos de mí, y que ni siquiera entonces me fijé en su semblante, suave y despejado; o en su figura, menuda y un tanto desgarbada; o en esa increíble sonrisa suya que pronto me haría creer que era posible ver sonreír al mar...

—Venga, David —apremió Mónica, metiéndose rápidamente en el interior del coche—, baja y ayuda a mi hermana a guardar su equipaje en el maletero, que está diluviando.

Consentí de mala gana y, al salir, la vi oculta tras un espeso manto de lluvia que le empapaba la negra y rizada melena, velándome parcialmente su rostro.

—Hola, David —me besó en ambas mejillas—. Soy María.

—Lo sé —contesté—. Anda, dame eso y entra en el coche, que te vas a poner chorreando.

—Vale, pero será mejor que te des prisa, o el que acabará calado hasta los huesos serás tú.

Después se pasó los dedos por la frente, apartando los anárquicos mechones que la tormenta había revuelto sobre ella, permitiéndome ver sus ojos, profundos e interminables. A continuación se sentó en el asiento trasero, detrás de su hermana, a la que susurró algo al oído que hizo que ambas comenzaran a reír a la vez.

Lo cierto es que no me pareció particularmente hermosa, ni siquiera atractiva.

Solo una chica normal.

Y sé que puede llegar a tener gracia, pero lo primero que pensé al verla fue que ojalá no estuviera demasiado tiempo con nosotros.

Aunque no se alejaría de mi lado.

Y no era una chica normal.

Era ella.

Era mi estrellita de mar.

La única capaz de resplandecer más allá de mi memoria y de mi insoportable oscuridad.

La única que podría mostrarme, definitivamente y para siempre, el camino de vuelta a casa, a mi verdadero hogar.

***

—¿Tienes familia, David? —quiso saber María aquella misma noche, mientras le ayudaba a secar los platos que habíamos usado durante la cena y que había insistido en fregar tan pronto como Mónica anunció su deseo de irse a la cama.

—Dos hermanos —respondí, escapándoseme un bostezo—. Mis padres murieron hace tiempo, y también perdí a mi hermano Antonio en un accidente, en el mar.

Una punzada atravesó mi estómago, en cierto modo sorprendido al descubrir en qué pocas palabras tenían cabida tan dolorosos y transcendentales recuerdos.

—Lo siento.

Permaneció inmóvil unos segundos, dejando deslizarse, más allá de su cuello, las negras ondas de su cabello.

—¿Qué te ocurre? —le pregunté, rozando uno de sus brazos, y percibiendo cómo se estremecía todo su cuerpo.

Se encogió de hombros.

—Nada.

—Vamos, María, somos casi familia.

—Lo sé, pero no es nada.

Me aproximé un poco más a ella, contemplándola detenidamente, y comprendiendo a la perfección, sin llegar a explicarme por qué, cómo se sentía.

—A veces no es sencillo, ¿verdad? —aseveré de repente, aun convencido de que debía callar.

—¿El qué, David?

—Fingir.

Volvió a quedarse inmóvil, mirándome a los ojos por primera vez desde que habíamos llegado a la casa, al mismo tiempo que yo sentía un inesperado escalofrío recorriéndome la nuca.

—¿Tanto se nota?

—Mónica no se ha dado cuenta. Es muy valiente lo que estás haciendo por ella.

Tragué saliva, sin separar mis pupilas de las suyas.

—Conmigo no tienes por qué hacerlo —continué—. Puedes contarme qué es lo que te preocupa.

Vació una torpe sonrisa en sus labios.

—No lo entenderías. Nadie lo entendería.

—Es posible. Pero podrías, al menos, dejarme intentarlo.

—Es que es muy complicado, y ni siquiera sabría por dónde empezar.

—Pues empieza por el final —sugerí, capturando unas frases recuperadas de algún lugar situado a una distancia infinita de aquella cocina—. Por los motivos que todos tenemos para seguir adelante, y siempre adelante; para seguir intentándolo una y otra vez, hasta que el dolor y las dudas desaparezcan.

Me detuve, azorado. No debía hablarle así.

—No serviría de nada —me rebatió, con una paciencia y una resignación totalmente desoladoras—. Dime, ¿acaso puedes explicarme por qué debo seguir intentándolo? Intentar seguir adelante, seguir luchando, a pesar de cometer continuamente con los mismos errores. ¿Por qué tanto sufrimiento, tanto dolor?

Cerró los ojos en cuanto las palabras comenzaron a romperse en su voz, justo antes de que una lágrima emergiera de ellos y comenzara a resbalar por su rostro.

—Por qué tiene que ser todo tan complicado, tan feo...

—No, María. No llores, por favor. No debes llorar nunca. Nada merece un precio tan alto, ¿entiendes? Solo se debe llorar por aquello que, amándolo de verdad, perdamos para siempre. Y nada que amemos de verdad se pierde para siempre.

Ahora abrió sus párpados de par en par, y me miró. Sin decir nada, sin moverse apenas, entre tanto yo volvía a advertir el mismo escalofrío en la nuca. Luego elevó despacio su mano derecha y arrancó, con el roce de uno de sus dedos largos y cuidados, la lágrima que prendía del borde de su piel.

—Tienes razón, David, mucha razón. Además, nada de esto importa, porque estoy segura de que, al final, y pase lo que pase, todo va a salir bien.

El escalofrío se tornó, de improviso, de cristal.

—Sí, todo se va a arreglar, seguro —prosiguió—. Tarde o temprano va a ocurrir un milagro.

—¿Qué quieres decir? —inquirí, con el corazón palpitando más y más fuerte en el interior de mi pecho.

—Pues eso, David, que pronto va a ocurrir un milagro. Uno capaz de darle sentido a todo.

Se obligó a sonreírme, mientras caía sobre su frente un mechón de su larga melena, densa y oscura, como la noche que, en ese momento, debía cubrir mi pequeño pueblo pesquero, velando el sueño de mis seres más queridos. Precisamente aquellos que había dejado atrás para perseguir una quimera que, por un instante, volvía a parecerme real.

—Será mejor que me vaya a la cama —pensó en voz alta—. No hago más que decir tonterías.

—En absoluto, María. Soñar es algo muy serio.

Amplió la sonrisa, estudiándome esta vez desde unos ojos que, a pesar de su color, un indescriptible marrón oscuro, casi negro, se me antojaron forjados en el mismo material que el agua. Después dudó unos segundos, se me acercó un poco más y depositó un beso rápido y furtivo en una de mis mejillas.

—Eres un sol, y sé que harás muy feliz a mi hermana —dijo, apartándose apresuradamente de mí, y dejando en el fregadero, junto con los cubiertos sin enjuagar, el delantal con el que había pretendido evitar ensuciarse la blusa y los ajustados pantalones vaqueros que ya llevaba puestos cuando bajara del autobús—. Hasta mañana, David —se despidió, al tiempo que sus pómulos se teñían de un rubor apenas perceptible.

—Espera un momento —la detuve, alargando uno de mis brazos hacia ella—. ¿Por qué estás tan segura de que todo va a salir bien, de que tarde o temprano va a ocurrir un milagro?

—No lo sé —afirmó—. Y, aun así, lo estoy. Supongo que, de algún modo, la alternativa me resultaría completamente insoportable.

Volvió a fundir brevemente sus ojos con los míos y, tras brindarme una nueva y fascinante sonrisa, de esas que jamás aprenderán a mentir, se alejó en dirección a la penumbra que se extendía tras la puerta de la cocina, hasta confundirse con las sombras que se prolongaban más allá de su quicio entreabierto, bajo el que se detuvo para girarse de nuevo hacia mí.

—Además, piensa que no es tan descabellado esperar un milagro. Uno grande, muy grande. Uno de esos capaces de cambiarlo todo. De hecho, estoy convencida de que ocurren constantemente a nuestro alrededor, por más que no lo sepamos, o no lo queramos reconocer. Cómo hacerlo si, a fin de cuentas, los grandes milagros son tan pequeños que apenas se ven...

***

Sin querer hacer ruido entré en mi dormitorio, me desnudé y me introduje en la cama, junto a Mónica, que no se movió.

Aquella noche no pude dormir.

La pasé tumbado boca arriba, percibiendo a mi lado el cuerpo cálido y dócil de la mujer que amaba, con la atención perdida en algún punto de la oscuridad que se desplegaba en torno nuestro, y un cosmos entero de sensaciones brotando justo de donde había llegado a creer que no volvería a brotar nada.

Sus ojos.

Su sonrisa.

Su voz.

Y, sobre todo, sus palabras, diciéndome lo que siempre había querido escuchar.

No.

Debía dejar de pensar en ella.

Tenía que dejar de pensar en ella.

María no era una mujer especial.

Era, sencillamente, la hermana de Mónica.

Una chica normal, con una triste historia a sus espaldas que, lógicamente, me había enternecido, y me había hecho confundir la compasión y la empatía con sentimientos más profundos que, de ninguna forma, podían nacer de aquel modo.

Y, por supuesto, ella no tenía razón.

Los milagros no existen, y de nada sirve creer en cosas que nunca fueron, ni serán reales.

Pero, entonces, ¿por qué no podía apartarla de mis pensamientos?

¿Por qué la sentía fusionada con todos y cada uno de mis sentidos, impregnando con su imposible aroma a brea y sal mi sensatez, mis circunstancias y mi memoria?

¿Por qué se estremecía de aquel modo mi corazón tan solo arrullando su recuerdo?

¿Por qué me sentía, de repente, tan especial?

¿Por qué habían despertado, violentamente y sin avisar, mis sueños y mis miedos de antaño, reencontrándome con todo aquello que creía haber perdido hacía muchos años, y que de repente descubría donde siempre debían haber estado, a pesar de haberlos buscado infinidad de veces allí?

¿Por qué volvía a creerme tan próximo a ese primer rayo de sol, del que necesariamente debe nacer la luz?

—¿Has dormido bien, cariño?

Sorbió de la humeante taza de café que acababa de servirle.

—Cariño... —insistió.

—Dime.

—Te preguntaba si habías dormido bien. Tienes mala cara.

—No es nada, solo estoy algo resfriado.

Intenté probar la rebanada de pan que seguía intacta en mi plato, sobre el que volví a dejarla. No podía comer.

—¿Qué tal ayer, con María? Os acostasteis temprano.

—Casi después que tú —confirmé, acelerándoseme inesperadamente el pulso.

—¿Y de qué hablasteis?

—De que va a ser —mentí—. De ti.

Me observó con atención desde detrás de la finísima cortina que dibujaba el vapor al salir del café.

—Espero que no te contase ninguno de mis secretos.

—Desde luego que sí. La torturé hasta que me confesó toda la verdad.

Mónica comenzó a reír de aquella manera suya tan deliciosa que parecía detener el mundo entero para obligarlo a reír desde sus labios, y que hacía que nada más tuviera cabida a su lado, ni siquiera la confusión, la mentira o las dudas.

Me fijé en ella, aún despeinada, con las mejillas tenuemente sonrojadas por el calor de la calefacción que acostumbrábamos a dejar encendida por la noche. Y me sumergí en el mar de hierba de sus ojos; en el plácido puerto de su mirada de primavera, que ya reconocía como el final de mi viaje.

—Voy a ducharme —anunció, dejando su taza en el fregadero—. Y tú deberías ir arreglándote —aconsejó, acercándoseme para colgar un beso de mis labios—, hoy no puedo llegar tarde. Tenemos inventario.

Acto seguido abandonó la cocina, alcanzándome al poco el sonido del agua al chocar contra las cortinas de plástico del baño y contra su cuerpo desnudo. Entonces salí en dirección a nuestro dormitorio, sorprendiéndome dirigiendo fugazmente mis ojos hacia la puerta cerrada del cuarto de María, amordazados en el anhelo de verla mirarme una vez más.

Me obligué, yo también, a sonreír.

¿Cómo podía actuar así?

Amaba a Mónica.

La amaba, estaba seguro.

Mónica era mi rosa de los vientos.

Mónica era mi felicidad, y mi destino.

Mónica era ella.

***

—¿Me has oído, David? —insistió Fran, deteniendo la fresadora horizontal que ambos manejábamos.

—Lo siento, estaba distraído. ¿Qué decías?

Rodeó la máquina hasta situarse junto a mí.

—¿Qué te pasa, amigo? ¿No habrás vuelto a discutir con Mónica?

Respondí que no.

—¿Quieres que nos tomemos un descanso? Podríamos hablar un rato, de lo que sea.

Volví a contestar que no.

—Me duele la cabeza, Fran. Me parece que me voy a ir a casa.

No podía creer lo que acababa de decir.

—Por favor, coméntaselo tú a Óscar. Y busca a Mónica, y dile que no se preocupe.

—Por supuesto —titubeó, un tanto sorprendido—. ¿Te llevo?

—No hace falta. Cogeré el autobús.

Me alejé apresuradamente de su lado, dejé los guantes y el mono azul en las taquillas colocadas para tal fin en los vestuarios, me di una ducha rápida y salí a la calle por la puerta de carga y descarga de los camiones, procurando evitar así un eventual encuentro con Mónica al atravesar la nave central.

Te aseguro que no tenía claro qué era lo que pretendía hacer, ni comprendía por qué estaba actuando de aquella forma, pero presentía que lo único que necesitaba era verla una vez más a solas. Cerciorarme de que nada estaba pasando, y de que todo continuaba en su sitio, justo donde debía estar.

Porque me bastaría verla a la luz del día para reconocerla tal y como era: una mujer completamente normal, de triste pasado y manifiestamente resentida con la vida, que había confundido mis sentimientos y mis emociones hasta hacer que me resultara imposible saber qué era lo que había llegado a sentir por ella.

Eso es, me bastaría verla de nuevo para darme cuenta de que nada de lo que me había hecho descubrir dentro de mí era, en absoluto, real.

En cuanto entré en nuestro apartamento la encontré recostada en el sofá azul que Mónica y yo compramos el día que decidimos vivir juntos, leyendo con la cabeza apoyada en uno de los cojines que hacían las veces de respaldo y ambas piernas estiradas sobre la mesa en la que solíamos amontonar las revistas.

Recuerdo que cubría su cuerpo blanco y menudo con una bata larga de satén, y que se había recogido el cabello dejando totalmente despejado su rostro, que pareció, a la vez, resplandecer y quebrarse tan pronto me vio.

—David, ¿qué haces aquí?

Me acerqué al butacón situado frente al televisor, apoltronándome en él sin atreverme a enfrentar mis ojos con los suyos.

—No me encuentro bien. Creo que tengo un poco de fiebre.

—¿Quieres que te prepare algo? —se ofreció, poniéndose en pie.

—No, gracias —respondí, haciendo un ademán con la mano para indicarle que volviera a sentarse—. No es nada, de veras.

Se quedó indecisa unos segundos, tras los que se dejó caer en el mismo sofá del que acababa de levantarse, observándome desde él en un silencio lento e insaciable.

—Siento lo de ayer —dijo, de repente.

—¿El qué?

—No sé...

Comenzó a mordisquearse uno de sus labios.

—Pero lo siento —subrayó, rehuyendo mi mirada, como hiciera la tarde anterior—. No debí hablarte así. Todos tenemos nuestros problemas.

—No fue nada.

—En serio, no estuvo bien.

Encogí los hombros.

—Entonces, yo tampoco estuve demasiado correcto —reconocí—. No soy quien para inmiscuirme en tu vida.

Ahora devolvió sus ojos a los míos y, sin más, empezó a reír con una risa sumisa y apagada que, en seguida, me recordó al murmullo de las olas al rozar las rocas de mi insignificante y lejano trocito de mar.

—Bueno, David, creo que ya nos hemos disculpado bastante, ¿no te parece?

—Tienes razón.

Señalé el libro que mantenía entre las manos.

—¿Qué leías? —pregunté, queriendo restar intensidad a la conversación.

—Nada especial, es un libro que me ha dejado Mónica.

—¿Cuál?

—«Secreto». Es de un escritor muy joven, creo.

146

Conocía el libro. A Mónica se lo había recomendado yo, asegurándole que se trataba de una de las mejores novelas de cuantas habían pasado por mis manos. Es más, por ridículo que te pueda parecer, sentí un celo absurdo mientras me imbuía en ella, al apreciar la forma en que aquel autor había logrado plasmar con una simplicidad y una plasticidad pasmosas lo que yo ni tan siquiera alcanzaba a esbozar en los relatos que escribía los escasos ratos libres que me dejaba mi nueva vida.

—A lo mejor después me doy un paseo —comentó, esforzándose en proseguir con la charla superficial que los dos intentábamos mantener—. Aunque, no sé, el tiempo está muy malo.

—Pues deberías hacerlo. Es una pena venir a un lugar tan bonito y no moverse de casa.

—Ya, pero no me encuentro con ánimo de pasear sola. Además, no sabría a dónde ir.

Entonces, sencillamente, ocurrió.

—Venga, vístete y déjame enseñarte la ciudad —le propuse, procurando que no distinguiera el estremecimiento que descubrí en mi voz—. No puedo permitir que pases así tu primer día en Sevilla.

Me miró sorprendida.

—¿No te dolía la cabeza?

—Ya estoy mejor.

—¿Y el trabajo?

—Me puedo tomar el día libre. Vamos, no le des más vueltas. Lo pasaremos bien, te lo prometo.

—Estás loco… —bromeó.

Poco después salíamos a una calle perpendicular a Asunción, en la que abrí el paraguas y le tendí teatralmente uno de mis brazos.

—Señorita, su guía está esperando.

María volvió a reír, comenzando a caminar a mi lado, y muy cerca de mí, mientras trataba de protegerse, bajo el paraguas que ambos compartíamos, del intenso aguacero que envolvía a la ciudad.

¿Sabes?, a pesar de haber meditado sobre aquello en muchas ocasiones, nunca he llegado a entender por qué actué de aquel modo. Por qué no me alejé de ella, como era mi intención primera, tan pronto creí aclarado cuanto había sucedido la noche anterior.

La verdad es que no lo sé.

Tal vez pretendía constatar que podíamos estar juntos sin que volviera a dudar de mis sentimientos hacia Mónica. O quizá intentaba compensarla así por cuanto creía que había provocado yo, reconciliándome con la hermana de quien estaba seguro acabaría compartiendo conmigo mi propia vida. O acaso quería comprobar que no era tan similar a mí como en algún momento de la noche anterior había llegado a creer, en la que fantaseé incluso con la posibilidad de haber encontrado, al fin, un alma gemela. Alguien con quien no solo compartir mis sueños sino, más aún, alguien con quien soñar a la vez.

Puede también que fuera algo fortuito y, al mismo tiempo, absolutamente ineludible, como tantas cosas que ocurren a lo largo de nuestra vida, aparentemente sin importancia alguna y que, por el asombroso poder de las casualidades y de las circunstancias, acaban cambiando definitivamente el rumbo de nuestra historia; como si fuera cierto que la vida no es sino un extraño juego del que nadie conoce las reglas, de modo que puede ocurrir que, cuando crees que ganas, pierdes, y cuando crees que pierdes, ganas.

Tampoco sé qué hubiera ocurrido si hubiese optado por volver al trabajo, y la hubiera esquivado el tiempo que estuviera con nosotros, aguardando su inminente marcha de nuestro lado. Si, a pesar de todo, el destino nos habría dado una segunda oportunidad, y una tercera... hasta que hubiéramos terminado juntos, demostrándonos que nuestra relación era completamente inevitable, como completamente inevitables son, en el fondo, todas las cosas que ocurren por azar.

No lo sé, te lo juro.

Solo sé que salimos a pasear por Sevilla un día oscuro y lluvioso de marzo, y que aquel día de complicidad, cercanía y confesiones susurradas bajo la lluvia, nuestras vidas cambiaron para siempre.

Porque, poco antes de anochecer, cuando pasamos delante del parque que iniciaba la esquina de nuestra calle, me detuve.

Y ella se detuvo.

Y la miré a través de la lluvia intensa y pertinaz que apenas me velaba sus ojos sin fin.

Y ella me miró.

Fue entonces cuando contuve el aliento, aproximé despacio mis labios a los suyos y, casi sin rozarla, la besé.

Por primera vez, la besé.

—María —musité, con una voz nueva—. María...

Se apartó de mí con los ojos espantados.

—No... no, David. No podemos hacerle esto a Mónica.

Tenía razón: Mónica.

Quedé paralizado, sin terminar de entender cómo había dejado que se me fueran las cosas de las manos de aquella manera.

—Esto no está bien —insistió, dando un paso hacia atrás, desprotegiéndome del paraguas bajo el que habíamos paseado toda la mañana, y echando a correr.

La contemplé atónito hasta que se introdujo en el portal de nuestro edificio, y me marché calle arriba, sabiéndome dominado por unas irrefrenables ganas de huir.

María tenía razón.

Mónica era la mujer que amaba.

Mónica era mi rosa de los vientos; el final que quería como colofón de la azarosa travesía en que se había convertido mi vida, al término de la cual siempre creí que acabaría encontrando, de nuevo, la paz.

No podía arriesgarme a alejarla de mi lado, a continuar mi camino sin ella, puesto que, de hacerlo, y como ya me advirtieron en una ocasión, corría el riesgo de no llegar nunca a ninguna parte.

Ni siquiera por María.

***

Regresé a casa un par de horas después, con las ropas empapadas y una extraña mezcla de cansancio y agitación adherida a mi garganta.

Traspasé indeciso el portalón del edificio, saludé a regañadientes al portero y entré en el ascensor, suspirando profundamente cuando este se detuvo en nuestra planta.

Tras dar un par de pasos me hallé de nuevo contemplando la puerta de nuestro apartamento, frente a la que permanecí unos segundos perplejo y aterrado, antes de abrirla, y de sentir cómo mi corazón se convulsionaba dentro de mi pecho al descubrir a Mónica y a María sentadas juntas en el sofá.

—¡Cariño! —dijo Mónica poniéndose en pie—. ¿Qué tal estás?

—Bien... —contesté, conteniendo a duras penas la ansiedad que comprimía mis pulmones.

—No sabes lo intranquila que estaba. Deberías haberme dicho algo, en lugar de irte así.

Sin atreverme a mirarla, me desplomé en el butacón situado frente al televisor, desde el que observé a María, que me sonrió brevemente antes de ponerse también en pie y de acercarse a su hermana.

—Menos mal que estaba aquí María para cuidarte —continuó Mónica—. Aunque me ha contado lo malo que has sido.

Definitivamente, mi corazón estalló.

—Sí —me ayudó María—. He tenido que reconocerle que no he podido convencerte de que te quedaras en casa cuando te has sentido mejor, ni he podido evitar que salieras a la calle a pesar de la que estaba cayendo.

Mónica se inclinó sobre mí, para acariciar mis rodillas.

—Debes estar empapado. ¿Por qué no te quitas esas ropas y te pones algo seco?

No me moví. Ni siquiera pude responder.

—Vamos, cariño —me besó. Un beso frágil y ligero que apenas sentí—. ¿No querrás coger una pulmonía?

Se volvió hacia su hermana, tendiéndole la mano.

—Ven, María, mientras tanto me ayudas a preparar la cena, y me cuentas lo que has hecho hoy.

María aceptó la mano tendida y, sin lanzarme ni tan siquiera una mirada furtiva, se encerró con ella en la cocina, dejándome solo y aturdido frente al sofá azul en el que aquella misma mañana creía haber aclarado por completo que ella no era absolutamente nada para mí.

Y, por incomprensible que lo puedas considerar, el resto de la velada transcurrió dentro de la más absurda normalidad. Una normalidad irracional y corrosiva repleta de alternativas y de una angustiosa sensación de culpabilidad.

No sabía qué hacer, amigo mío. No sabía cómo actuar, cómo comportarme o cómo afrontar las caricias de Mónica sin gritarle la verdad.

Pero, ¿cuál era la verdad?

Porque, en el resto de aquella tarde de absurda normalidad, María no me miró.

Ni yo la miré.

Y todo parecía estar bien.

Todo parecía estar exactamente donde debía estar. Tal y como se hallaba antes de que ella irrumpiera en nuestras vidas.

¿Esa era, entonces, la verdad?

¿Esa era la respuesta?

¿Ese era el camino?

Volver a ser quién era, a pesar de creerme alguien distinto.

Volver a fingir haber encontrado en Mónica cuanto había buscado toda una vida, a pesar de no recordar ya qué era lo que había creído encontrar en ella.

Hasta creo que hubiera podido convencerme de que, efectivamente, nada había ocurrido entre nosotros, de no haber sido por este egoísta corazón mío, que se empeñaba en latir más y más deprisa cada vez que, en algún movimiento fortuito, fundía mi mirada con su mirada o, simplemente, la sentía cerca de mí.

De hecho, era como si, aun sin conocerla, y aun sin saber de su historia más que cuanto compartiera conmigo aquella tarde oscura y lluviosa de marzo, una parte de mí quisiera persuadirme de que precisamente ella era lo que tenía que encontrar, por más que, por alguna extraña broma del destino, la hubiera hallado cuando menos lo esperaba; cuando deseaba incluso que nunca llegara a cruzarse en mi vida. Igual que quería persuadirme de que no era tan descabellado pensar que la rosa de los vientos, capaz de enmarcar los treinta y dos rumbos en que se divide la imposible vuelta del horizonte, pudiera resumirse y condensarse en una diminuta estrellita de mar, que solo sirviera para indicarnos el camino de vuelta a casa.

***

—¿Quieres otro trozo? —ofreció Mónica a su hermana, a la vez que retiraba de la mesa la bandeja en la que todavía quedaba un buen pedazo del pastel de San Marcos que había comprado esa misma mañana de domingo, al salir a buscar el pan.

—No, gracias. Estoy llena.

—¿Y tú, cariño?

—Ahora no, quizá dentro de un rato.

—¿Un café?

—Un café sí me tomaría —accedí, levantándome para llevar a la cocina los platos que habíamos usado durante el almuerzo—. ¿Lo preparo yo?

—No hace falta, lo tendré listo en un segundo —rehusó, quitándome de las manos los platos que acababa de recoger—. No te preocupes por eso, David, ya fregaremos luego.

Salió en dirección a la cocina, quedando María y yo a solas en el salón.

No dije nada.

Ambos permanecimos callados, y sin mirarnos siquiera, hasta que Mónica regresó con el juego de café que nos regalara Fran las últimas navidades.

—Bueno, María, ¿qué quieres hacer tu última tarde en Sevilla?

Algo se rasgó dentro de mí.

—¿Te vas? —inquirí, tratando de encubrir la ansiedad que, súbitamente, anegó mis pulmones.

—Me temo que sí, David. Se terminaron las vacaciones.

—¿Os parece que cenemos en el centro, en ese restaurante tan bonito que está detrás de la Catedral? —propuso Mónica, pasándome una de las tazas.

—Perfecto —se apresuró a aceptar María—. Pero solo si invito yo. Es lo menos que puedo hacer.

—Como quieras —convino su hermana, volviendo a levantarse.

—¿Tú no tomas nada?

—No, María, me voy a tumbar en la cama, ¿os importa? No he dormido bien, y quiero estar descansada para esta noche, porque David nos tiene que llevar a bailar.

Acarició mi espalda y salió del salón, cerrando la puerta tras de sí dejándonos sumergidos en un mutismo tan profundo como insostenible.

—Entonces, ¿te marchas mañana? —le pregunté a María, al cabo de unos instantes de embarazosa reflexión, y tan pronto abandonó el otro extremo de la mesa para sentarse en el sofá.

—Sí, creo que es lo mejor.

Sorbí un trago corto del café que Mónica acababa de prepararnos.

—No tienes que hacerlo por mí. Lo sabes, ¿verdad?

—No lo hago por ti.

Humedeció sus labios, quedando en suspenso, con la vista reblandecida y la espalda apoyada en los cojines que hacían las veces de respaldo, a la vez que yo bajaba mis pupilas para concentrarlas en el líquido oscuro que reposaba ante mí, en una de las tazas que Fran nos regalara por Navidad.

Se iba.

Ella se iba.

Y yo ni siquiera sabía qué decir.

—No quiero que te vayas —rogué de repente, como si fuera otro el que hablara, o suplicara, por mí.

—No me lo pongas más difícil, por favor.

—¡Pero no tienes por qué irte así...!

—¿Y cómo quieres que lo haga, David? —me interpeló—. ¿Cómo quieres que te diga adiós?

Hundí la barbilla en mi pecho, permitiendo que el vapor escapado de la taza recubriera mi rostro.

Tenía razón.

Aquello era lo mejor.

Me incorporé, aproximándome a ella y sentándome a su lado.

—Ves, María —vacilé—, al final nada ha salido bien.

—No... —respondió, rehuyendo mi mirada.

Ahora dejé que uno de mis dedos rozara los negros rizos de su melena, apartándolos con cuidado de su rostro.

—Te echaré de menos —le susurré, con palabras convertidas en las mismas esquirlas de vidrio que me desgarraban la garganta.

—Y yo a ti.

Cerró inesperadamente los ojos y, tras encerrar la cabeza entre sus manos, rompió a llorar, igual que hiciera la noche que nos conocimos: con un llanto suave y amargo, como el aullido del viento justo antes de tornarse en tempestad.

Un llanto agrio y esquivo repleto de dolor, que no de rencor.

Un llanto frágil y quebradizo repleto de lejanía, que no de olvido.

Un llanto con sabor a lluvia, y a sal.

—¿Por qué tiene que ser todo tan complicado, tan feo? —repitió.

La rodeé con mis brazos, apretándola contra mí.

—No, María. No debes llorar nunca, ¿recuerdas?

Entonces la besé en sus enmarañados cabellos, cortándoseme momentáneamente el aliento al sumergirme en ese olor suyo, tan sutil y embriagador, que permanecería irrevocablemente unido a mi memoria, desde aquella tarde y ya para siempre.

—No puedo —balbuceó, acurrucándose en mi pecho—. No puedo hacerle esto a mi hermana.

—Ya lo sé.

Se enderezó.

—Créeme —repitió—, esto es lo mejor. Lo mejor para Mónica, y lo mejor para ti.

—Sí, pero, ¿y tú? ¿Qué es lo mejor para ti?

Inspiró lentamente, sin separarse de mis brazos.

—No te preocupes por eso, David. Seré feliz, a mi manera —afirmó con un tono deshecho y, a la vez, insólitamente firme y seguro—. Al menos, ahora sé que los milagros existen.

Después se puso en pie, sin apartar sus ojos de los míos.

Yo intenté decir algo, ahogando ella mi voz al rozar mis labios con la yema de sus dedos.

—No, amor mío, no digas nada. Es mejor así.

Y se acercó a la puerta por la que antes saliera su hermana, cerrándola, como ella, con cuidado tras de sí.

***

Al día siguiente, María se fue.

María se fue, aunque olvidó llevarse consigo su recuerdo, como olvidó llevarse su olor, o el eco de su mirada.

Se fue sin hacer ruido, sin despedirse siquiera, sabiendo ya acaso que nunca podría irse del todo.

Porque María no se despidió de mí.

Ni yo me despedí de ella.

Como ella misma me confirmara ¿cómo podría decirle adiós?

¿Cómo podía permanecer, impasible y sereno, junto a su hermana, viéndola partir para siempre de mi lado?

Así que, en cuanto Mónica entró en el taller para pedirme que la acompañara a recoger a María, y las acercara a la estación de Plaza de Armas, desde donde salía el autobús que la llevaría de vuelta a Madrid, opté por darle una excusa a duras penas sostenible, y por rogarle que me disculpara ante ella, aun sabiendo que ella no esperaba verme allí. Luego rocé su mejilla, tiznándola con la grasa que ensuciaba mis dedos, me froté la frente mientras la veía desaparecer más allá de la puerta que conectaba la nave con el taller, y volví a incorporarme a la cuadrilla que embalaba las piezas en que habíamos estado trabajando las últimas semanas sin querer mirar a Fran, que me observaba desde una expresión compasiva y tristísima, como si él también pudiera entenderme sin que nada le tuviera que contar.

***

Varias noches después llegué a casa muy tarde, igual que todas las noches desde la marcha de María, sintiendo un estremecimiento al abrir la puerta de nuestro apartamento y creer, por una milésima de segundo, volver a verla sentada en el sofá azul con ambas piernas estiradas sobre la mesa en que solíamos amontonar las revistas, tal y como la descubriera la mañana en que me enamoré por primera y por última vez.

—Vienes tarde, cariño —dijo Mónica, desde el butacón situado frente al televisor.—He estado con Fran. Ya sabes, sus líos de siempre.

Me acerqué al sofá y me dejé caer en él, con una reconocida sensación de asfixia abrasándome el pecho.

—¿Qué tal el día? —se interesó, depositando sobre la mesa el libro que aparentaba leer—. No te he visto en toda la tarde.

—Hemos tenido algunos problemas con el pedido de los portugueses, nada grave. ¿Qué has hecho tú?

—Poca cosa. ¿Te traigo la cena? —me preguntó, poniéndose en pie.

—No tengo hambre, gracias.

Encendí la televisión.

—Este fin de semana podríamos ir a comer al campo, con Fran y esa nueva amiga suya, la que trabaja en el hotel, ¿la recuerdas? —propuso, tratando de disimular el temblor que comenzaba a aprisionar sus palabras—. Cuando nos la presentó, me pareció muy simpática.

—Como quieras.

—Y podríamos aprovechar para colocar las lámparas del pasillo. Me prometiste hacerlo después de que se fuera mi hermana.

Esta vez ni siquiera respondí.

—¿Nos vamos a la cama? —sugirió, al poco—. Mañana debemos madrugar.

—Ve tú, yo me quedaré aquí un rato más.

Continué mirando el televisor, sin querer reparar en Mónica, que me observaba inmóvil y en silencio.

De nuevo, en silencio.

Aunque ahora con un silencio diferente.

Completamente diferente.

Cogió de la mesa el mando a distancia, apagó la televisión y se me acercó con pasos cortos e inseguros, sentándose a mi lado acariciándome con el mar de hierba de sus ojos. Unos ojos verdes y luminosos en los que ya no reconocía nada similar a un hogar.

—Ve tras ella, David —dijo, forzando una de esas sonrisas que parecen del revés.

Mi corazón, por un instante, dejó de palpitar.

—¿Cómo, Mónica?

—Pues eso, que vayas tras ella. No permitas que nada ni nadie se interponga entre vosotros, ni siquiera yo.

Encogí los hombros, sintiendo la sorprendente certidumbre de que ya había vivido aquello antes, en alguno de los infinitos círculos concéntricos en los que ineludiblemente se acaba convirtiendo la vida de un muñeco de trapo.

—No sé qué quieres decir.

—Venga, David, sabes que te estoy hablando de María.

Bajé la cabeza, sin atreverme a mirarla.

—No te entiendo, Mónica. Entre María y yo no ha pasado nada, te lo prometo.

—Lo sé. No te preocupes, lo sé. Como sé que debes ir a buscarla, pese a quien pese, y que debes tratar de comprobar cuánto hay de auténtico en lo que crees que sientes por ella.

—¡Esto es absurdo! —exclamé, profundamente desconcertado.

—No, no lo es. Lo he intentado, pero no puedo seguir adelante con lo nuestro, sabiendo lo que sé. ¿No lo entiendes? Sería capaz de competir con otras mujeres reales, pero nunca contra un sueño, o contra lo que llegues a imaginarte que hubiera sido tu vida junto a mi hermana.

—Es que no tienes que competir con nadie. Yo te quiero, y quiero la vida que hemos encontrado juntos. Que todo siga como hasta ahora.

—Vamos, David, ¿a qué vida te refieres? ¿Es que no ves que no tenemos nada, que no podemos continuar así?

Apoyó su mano en una de mis rodillas.

—En serio, quiero ser feliz, como todo el mundo, aunque no de cualquier forma. No a cualquier precio. ¿En qué me convertiría entonces?

—Por favor, Mónica, te digo que entre María y yo no ha pasado nada, te lo juro.

—¡Y yo te he dicho que ya lo sé! Pero es que no se trata solo de eso, ni estoy pensando solo en ella, o en vosotros. Estoy pensando también en nosotros, y en mí.

Me eché hacia atrás, cruzando las piernas y cogiendo una revista de la mesa que quedaba frente a nosotros.

—Todo esto es una locura. No pienso seguir hablando de ello.

—¡Pues yo sí! —insistió, arrebatándome la revista y volviendo a dejarla donde estaba—. Míranos... ¿De verdad crees que esto es lo que quiero?

Tensó los músculos del cuello.

—¿Es que no comprendes que ya he visto esto antes, y que sé que podemos terminar haciéndonos muchísimo daño? Créeme, David, no soportaría que nos convirtiéramos en otra de esas parejas amargadas y resentidas que únicamente se aguantan por costumbre, o por comodidad. Ni quiero que acabes reprochándome, no ahora, pero sí dentro de un año, o de diez años, o de veinte, que por culpa mía no pudiste ser feliz, cuando ya nada podamos hacer por remediarlo, odiándome entonces por todo aquello que te haya ido mal en la vida.

—No hables así, Mónica. Eso no tiene por qué ocurrirnos a nosotros.

—¿Y por qué no? ¿Acaso porque aún me quieres, porque no tienes ninguna duda respecto a mí?

Le sostuve brevemente la mirada, intentando controlar el *mare mágnum* en que se estaban transformando mi conciencia.

Tenía razón.

Por supuesto que tenía razón y, aun así, no sabía por qué no lo admitía de una vez, ni sabía por qué la llevaba hasta el extremo de rogarme que me fuera de su lado, como años atrás hiciera con mi hermano. Por qué nunca fui capaz de decidir por mí mismo la dirección que debía seguir, a pesar de saber en todo momento lo que quería, o lo que debía hacer. Por qué siempre acabé dejando mi futuro en las manos de otros, o por qué me sentía tan intensamente aliviado cada vez que creía que era el destino quien tomaba las decisiones, cualesquiera que estas fueran, por mí.

—No puedo hacerlo. No puedo dejarte sola.

—Claro que puedes, David. Y no debes preocuparte por mí —afirmó, variando significativamente el tono de su voz—. Seré feliz, a mi manera. Al menos, *ahora sé que los milagros existen*.

La contemplé fijamente, sin poder evitar que una sonrisa cómplice y sincera se ocultara en mis labios, al averiguar lo que sabía, y por qué lo sabía.

—Vete, David —repitió—. Vete, y procura no olvidarte demasiado pronto de mí.

De repente, la sonrisa cómplice y sincera que antes no fuera capaz de evitar se transformó en una contundente turbación, al tiempo que me sumergía en la abrumadora claridad de su mirada.

Olvidarla.

¿Cómo podría olvidarla?

Ella sabía que amar no es buscar, sino encontrar; como sabía que no es tener, sino compartir, regalando incluso la propia felicidad a cambio de la felicidad de otro.

Ella sabía descifrar el lenguaje de las estrellas, aunque estas fueran estrellas de mar; como sabía que la verdad tiene muchos ojos, aunque una sola manera de mirar.

Ella era especial.

Ella era alguien realmente especial.

Sin embargo, ella no era lo que estaba buscando.

Nunca lo fue.

Porque ella no era sino uno de esos milagros esperados que solo hay que mirar para ver.

***

—María, nos vamos.

Elena, su compañera de la agencia de viajes en la que trabajaba desde hacía un par de años, rozó el hombro derecho de María, que ojeaba abstraída, ausente, los papeles que se amontonaban ante ella, sobre el mostrador de madera.

—Nos vamos, María. Son las ocho.

—Quiero acabar esto, Elena. Vete tranquila, ya cerraré yo.

—Estás rara... —consintió, depositando un abultado llavero sobre los folletos recibidos aquella misma tarde—. Ahí te dejo las llaves.

Poco después María salía a la calle, donde un cielo plomizo la recibió dejando caer una cortina de gotas diminutas que terminaban estrelladas contra el asfalto, tras cimbrear fugazmente en el aire.

Con cierta pereza se subió el cuello de su gabardina, abrió el paraguas y comenzó a caminar en dirección a la boca del metro que debía coger para regresar a su apartamento de las afueras, deteniéndose unos pasos más allá para contemplar su imagen reflejada en el escaparate de una zapatería contigua, ya a oscuras.

Se contempló con el cuello de la gabardina subido, el maquillaje ligeramente ajado y el cuerpo encogido bajo un pequeño paraguas morado que apenas sí podía evitar que le chorrearan las puntas de sus cabellos.

Se contempló sola.

Sobre todo, se contempló sola.

Entonces inclinó el rostro hacia delante, apoyándolo en la luna que acaba de devolverle su reflejo, y empezó a llorar con unas lágrimas cálidas y minúsculas, como las gotas de lluvia que el viento arremolinaba a su alrededor, adhiriéndolas a su piel hasta que unas y otras se entremezclaban sin que fuera posible distinguir cuáles provenían del cielo, y cuáles del dolor. Unas lágrimas menudas e ineludibles que hacía poco más de un mes llegó a creer únicamente debían verterse por aquello que, amándolo de verdad, perdemos para siempre.

Sin dejar de llorar, comenzó a mover la cabeza, negando una y otra vez con ella.

—María.

Quedó inmóvil, separándose unos centímetros del cristal y esforzándose por contener la agitación desatada en su pecho.

Porque creía haber oído mi voz.

Volvió a apoyar su frente en el escaparate.

No podía seguir así.

Yo no podía estar allí, y ella no podía seguir así, de ningún modo.

—María...

Se inclinó, de nuevo, ligeramente hacia atrás, para descubrir en este instante, a pesar de que hacía varios minutos que la seguía, mi imagen reflejada junto a la suya, envuelta en la misma lluvia que antes confundiera con sus lágrimas.

—¡David! —exclamó, girándose sorprendida—. ¿Qué haces aquí? ¿Y Mónica?

—Mónica conoce lo nuestro, y solo quiere que seas feliz. Que ambos lo seamos.

—Pero...

—Nos oyó, ¿comprendes? —la interrumpí—. Y sabe lo que siento por ti.

Guardó silencio, supongo que ratificada en su presentimiento de que no debimos haber subestimado a su hermana, como no debimos haber creído que admitiría el sacrificio que decidimos hacer por ella, al tiempo que yo atusaba el desbarajuste de mis cabellos, profusamente empapados por la lluvia, como lo estaban la primera vez que la vi.

—Bueno, ¿qué me dices? —le pregunté, protegiendo mis ojos de la tormenta con el dorso de la mano—. ¿Nos damos una oportunidad?

Me aparté para dejar paso a una pareja que corría por la acera en dirección a la boca de metro, tratando de resguardarse del chaparrón bajo la gabardina de uno de ellos, que los dos sujetaban sobre sus cabezas.

—¿Intentamos hacer que todo salga, al final, bien? —insistí.

Ahora María me sonrió desde unos ojos de espuma y sal, si es que puede llegar a sonreír el mar.

Y se me acercó caminando muy despacio, hasta encerrar una de mis mejillas en la mano que tenía libre, moviendo la otra para que ambos quedáramos cubiertos, bajo su pequeño paraguas morado, de la lluvia que ya lo envolvía todo.

Y suspiró prolongadamente, como si quisiera contener en sus pulmones la totalidad del aire.

Después, tras contemplar brevemente mi rostro, contuvo la respiración, se empinó sobre sus zapatos de tacón bajo y, aproximando sus labios a los míos, me besó.

Simplemente, me besó.

VIII

La Muerte sigue con la mirada al Viajero, que pasea por la orilla sin alejarse de él.

—¿Cuánto tiempo me queda? —pregunta este, entrecortando las palabras contra el viento.

—No mucho. No tardará en clarear.

—De todos modos creo que podré terminar mi historia, si me doy un poco más de prisa —afirma—. Porque quiero compartirla contigo, y quiero que al menos tú puedas comprender por qué todo tuvo que acabar así. Que me digas que no me equivoqué al hacer lo que hice, y que me confirmes que, cuanto al final sucedió, fue completamente inevitable, dadas las circunstancias.

—¿Y qué esperas conseguir con eso?

—No estoy seguro. Lo cierto es que no sé qué pensar, o qué creer, ni sé por qué estoy recordando mi vida de esta manera, a través de imágenes tan desconcertantemente breves, fugaces e imprevisibles; como si no pudiera decidir el ritmo y la coherencia de lo que te estoy contando, o como si fuera otro, y no yo, el que te estuviera narrando mi propia historia por mí. Y es que todo se me antoja ahora tan confuso, tan ficticio... Hasta mi relación con ella, al describírtela, me parece distinta.

—¿Qué quieres decir?

—Pues eso, que me parece distinta. Te he hecho caso, me he esforzado por aprender a dudar y, de repente, nada de lo que te cuento aparenta ser real, como si te estuviera narrando algo similar a una fábula sin moraleja en la que todo estuviera rodeado de magia, de belleza, de poesía, de pequeños milagros y de una especie de mano invisible que guiara cuanto ocurre en mi historia. Y mi vida no fue así, te lo garantizo. Fue una vida de lo más corriente, como la de cualquier otro.

La Muerte se pone en pie, estirando con cuidado los músculos de su espalda.

—No creo que debas preocuparte por eso, David. Ya te previne de que en toda búsqueda debe asumirse el riesgo de que no solo encontremos lo que estamos buscando, sino que es posible incluso que, al final, hallemos algo que hubiéramos deseado que permaneciera oculto para siempre. Además, dada tu situación, la postura más lógica es, justamente, la de dotar a tus recuerdos de una trascendencia imposible de ver desde cualquier otra perspectiva, como es lógico que todos ellos te parezcan ahora parte de una aventura deslumbrante; de un cuento hermoso e irreal y, como todos los cuentos, repleto de magia, de nostalgia, de poesía y de un universo de medias verdades que a veces puedes llegar a considerar verdades enteras. Piensa que, bien mirado, no hay mayor aventura, ni más digna de ser contada, que la aventura de vivir.

—Sí, pero, ¿qué tiene que ver esto con ese gran error que debo encontrar para ti?

—Muy sencillo. Como hace rato te advertí, antes de dar con la respuesta que buscamos es necesario que, primero, aprendas a dudar, y que luego seas capaz de destruir para crear, de olvidar para recordar cosas nuevas, y de replanteártelo todo para acabar separando la mentira de la verdad, averiguando qué hay de cierto en los recuerdos que tan celosamente guardas en tu memoria. Así, dime, teniendo esto en cuenta, ¿qué es lo que has descubierto hasta este momento?

—Nada concreto, supongo. Siempre creí que todo lo hice por amor, y solo por amor; que en María encontré mi destino, y mi felicidad, y todas las respuestas.

Ataja sus palabras en la tensión de una pausa inesperada.

—Sin embargo, ahora no estoy seguro de nada. Porque, ¿qué es la felicidad? ¿Y qué es la verdad, o el destino? Más aún, ¿y si las respuestas que he buscado toda la vida fueran como el aire, que siempre está a nuestro lado, por más que haya ocasiones en las que apenas sepamos distinguirlo de la nada que creemos nos separa de lo que tenemos junto a nosotros?

El anciano llena sus labios con una reveladora sonrisa.

—Quizá estás confundido por cuanto te ha sucedido. Por el último viaje que decidiste emprender y que finalmente te ha traído hasta mí.

—No, no es eso —niega, dejándose caer frente a él en la arena—. Sé que hay algo más; que mis recuerdos no están siendo totalmente sinceros conmigo.

La Muerte asiente, dándose una palmada rápida en una de las rodillas.

—Bien, amigo mío, muy bien. Sin duda, estás en el camino correcto. Estás abriendo la mente, estás comenzando a mirar y a ver, has aprendido a dudar y, sobre todo, empiezas a descubrir que las cosas no son siempre lo que parecen. Continuemos, muchacho. Intentemos averiguar cuál es la auténtica verdad.

David esboza también una sonrisa, perdiendo una vez más la vista en el mar.

No entiende por qué, pero siente que necesita la comprensión, la aprobación incluso, de aquel anciano que tiene en sus manos la llave de su destino, como siente que su destino carece ya de importancia, salvo por la posibilidad de poder averiguar, como acaban de definir por él, cuál es la auténtica verdad.

Solo sus recuerdos, su dolor y sus dudas parecen tener ahora importancia.

Solo sus recuerdos, su dolor, sus dudas y, por supuesto, un sol imposible que amenaza con robarle su destino con los primeros destellos del resto de una vida que jamás esperó recuperar precisamente allí.

***

Tienes razón, anciano, continuemos con mi relato.

Como bien puedes imaginar, María y yo decidimos iniciar una nueva vida. Una vida exclusivamente nuestra, lejos de Sevilla o de cualquier otro lugar que pudiera evocarnos recuerdos que empañaran los que pronto fabricaríamos juntos.

Por ello aceptamos de buen grado la opción de trasladar-nos a cierta ciudad del Norte en la que José Manuel nos había conseguido trabajo en la empresa de un amigo suyo, que había accedido a que María le ayudase con la contabilidad y a que yo siguiera trabajando el metal con mis manos ahora para él.

Sin embargo, y a pesar de estar seguros de que hacíamos lo correcto —tanto para nosotros como, sobre todo, para Mónica— te garantizo que pocas decisiones me han reque-rido más determinación que la de abandonar cuanto había encontrado en aquella ciudad de hermosas avenidas, y un río que a ratos sabía disfrazarse de mar.

Lo cierto es que esa última tarde en Sevilla, viendo más y más cercano cada vez el momento de la despedida, no podía evitar el sentirme profundamente triste, y profundamente cansado, hastiado de esa especie de perenne necesidad de huir que parecía perseguirme desde que Antonio me dejó.

Porque era así como me sentía: huyendo, como siempre. Abandonando de nuevo cuanto tenía por el mero deseo de encontrar algo semejante a una quimera, a un hogar, o a una realidad que pudiera considerar exclusivamente mía.

—Esto se acaba, David —dijo Fran, tan pronto terminé de vaciar mi taquilla.

Me volví hacia él.

—No lo digas así, hombre. Seguiremos en contacto.

Traté de sonreír.

—En serio, Fran. Venga, no pongas esa cara. Ya verás como dentro de nada estamos tomándonos una cerveza en alguna terraza de La Macarena, y riéndonos de todo esto.

Asintió, desviando su atención más allá de la puerta abierta del vestuario, para vislumbrar a Mónica, en el corredor, llorando entre los brazos de su hermana.

Yo también la miré.

—Cuida de ella —le rogué—. Merece ser feliz.

—No te preocupes, David, sabes que lo haré.

—Cuídate mucho tu también, amigo —aseveré, sintiendo cómo me daba la vuelta el estómago hasta ponerse del revés.

Respondió que sí.

—Lo hemos pasado bien, ¿verdad? —afirmé después—. Te echaré de menos.

—Y yo a ti, David, te lo aseguro.

Nos volvimos a abrazar, ahora con un abrazo corto y repleto de promesas que ya intuíamos no llegarían a cumplirse.

—Debemos irnos —aconsejó María, que acababa de separarse de Mónica para acercarse a nosotros—. Tenemos un largo camino por delante.

Volví la cabeza, descubriéndola parcialmente apoyada en el quicio de la puerta.

—Ve al coche—le dije—. Yo iré en un minuto.

—Pero...

169

—Por favor, María —insistí, dirigiendo una vez más mis ojos hacia Mónica, que se esforzaba por reprimir el llanto bajo uno de los fluorescentes que iluminaban fantasmagóricamente el pasillo—. Será solo un segundo.

María comenzó a mordisquearse, indecisa, el labio inferior, asintió en silencio y se alejó por el ancho pasillo que se abría ante nosotros, sosteniendo entre sus manos un instante, como mudo adiós, la mano de su hermana al pasar por su lado.

Entonces me acerqué a Mónica sin estar seguro de lo que le podía decir, o de si sería capaz de apaciguar sus dudas con mis dudas o su dolor con mi recién nacida fe.

Poco después circulábamos por la Nacional-IV en dirección a la lejana ciudad en la que pretendíamos fabricarnos una nueva vida, y que nos aguardaba justo en la otra punta del país.

Conducíamos el coche que en su día habíamos comprado Mónica y yo, y que habíamos decidido que nos lo llevaríamos nosotros, quedándose ella con lo demás que hubiéramos adquirido durante nuestra vida en común.

Contra toda lógica, María no hizo ni el más leve intento por enterarse de qué fue lo que sucedió los escasos minutos en los que me despedí de su hermana, ni volvió a hablarme de aquella historia de amor que una vez creí eterna y que sabía terminada desde esa misma tarde de primavera. Permanecía callada, sujetando el volante con firmeza y sin apartar los ojos de la carretera, salvo para contemplar fugazmente el aeropuerto que dejábamos a nuestra derecha.

Cuando fijó de nuevo la vista en el asfalto le acaricié el cuello, deposité un beso en su hombro, que recibió con una sonrisa, y reposé la cabeza en el respaldo de mi asiento, cayendo casi de inmediato en un sueño apacible, confiado y sereno.

Ella estaba en lo cierto: teníamos un largo camino por delante. Un camino nuevo y desconocido que creía nos llevaría al anochecer de nuestras vidas, en el que, ya muy viejecitos, esperaríamos juntos tu llegada y juntos vendríamos hasta ti.

***

Ahora, ¿qué podría contarte de los años que siguieron a aquella triste despedida, y que pronto aprenderíamos a vivir como si no hubieran sido creados para nadie más? ¿Cómo podría hacerte comprender lo que supusieron para mí?

Si ni siquiera sé por dónde empezar.

Verás, alquilamos un apartamento detrás del Teatro Gayarre, en el centro de aquella ciudad rodeada de montañas, a no demasiada distancia del amplio parque de La Ciudadela, por el que nos gustaba pasear procurando reconocer las estrellas que nos contemplaban desde el cielo; jugando a localizar, entre todas ellas, una que fuera exclusivamente nuestra, y que finalmente creímos encontrar en Sirio, la más cercana de las veintinueve estrellas que constituyen la constelación del Can Mayor, quizá por ser también una de las más brillante del firmamento.

Un apartamento pequeño y oscuro que, aun así, siempre aparece en mis recuerdos inmenso y luminoso.

Un apartamento asimétrico y de viejas paredes que, sin embargo, me llenó de sentimientos nuevos, que enseguida acabaría identificando en cada uno de los tonos de su voz.

Es curioso, pero en estos momentos en los que debo describir aquella época de mi vida apenas me vienen a la memoria instantes concretos con los que resumir los años absolutamente maravillosos que compartimos entre aquellas paredes, antes de que regresara a mi pequeño pueblo pesquero, o antes de que decidiera comenzar a escribir *Recuerdos*.

De hecho, solo consigo recordar con nitidez un despertar. Una mañana de un domingo cualquiera del que nunca he podido rememorar nada más.

Por supuesto, también recuerdo su olor.

Y su calor.

Y la luz.

Porque recuerdo perfectamente la luz... Esa claridad recién nacida en la que María afirmaba ver cada amanecer infinitas y minúsculas palomas de luz flotando dentro de nuestro dormitorio, enganchadas en los delgados hilitos de polvo y sol que se colaban en él desde las finas hendiduras de una persiana que, a pesar de habérselo propuesto muchas veces, no me dejó arreglar.

Ella dormía aún, mientras que yo me había incorporado un poco y la admiraba absorto, bañándome en el aroma embriagador y delicioso de su cuerpo dormido.

Con cuidado, aparté un mechón de sus cabellos, que me ocultaba sus ojos cerrados, haciéndole arrugar la nariz y mover la cabeza, hundiéndola algo más en la almohada, en cuanto sintió el roce fugaz y repentino de mis dedos. Entonces me incliné sobre su torso desnudo, acaricié su hombro derecho con una de mis mejillas y la besé en la frente con uno de esos besos robados que estoy seguro apenas deben pesar.

María apretó los párpados y, tras contraer levemente los músculos de la espalda, entreabrió los ojos y me miró.

Y me sonrió desde una sonrisa inconclusa y sostenida que pronto descubriría tallada en la raíz misma de mis entrañas.

Y me besó.

Me besó con un beso inolvidable que fue capaz de congelar y perpetuar su olor y su calor dentro de mí, al tiempo que el mundo entero me susurraba al oído que todo había acabado, al final, saliendo bien.

Aquellos años fui feliz, anciano.

O eso creía.

O eso quería creer.

Puesto que, como debes suponer, de nuevo me equivocaba.

Aunque de nuevo no estaba equivocándome del todo.

Ya que aquellos años fui feliz, sin duda que lo fui, si bien con una felicidad aterradoramente distinta y, a la vez, aterradoramente similar a la felicidad que encontré en Sevilla con Mónica.

Aterradoramente distinta porque ahora se trataba de una felicidad irremplazable y valiente, que detectaba en cada una de las pequeñas cosas que conformaban nuestra monotonía y nuestra realidad, sin que experimentara temor alguno a mirar adelante, y siempre adelante, donde nos veía invariablemente juntos, por más que todo pudiera cambiar a nuestro alrededor.

Y aterradoramente similar porque, una vez más, creía que para ser feliz era necesario aprender a no mirar atrás, como creía que para ser libre era necesario desprenderme de cualquier atadura que pudiera imponerme una dirección que no me apeteciera seguir, lo que desde luego incluía a mis recuerdos.

Ya que volví a renunciar a mis recuerdos, como volví a renunciar a mi pasado, a mis sueños de antaño y hasta a la más preciada de cuantas ausencias hubiera logrado ignorar, sin comprender que, en este mundo desquiciado en el que nos ha tocado existir, únicamente podremos ser realmente libres si aprendemos a vivir encadenados a nuestros sueños.

No debí hacerlo, de ningún modo.

Debí haber sumado a lo que entonces tenía cuanto una vez fui, y cuanto una vez lo fue todo para mí; como debí haber descubierto mucho antes que nuestros recuerdos, más que hablarnos, nos quieren oír, o que no hay paladar más exquisito que el paladar de nuestra memoria.

Lo que era más importante, debí haber acudido en ayuda de mis hermanos tan pronto comprendí lo mucho que me necesitaban. Haber regresado al pueblo en cuanto noté la acuciante desesperación que latía tras las mansas palabras de Jaime cuando se refería a Paco, y que este me ocultaba, como silenciosa llamada de auxilio, cada vez que hablábamos por teléfono.

Sí, anciano, debí haber vuelto con ellos; tratar de salvarle.

Porque yo lo sabía, ¿entiendes?

De alguna manera sabía que Paco se estaba ahogando en el vacío y la oscuridad que acaparaban su mundo imperfecto sin dejar espacio para nada más. Y sabía que había decidido que jamás podría volver a recuperar una alegría y una paz que solo supo encontrar en la fe de otros, como había decidido que hacía años que su futuro se había olvidado de él.

Más aún, sabía que me necesitaba y que, en secreto, anhelaba mi retorno desde el otro extremo del mar, para que intentara prestarle una pizquita de la esperanza que Antonio le regalara a manos llenas aquella lejana tarde de domingo en la que llegó a casa creyendo que volvería a caminar, de algún modo convencido de que la fuerza de nuestro hermano todavía borboteaba en mí, su pequeña *Sardinita*.

Dios mío, qué lejano me parecía todo aquello.

Qué lejano y qué absurdo.

No, amigo mío, no acudí a ellos, a pesar de que nunca supe aceptar, ni descifrar, qué era lo que tanto temía de mis recuerdos; y a pesar de saber que, de no hacerlo, podíamos perder a Paco para siempre.

No volví, aun estando seguro de que la pequeña *Sardinita* lo habría hecho sin dudarlo un instante, por más que hubiera tenido que cruzar a nado el océano.

No volví para salvarlo, y no sabes cuánto lo lamento.

Porque, apenas un mes antes de mi cumpleaños número veintiséis, mi hermano Paco, mi pobre hermano Paco, se fue.

***

Jamás olvidaré aquella noche de verano.

Hacía mucho calor, y habíamos abierto de par en par las ventanas del salón, arremolinándose las cortinas en su interior por el efecto de la corriente recién creada al abrir también el balcón de nuestro dormitorio.

Teníamos encendida la televisión, y creo que intentábamos adivinar el argumento de una película en blanco y negro protagonizada por Ernest Borgnine que habíamos empezado a ver ya comenzada en la Segunda Cadena.

De improviso, el sonido seco e intermitente del teléfono se desparramó por todo el apartamento, arrastrándome tras él en un inesperado sobresalto.

—Ve tú, anda —le dije a María, pellizcándole la cintura—. Y tráeme un vaso de agua, por favor.

—¡Qué cara! —bromeó.

Se levantó del sofá que compartíamos, capturando un beso fugado de mis labios, y se introdujo en la habitación contigua a nuestro dormitorio, en la que habíamos decidido relegar el teléfono, el cual descolgó sin terminar de reír de alguna de mis estrafalarias ocurrencias, que acaba de gritarle desde el salón.

—¿Sí...? ¡Hola, Jaime!

Mudó la sonrisa de su semblante.

—¿Qué te pasa?

Su rostro, finalmente, se apagó.

—¡Dile que yo le llamaré más tarde! —apunté, sin apartar la vista de la televisión—. Antes de acostarme.

Dejó caer el auricular al suelo.

—¿María...?

No obtuve respuesta.

Me incorporé, un tanto preocupado, y me apresuré a aquella habitación, donde la descubrí con el auricular postrado a sus pies y una mirada sobrecogida prendida de sus ojos.

—David —susurró—, tu hermano Paco...

Se interrumpió, rallando la voz hasta transformarla en un sollozo en el que entendí de inmediato cuanto no se atrevía a decir.

—Lo siento —musitó, abrazándome—. Lo siento mucho, mi vida.

Acaricié su espalda, al tiempo que notaba una opresión tajante y seca comprimiéndome por dentro, y me separé de ella, recogiendo el auricular del suelo y acercándomelo al oído para escuchar a Jaime explicarme algo que yo ya sabía.

Porque yo ya sabía que mi hermano Paco se había ido como siempre había vivido.

Mi hermano Paco se había ido solo, sin otra compañía que la de la mortecina luz de la tarde, mansamente deslizada desde la ventana de la cocina, que arropaba su figura, estática e inerte.

Mi hermano Paco se había ido sin quejas, sin reclamar lo que en justicia debería haber sido suyo, con el cuerpo inclinado hacia delante y los brazos colgando a ambos lados de una silla de ruedas que nunca pudo abandonar.

Mi hermano Paco se había ido en silencio. Un silencio turbado únicamente por el mudo clamor de la sangre que, resbalando dócil y serena más allá de su cuerpo imperfecto, formaba un charquito espeso e informe a sus pies.

Mi hermano Paco se había ido, en fin, al otro extremo del mar, buscando acaso una segunda oportunidad, o esa porción de felicidad a la que todos deberíamos tener derecho, y que sin embargo, y salvo en los sueños que compartió con nuestro hermano Antonio, él jamás conoció.

A la mañana siguiente, poco antes del alba, partimos camino del distante rincón del mar que me vio nacer.

María conducía deprisa, bajo el peso del inminente amanecer que comenzaba a despuntar sobre aquella ciudad que ya reconocíamos como nuestro hogar, mientras que yo me encogía en el asiento del copiloto, meditabundo, perplejo, con los ojos cansados y vidriosos concentrados en ninguna parte, y sintiéndome incapaz de pensar, o de recordar.

Nada más salir de la ciudad, soltó una de las manos del volante para rozarme con ella la nuca, si bien apenas me percaté de su tacto, y ni siquiera la miré.

Solo podía mirar hacia delante, a través del parabrisas de nuestro coche, como si no existiera nada, absolutamente nada, al margen del camino que recorríamos, de unos recuerdos que no quería recordar, y de una realidad que hacía años había dejado de existir, y que, aun así, me esperaba un poco más allá, al final de aquel viaje que acabábamos de iniciar.

Volvía a casa.

Volvía con Jaime, mi hermano, mi amigo.

Volvía para sepultar a Paco, que se había ido como siempre había vivido.

Volvía para encontrarme cara a cara con mi pasado, con el tiempo, con todo aquello que llegué a creer podría dejar atrás simplemente evitando recordar.

Volvía para comprobar si quedaba algo de mí, la pequeña *Sardinita*, entre sus calles diminutas y sus casas encaladas, que seguro aún parecerían haberse desprendido de alguna de las perezosas nubes que rara vez cubrían el cielo, constantemente teñido de un azul profundo y doloroso.

Volvía para averiguar si los recuerdos y las ausencias eran capaces de pedir perdón, o de perdonar.

***

Varias horas después pude divisar, apenas bosquejada sobre la monotonía añil del mar, la asimétrica silueta de mi pequeño pueblo pesquero, como si ocho años no fueran sino un bostezo en el instante sostenido de toda una vida.

María desvió brevemente sus ojos hacia mí, mientras que yo permanecía con la vista perdida en aquellas construcciones a las que nos acercábamos por la carretera de la costa, sintiendo trepidar el coche cada vez que pasábamos sobre alguno de los baches que regaban su firme deteriorado, y sabiéndome escoltado, desde hacía varios kilómetros, por la hipnótica compañía del océano, que ya lo inundaba todo de ese inconfundible aroma a brea y sal que siempre ha acompañado cuantos recuerdos guardo de mi infancia.

Tan pronto alcanzamos el primer edificio, María acarició una de mis rodillas.

—¿Estás bien?

—Sí —procuré tranquilizarla—, no te preocupes.

No era cierto.

No lo era en absoluto.

Me sentía extraño.

Más que eso, me sentía nervioso, expectante, confuso.

Puedes entenderlo, ¿verdad? Hacía ocho años que había abandonado aquel lugar; que había huido de él intentando dejar atrás, enredados con el tiempo, en cada una de sus esquinas, mi pasado, mi memoria, mi infancia y cuanto una vez lo fue todo para mí.

Y volvía.

Y no me sentía bien.

Guiaba a María por las calles que circundaban el muelle, tratando de localizar una casa idéntica a las demás excepto por su portalón verde, el color favorito de mi madre, y no podía evitar abrigar la abrumadora certeza de que algo había fallado en mi peculiar periplo, a pesar de estar seguro, a la vez, de tener cuanto necesitaba en un lejano y oscuro apartamento donde creía haber aprendido a ser feliz.

Aunque en seguida me percaté de que ninguno de estos pensamientos tenía importancia alguna, puesto que, cuando el sol comenzaba a adentrarse en la negrura de una noche a punto de renacer, María detuvo el vehículo frente a una casa de una sola planta situada al comienzo del viejo puerto pesquero, y mi corazón pareció también detenerse y dar marcha atrás.

—¿Es esta? —me preguntó, apagando el motor.

No respondí.

Permanecía paralizado, con la expresión demudada, los ojos fijos en aquel portalón verde, y un abismo de sensaciones y remembranzas apuntalado en mi estómago.

Allí estaba: mi casa, blanca y prendida del mar. Tal y como la dejé para buscar mi destino o, quizá, para huir de él. Y también estaban mis recuerdos. Todos ellos. Porque ahora podía recuperar no solo esos acontecimientos imborrables que marcarían los cimientos de cuanto después sería mi historia, sino incluso aquellos otros triviales e insignificantes que llegué a considerar sin trascendencia alguna y que resurgían poderosamente vividos y dolorosamente irremplazables, vaciando acaso el pozo inalterable de mi memoria.

—Venga, David —me animó María, saliendo del coche y rodeándolo para situarse junto a mi ventanilla—. Entremos.

Apreté las mandíbulas, sin moverme.

Tenía miedo.

No sé porqué, ni sé de qué, pero en el fondo tenía miedo. Un miedo ilógico y rotundo que no podía a controlar.

—Vamos, mi vida —insistió—, ya verás como todo sale bien.

La miré, intentando convencerme de que nada de aquello tenía sentido, y bajé del coche con la intención de sacar del maletero nuestro equipaje, y de encaminarme hacia aquella puerta ligeramente desconchada, justo cuando esta se abrió de par en par para dejarnos ver una figura surgiendo desde las sombras que reinaban en su interior.

Era Jaime.

Mi hermano, mi amigo.

Jaime estaba allí, contemplándome desde una penumbra que se deshizo al borde del siguiente paso, demostrándome que el tiempo no había podido derrotarnos del todo, salvo en el dolor y la ausencia que dejan quienes quieres y se van.

Me acerqué a él caminando deprisa y, sin más, le abracé.

Y él me abrazó.

Sin reproches, sin excusas.

Me ciñó entre sus brazos, acariciando mi cuello con las lágrimas que surcaban sus mejillas, y permanecimos así, abrazados y en silencio, unos segundos largos e inquietos, apenas interesados en incorporarse a su irrenunciable lugar en el atolondrado orden de las horas, al cabo de los cuales nos separamos y nos miramos a los ojos con el convencimiento de que no teníamos que hacer, o que decir, nada más.

Para qué, si nunca tuvimos que hablar para entendernos.

—Dios mío, David, estás hecho un hombre.

—Tú también, hermano.

Me golpeó el hombro con su puño derecho.

—¡Cuánto tiempo! —afirmé entonces, sin pensar.

—Demasiado, supongo.

—Sin embargo, nada parece haber cambiado por aquí. Todo está como si me hubiera ido hace solo unos días.

—Suele ocurrir. Por muchos más años que nos ausentemos de un lugar importante para nosotros, siempre creemos encontrarlos tal y como lo dejamos atrás... Pero el tiempo lo cambia todo, David, aunque no lo queramos ver.

Tosió con aspereza, apagando sus pupilas y cerrando los ojos, me imagino que tratando de evitar que le viera llorar.

Volví a abrazarlo.

—Vamos, Jaime, no llores, por favor —le rogué, comprimiéndome el pecho una repentina e inmediatamente rechazada sensación de culpabilidad—. Paco no se ha ido del todo. Está en algún lugar del mar, cuidando de ti...

—Cuidando de todos nosotros —terminó la frase por mí.

Sonrió, a través de las lágrimas que humedecían su mirada.

—Lo recuerdas.

—Claro que sí. ¿Cómo podría olvidar una cosa así?

Quedó un instante en suspenso.

—Me alegro de que estés aquí —dijo, al fin, moderando con firmeza el tono de su voz.

—Y yo, Jaime. Pero, ¿dónde están mis modales? Ven, hay alguien que quiero presentarte —anuncié, girándome hacia María, que nos contemplaba desde uno de los costados del vehículo.

—Por supuesto —ratificó, aproximándose a ella—. Eres María.

—Sí, y siento muchísimo lo que ha pasado, aunque me alegro de conocerte en persona, Jaime.

—Yo también.

Me acerqué a ellos, pasando mi brazo sobre el hombro de mi hermano.

—Venga, Jaime, entremos en casa.

Tragó una larga bocanada de aire, como mi padre nos enseñó a hacer a no demasiada distancia de aquel lugar, en el borde mismo del muelle pesquero en el que transcurrirían nuestros primeros años de juventud.

—Tienes razón —aprobó, cogiendo del suelo la bolsa que María soltara al saludarle—, entremos en casa.

Sin separarse de mí atravesamos la calzada, cruzando juntos la puerta. Y, nada más penetrar en el pasillo que hacía las veces de recibidor, el tiempo me agarró por el cuello y me arrojó a algún lugar tan impreciso como irreversible de mi infancia.

Porque todo estaba igual.

Algunos muebles habían sido cambiados, y la disposición, el estilo incluso, eran distintos. Y, aun así, todo parecía estar tal y como lo tenía nuestra madre, como si Jaime pudiera estar en lo cierto, y mi memoria, o mi imaginación, solo quisieran hacerme ver lo que una vez identifiqué como mío.

—¿Pablo? —pregunté a quien, sentado en el butacón, se levantaba y caminaba hacia nosotros esquivando la vieja mesa redonda en la que hacíamos los deberes.

Sí, era él. Había ganado algo de peso, y había perdido bastante cabello, pero era él, no había duda, como tampoco había duda de que no esperaba verlo allí.

—Lo siento mucho, David —se condolió, estrechándome la mano.

—Gracias. Me alegro de verte, amigo —mentí, manteniendo su mano aferrada unos segundos, mientras intentaba comprender qué estaba haciendo él en casa, con nosotros, en unos momentos tan importantes para todos.

—Ven, Pablo —le llamó Jaime—, quiero que conozcas a María.

Un tanto sobresaltado, masculló una disculpa y se unió a ellos.

—Hola, María —se presentó—. Soy Pablo, un amigo de la familia.

—Lo sé. De verdad, no sabéis cuánto me ha hablado David de vosotros, y de esta casa. Es como si os conociera de toda la vida.

Pablo desvió entonces hacia Jaime una mirada inquisitiva y extraña que no supe descifrar, pero que sin duda encerraba una especie de interrogante al que mi hermano respondió negando apenas perceptiblemente con la cabeza.

Sin darle mayor trascendencia a este hecho, me acerqué a Jaime, separándolo de Pablo y de María, que comenzaban a hablar de algo relacionado con el viaje.

—¿Paco...?

—Está en el tanatorio —contestó, sin terminar de oír la pregunta—. Ahora iremos para allá, pero creo que antes deberíais descansar un poco, ¿te parece? Lleváis conduciendo todo el día, y la noche promete ser larga.

—De acuerdo. ¿Dónde dejamos nuestras cosas?

—Os he preparado tu antiguo cuarto —cogió mi maleta, haciéndome salir del salón, tras indicarle a Pablo que nos siguiera—. Verás que lo he cambiado. Espero que no te importe.

—Cómo va a importarme, hombre —le garanticé, expandiéndose el corazón en mi pecho al pasar frente al dormitorio de nuestra madre, convertido en un despacho—. Puedes hacer lo que quieras, yo ya no vivo aquí.

Abrió la puerta del final del pasillo y entró en la habitación de Antonio, dejando la maleta a los pies de la cama de matrimonio que sustituía al viejo camastro de nuestro hermano.

—¿Estaréis bien? —consultó a María, tan pronto esta nos alcanzó guiada por Pablo.

—Seguro que sí. Eres muy amable.

—He puesto toallas limpias en el cuarto de baño de mamá, y he llevado mis cosas al aseo de la cocina, para que tengáis más intimidad.

Jaime pareció dudar un instante.

—Creo que ya está —continuó—. Os dejaremos un rato para que ordenéis vuestra cosas. Si necesitáis algo, estaremos en el salón.

—Gracias —contestó María, de nuevo por mí.

Se acercó a la puerta, donde volvió a dudar, y donde volvió a mirar a Pablo con la misma mirada inquisitiva y extraña con la que antes Pablo le mirara a él, y que esta vez sí me hizo sentir un tanto molesto.

—Me alegro de que estéis aquí —repitió, girándose hacia nosotros.

—Y yo, Jaime. Mucho.

Volvió a sonreírme, ahora más bien por compromiso, y salió de mi antigua habitación susurrándole algo a Pablo al oído, mientras este cerraba la puerta tras de sí.

***

Aquella tarde, aproximadamente dos horas después de que hubiera anochecido, entramos en un amplio edificio rodeado de un jardín pequeño y cuidado, al que los focos, ocultos entre los arbustos que bordeaban el camino de acceso a su entrada principal, hacían parecer aún más pequeño, y aún más cuidado.

Guiados por Jaime y Pablo, que caminaban delante de nosotros sin apenas hablarse, recorrimos sus espaciosos pasillos hasta llegar a una sala con el nombre de nuestro hermano escrito junto a la puerta, y decorada con copias de famosos cuadros impresionistas.

Al introducirnos en ella, la descubrimos abarrotada por personas que, en su mayoría, apenas alcancé a reconocer, que atiborraban con sus voces y sus impacientes movimientos aquella estancia desconcertantemente confortable.

Enseguida estas figuras prácticamente desconocidas se nos acercaron y comenzaron a saturarnos con frases vacías que María recibía y devolvía por mí, hasta que logró sacarme de allí y acercarme a una de las sillas adosadas a la pared, en el pasillo que acabábamos de recorrer.

En ella me senté, inclinado hacia delante y sosteniéndome la cabeza con ambas manos. Turbado, sobrecogido y capaz de escuchar una vez más, ahora con espantosa lucidez, el silencio aterrador y poblado de oscuridad de mi hermano Paco, tratando de escapar, en esta ocasión, de un tenebroso ataúd que ni siquiera le permitía contemplar el mar.

—Habéis podido salir —comentó Jaime, quien, junto a Pablo, acababa de situarse frente a nosotros—. Todo esto es un poco raro, ¿no os parece?

Asentí.

—¿Queréis un café? —propuso Pablo, retocándose el nudo de la corbata.

—Buena idea —respondió María—. Vamos, mi vida, nos sentará bien.

—No, gracias, no me apetece. Pero id vosotros, yo os espero aquí.

Jaime se sentó a mi lado.

—Ve con ella, Pablo, yo me quedaré con David.

—Está bien —accedió este, aceptando la mano tendida por uno de nuestros antiguos compañeros del puerto, que no me reconoció—. Venga, María, dejémosles un rato a solas.

Se despidió de nosotros con un ligero ademán y, acompañado de María, se alejó por el mismo pasillo que antes nos había llevado hasta allí.

—¿Qué tal estás? —se interesó Jaime, golpeándome levemente la rodilla con su puño.

—Bien.

Carraspeé, haciendo añicos una duda solidificada en mi paladar desde nuestra llegada a aquel edificio.

—Oye, Jaime, quería preguntarte una cosa.

Bajé la mirada, clavándola en la moqueta azul que cubría el suelo, y percibiendo cómo se aceleraba repentinamente la respiración de mi hermano.

—Pregúntame lo que quieras.

—Es que no he visto a Luis... —continué, un tanto impaciente, e imprimiendo a mi voz una premura del todo innecesaria.

Jaime bajó también la mirada.

—Verás, David, Luis murió hace unos meses, a finales de marzo —me confirmó, sin levantar su vista del suelo—. Quise decírtelo varias veces, pero nunca encontré el momento oportuno... y ahora te lo digo en el momento menos oportuno posible.

Guardé silencio unos segundos, sintiéndome incapaz de pronunciar una palabra, como incapaz me sentía de mantener controlada una serenidad que empezaba a advertir pulverizada dentro de mí.

—¿Cómo fue? —volví a hablar, con los sentimientos colapsados en mi interior, como si mi razón y mi voluntad hubieran decidido dejar de pertenecerme del todo, recluyéndome en un cuerpo indolente de trapo que solo manejaran la inercia y la costumbre.

—No estoy seguro. Creo que le falló el corazón, o algo así.

Apoyó su mano en mi espalda.

—Sé cuanto lo apreciabas, David. Lo siento. De todas formas, estuvo muy enfermo las últimas semanas. Ya no podía trabajar, y apenas podía recorrer los veinte o treinta metros que separan su casa del límite del muelle, donde pasaba el día entero sentado con la atención fija en el océano, sin que nadie se explicara qué era lo que esperaba ver surgir del horizonte.

No dije nada.

Y no pregunté más.

Para qué hacerlo, si quizá únicamente yo conocía las respuestas.

Sostuve de nuevo la cabeza entre mis manos, que comenzaban a sudar, aunque el muñeco de trapo en que me había convertido apenas lo notó, puesto que no notaba ya nada, ni sentía nada, ni pensaba nada. Se limitaba a esperar otra orden del aire, o del espontáneo Maestro Titiritero en que se había convertido el devenir de los acontecimientos, para volver a reaccionar mecánicamente, sin más expectativa que la de volver a reaccionar, y volver a esperar cualquier indicación que le revelara su nueva posición en el gran teatro del mundo. Como si fuera cierto lo que mi hermano Antonio me dijera una noche inolvidable de mi infancia, y yo no fuera sino algo semejante a un barquito de papel a merced del viento.

Mientras tanto, todo simulaba desaparecer en torno a mí, dejándome a solas con un vacío sonoro y doloroso que no sabía, o no quería escuchar, y que parecía empecinado en encararme con un pasado al que pronto descubría que no podía renunciar, y en demostrarme lo que yo ya sabía desde hacía muchos años: que el tiempo no es sino una bestia irracional que solo está dispuesto a respetarnos si nosotros estamos dispuestos a respetarlo incondicionalmente a él.

Aun así, eso no era lo que más dolía.

Lo que más dolía era saber, con absoluta infalibilidad, que todo cuanto había ocurrido era, de alguna manera, culpa mía.

***

Tras solucionar varios problemas que no acabé de comprender, pudimos enterrar a Paco en el cementerio viejo. En un nicho cercano al de nuestra madre, también orientado hacia Poniente y también con vistas al mar, bajo la presencia del mismo sol que tarde tras tarde veía ocultarse al otro extremo del horizonte desde la ventana de la cocina.

Después del sepelio, mientras Pablo, Jaime y María se quedaban en casa conversando en torno a la mesa camilla del salón, inventé una excusa y salí a pasear por el pueblo. Sin rumbo, sin sentido, igual que si fuera otro quien recorriera aquellas calles imperturbables. Las mismas que surcara, de niño, con mi hermano Jaime, intentando capturar el futuro y esconderlo para siempre en algún desgarrón de nuestros desgastados pantalones que mi madre nunca se cansaba de remendar, y en las que entonces solo quería perderme, huir de los recuerdos que estas mismas calles me evocaban, desaparecer en ellas, como había desaparecido ya cuanto una vez me hizo sentir seguro y en paz.

Finalmente, mi deambular me llevó hasta esta misma cala, pasados el puerto, la fábrica de conservas y el antiguo varadero, en la que me descalcé y comencé a caminar sobre la arena, dejándome arrullar por el incesante murmullo de la pleamar, entremezclado con el monótono graznido de las gaviotas que sobrevolaban el océano. Y aquí me senté en una de las escasas rocas que aún no salpicaba la marea, para admirar cómo resbalaba la luz sobre este persistente paisaje de mi infancia, hasta quedar todo a oscuras a mi alrededor, salvo por la velada claridad proveniente de una luna redonda y blanquísima que mostraba su rostro oculto a un cielo tachonado de diminutas estrellas.

Lo cierto es que no sé qué era lo que esperaba encontrar aquí.

De hecho, ni siquiera sé si fui yo quien se dirigió a esta playa, en el reflejo inconsciente del que sabe que ha perdido algo, y trata de encontrarlo en los lugares donde por última vez lo vio, o el muñeco de trapo en que me había convertido, conducido a ella por el Maestro Titiritero que impulsaba mis actos, y que quizá tan solo pretendiera enseñarme alguna lección.

Te aseguro que no lo sé, pero buscaba algo.

Ahora estoy seguro.

Aunque, sea lo que sea lo que buscaba, o lo que esperaba hallar aquí, no lo encontré.

Porque no encontré nada.

Y no sé si no lo encontré porque, simplemente, no había nada que encontrar, y esta era la lección que el Maestro Titiritero me quería enseñar, o bien porque no lo supe, o no lo pude ver, por más que escudriñé cuanto me rodeaba en su búsqueda incesante, bajo la curiosidad de aquel atardecer inacabado que parecía escrutar todos mis movimientos, y en el que mi hermano Paco contemplaba, al fin, el paso de las horas con Antonio, de nuevo con el rostro iluminado por la sonrisa más amplia y más sincera que jamás le conocí, y de nuevo sin importarle si este podía ayudarle o no a volver a caminar.

Sí sé, sin embargo, el momento en el que descubrí que mi pasado había decidido que no iba a olvidarse de mí.

***

Supongo que debería haberme dado cuenta mucho antes de lo que pasaba. De la irrevocable realidad que Pablo y Jaime escondían detrás de cada una de sus miradas o, mejor, detrás de hasta el más insignificante de sus silencios. Pero no lo hice, o no lo quise hacer, tal vez en un intento ilógico y desesperado de escapar de la verdad, presuponiendo acaso que esta no lograría alcanzarme si lograba mantenerme lo más alejado posible de ella.

Así es, tal vez solo pretendiera huir de la verdad.

Pero la verdad me alcanzó.

Al fin me alcanzó y me obligó a enfrentarme con ella. A mirarla a los ojos, y a llamarla por su nombre.

Un nombre que hasta entonces no me atrevía ni tan siquiera a pronunciar.

Era poco antes de anochecer, y estaba tumbado sobre la cama de mi antigua habitación, leyendo un cuaderno amarillento y deshojado que contenía los cuentos que decidiera escribir un lejano mes de agosto de mi infancia, y que regalé a mi hermano Antonio en su último cumpleaños.

Alertado por algún sonido proveniente del puerto, levanté la cabeza de aquellas páginas y sorprendí a Jaime observándome desde el quicio de la puerta, con los brazos cruzados y una expresión neutra cosida en su rostro.

—Jaime... Entra, hombre, no te quedes ahí.

—¿Os marcháis? —me preguntó, señalando la maleta a medio hacer que sobresalía del armario.

—Sí, debemos volver. Ya sabes, por el trabajo.

Se sentó en la banqueta situada junto a la cabecera de hierro de la cama.

—No os habéis quedado mucho tiempo.

—No —reconocí—. Pero te aseguro que no tardaremos en regresar. Por ejemplo, por Navidad. Estaría bien, ¿no te parece? Navidades en familia, María, tú y yo.

Perdió la vista a través de la ventana, procurando evitar mis pupilas, duras y afiladas.

—Ya... Verás, es que hay algo que quería decirte antes de que te fueras.

Asentí despacio, presintiendo que la verdad estaba más y más cerca cada vez.

—Pues hazlo.

Se forzó a mirarme directamente a los ojos, que percibió más duros y afilados que antes.

—Es que no es fácil, y no pensé tener que hacerlo así, aunque... aunque, no sé —entrelazó sus manos, buscando unas palabras que debía haber ensayado infinidad de veces, y que en aquellos instantes apenas podía ensamblar con un mínimo de coherencia—. Ahora te vas, y quién sabe cuándo volveremos a vernos aquí, en casa.

—No te entiendo, Jaime. ¿Qué pasa?

Tosió nervioso, empezando a tartamudear, como hacía de niño cuando se sentía presionado o cuando creía que debía afrontar una regañina de nuestra madre o de alguno de nuestros hermanos.

—El caso es que sé que este no es el mejor momento, después de lo de Paco y todo eso —continuó—. Pero nunca va a ser un buen momento.

María y Pablo aparecieron frente a la puerta.

—¿Os venís al muelle? —propuso este, aproximándose a mi hermano.

Dijo que no.

—¿Qué ocurre? —preguntó María, entrando también en el cuarto, detrás de Pablo, y sentándose a mi lado.

—No lo sé —respondí.

Jaime cerró los ojos, abriéndolos en seguida para buscar los de Pablo, que rozó el hombro de mi hermano apoyándose en la pared, junto a él.

—Verás, David —prosiguió, con una voz más compacta y serena, poniéndose en pie y aprisionando la mano con que nuestro amigo acababa de rozarle—, Pablo va a venirse a vivir aquí, conmigo.

El corazón comenzó a latirme con desmesura, como si quisiera atravesarme el pecho para tratar de ver la luz.

—Bien... me parece bien —balbucí, poniéndome, como él, en pie, sin querer escuchar una realidad que mi razón me gritaba a voces—. Es lo mejor para ti. Así no estarás tan solo —desvié la mirada hacia María, que me observaba sin pestañear—. Pablo siempre ha sido un buen amigo, y sé que le quieres mucho, como si fuera otro de tus hermanos.

La sonrisa recién estrenada desapareció de sus labios.

—No, David, creo que no lo has entendido. Yo quiero a Pablo de otra manera...

—¿Qué?

—Que le quiero, David. Le quiero como puedes querer tú a María.

Me volví a sentar, aturdido, confundido e incluso un poco mareado, como si todo cuanto me rodeara hubiera comenzado a girar frenética e inesperadamente a mi alrededor.

—Pero... pero eso no es posible.

—Estoy cansado de mentir —recalcó—. Estoy cansado de fingir, de aparentar, de tener que ocultarte algo tan importante para mí.

Aspiré trabajosamente, experimentando la desconcertante sensación de estar viendo aquella escena a través de un sueño con protagonistas ajenos. De que nada de cuanto estaba sucediendo era de verdad y de que todo volvería a ser como antes tan pronto lograra despertar.

Porque nada de aquello podía estar sucediendo de verdad.

Jaime... Jaime y Pablo.

Mi historia entera parecía arder y derrumbarse dentro de mí, mientras descubría que cuantos recuerdos guardaba de Jaime, de mi amistad con Pablo, de todo lo que habíamos vivido juntos, se disolvían en un océano de mentiras, silencios y secretos consentidos, para acabar completamente desdibujados en mi memoria, igual que reflejados en un espejo de feria, de esos que te devuelven tu propia imagen distorsionada hasta la monstruosidad.

—Eres mi hermano —insistió, soltando la mano de nuestro amigo y obligándome a mirarle y a salir de la descontrolada tempestad de mis pensamientos—, lo que más me importa, después de Pablo. Por eso no puedo engañarte más. ¿No lo ves? Necesito que me aceptes tal y como soy.

Sacudí la cabeza, intentando ordenar el desbarajuste que bullía en mi interior.

—¿Desde cuándo? —indagué, en un último afán por salvar, al menos, alguno de los instantes que compartiera con ellos.

—No estoy seguro —me interrumpió, recuperando la sonrisa que antes encontrara en la caricia de Pablo—. Supongo que desde que le conocí.

Se encogió de hombros, volviendo a afrontar mis ojos, incisivos y acusatorios.

—Esta es mi verdad, David, y necesito que formes parte de ella, como has hecho siempre.

Apretando los dientes, aporreé el colchón y me incorporé violentamente, arrojando el cuaderno que poco antes leyera contra la repisa de madera del otro extremo de la habitación, tirando el viejo jarrón de la abuela, que estalló ruidosamente al alcanzar el suelo.

—¡No digas eso, joder! ¡No he formado parte de nada!

—David, por favor —imploró mi hermano, acercándoseme.

Le empujé con descontrolada brusquedad.

—¡Es que no ves lo que me has hecho? —grité, propinando un furibundo puñetazo a la cabecera de hierro, y avanzando hacia él—. ¡Ahora todo es mentira!

María se interpuso entre nosotros.

—¡David, por Dios, cálmate!

—¿No lo comprendes? —increpé de nuevo a Jaime, apartando a María de mi lado con tal brusquedad que a punto estuve de hacerle perder el equilibrio y caer sobre la cama—. Eres lo único que me queda de todo esto, de papá, de Antonio. Confiaba en ti, y ahora todo es mentira.

—Nada es mentira, David. Mírame, soy yo, tu hermano. Y soy así. Pero eso no tiene por qué cambiar nada entre nosotros.

Me senté otra vez sobre la colcha, comenzando a negar repetidamente con la cabeza sin levantar la vista del suelo.

No sé si podrás entenderlo, pero en aquel momento todo parecía dar vueltas y más vueltas en torno mío; arder y derrumbarse, sin dejar de girar.

Porque buscaba entre mis más preciados recuerdos, entre los acontecimientos más hermosos de mi vida, y solo encontraba vacío.

Vacío y mentiras.

Y respuestas de apabullante simpleza en las que, de improviso, constataba que no podía volver a creer.

Y un mar entero de imágenes distorsionadas y monstruosas riéndose de mí.

Y un muñeco de trapo que no sabía si alguna vez pudo moverse sin hilos.

Y el tiempo, que al fin me había alcanzado y empezaba a devorarme por los pies.

Y una angustiosa e irrefrenable necesidad de huir.

—¡Vámonos! —grité, levantándome de la cama y recogiendo la maleta del armario.

María me miró desde unos ojos sorprendidos y sombríos, que parecían incapaces de reconocerme a pesar de tenerme delante de ellos.

—¡Nos vamos, María!

—David, por favor —me rogó mi hermano—. No te marches así.

Me giré hacia él y le contemplé un instante, con el alma encogiéndoseme en el pecho hasta adoptar el tamaño de una nuez.

Le contemplé desde el silencio, desde el vacío y desde la negrura que absorbían mis sentidos, empapando alrededor mía el aire.

Le contemplé, de alguna manera, desde lo que entonces supe que había perdido para siempre.

Y me fui.

Me acerqué con rápidas zancadas a la puerta del dormitorio, la traspasé precipitadamente, cerrándola tras de mí con un ruidoso portazo, crucé después el pasillo, haciendo retumbar mis pisadas sobre aquellas paredes cargadas de recuerdos, y salí al exterior, donde llegué a nuestro coche y me introduje en él por la puerta del conductor.

María surgió, al poco, del mismo portalón verde por el que acababa de salir yo, seguida de cerca por Pablo y por Jaime, junto a los que se detuvo para volverme a mirar con ojos severos.

—¡Sube, María!

—¡No, David! —rehusó—. No puedes irte así.

—¡Sube, por favor! —la apremié, poniendo en marcha el motor.

—¡Te digo que no! No tienes derecho a actuar de este modo.

—Por favor, María —supliqué esta vez—. Hazlo por mí.

Pareció dudar unos segundos, al cabo de los cuales se volvió hacia mi hermano, al que besó en la mejilla tras decirle algo que consiguió calmarle un poco. Besó luego a Pablo, y se acercó al vehículo sin dejar de mirarme.

—¡Te equivocas! —afirmó con punzante aspereza, sentándose a mi lado.

No respondí.

Solo pisé a fondo el pedal del acelerador, haciendo chirriar las ruedas de nuestro Ford Fiesta y me alejé de allí para desaparecer entre las sombras que un sol agonizante arrojaba desde el cielo, velando lo que poco antes revestía todas las tonalidades del día.

***

Llegados a este punto de mi relato, no sabes cuánto me gustaría poder explicarte por qué actué así; tener una justificación adecuada para excusar aquel comportamiento de todo punto desproporcionado, unas frases tan ácidas y contundentes o todo el daño que hice.

Lo cierto es que no la tengo, y que incluso ahora no sabría decir por qué reaccioné de ese modo.

Era Jaime, mi hermano, mi amigo, y lo único que podía achacarle era haberse enamorado de un hombre bueno con quien creía que lograría ser feliz. Es más, aunque una parte de mí quisiera convencerme de lo contrario, en el fondo sabía que nada había cambiado entre nosotros, salvo la anécdota de su inclinación sexual.

No sé, es posible que cuanto entonces sucedió no fuera sino fruto de unos prejuicios que, desalmados y falaces, se propagaban dentro de mí como un cáncer voraz y mortal capaz de fagocitar cualquier atisbo de coherencia o de sinceridad en mis sentimientos. Que mi reacción fuera, en parte, culpa de una sociedad arrogante y artificiosa que rechazaba frontalmente todo aquello, aun sin saber exactamente qué era lo que estaba rechazando, y sin comprender que el valor y el honor de una persona residen exclusivamente en su raciocinio, en su bondad y en el inconmensurable valor de sus acciones y de sus palabras, y de ninguna forma en accidentes tales como son su sexualidad, su religión, la relevancia o bajeza de su cuna, o el color del que tenga la piel.

Pero, después de lo que esta noche estoy descubriendo de mí, comienzo a dudar que se tratara de eso o, al menos, que se tratara solo de eso.

Debía haber algo más...

Algo relacionado con lo que sentí en el tanatorio y, quizá, también con lo que buscara en esta misma playa la tarde en que enterramos a mi hermano Paco en un nicho orientado hacia Poniente con vistas al mar. Algo relacionado con mis perennes ganas de huir, con mi incapacidad para decidir o con esa necesidad casi compulsiva de poder culpar a otros, aunque fuera al devenir del destino, de todo lo malo que pudiera acaecerme en la vida.

De repente creía que toda mi historia había sido un engaño. Y no me refiero solo en lo que respecta a mi hermano y a Pablo, sino a toda ella. A mi infancia en aquel pueblecito pesquero del que había vuelto a escapar sin atreverme a reconocer qué era lo que tanto temía de él. A mi confusa adolescencia, repleta de dudas y de preguntas sin respuesta. A los años que pasé en Sevilla intentando convencerme de que la verdadera felicidad debía estar en la resignación, y en la capacidad de sobrevivir sin mirar adelante y sin mirar atrás. E incluso a cuanto creía haber hallado en aquel pequeño apartamento en el que todo simulaba acabar saliendo siempre forzosamente bien.

Y lo peor era que, de algún modo, culpaba a María de mi perturbadora situación.

Porque volvía a sentirme solo.

A pesar de ella.

Sobre todo, por ella.

Porque todo ardía y se derrumbaba en mi interior, y ella era incapaz de restaurar el orden dentro de mí.

Porque me había hundido en el pozo de mi reencontrada desesperación, de mi persistente dolor y, por más que la buscaba, no era capaz de verla allí.

Por todo ello ya puedes imaginar que las semanas que siguieron a nuestro regreso fueron duras, muy duras. Un muro intangible e infranqueable pareció surgir entre nosotros, separando y corrompiendo lo que hasta ese momento creía inseparable e incorruptible, y haciéndome dudar de un amor del que llegué a estar seguro no dudaría jamás.

Y eso que durante el día todo aquello era, por lo menos, tolerable. Puesto que, a pesar de trabajar en la misma empresa, no me resultaba demasiado difícil idear pretextos convincentes para rehuirla, como no hacía tantos años aprendiera a rehuir a su hermana en Sevilla.

El problema llegaba después, al volver a casa y reencontrarnos frente a frente, sin barreras y sin excusas.

Entonces, sencillamente, fingíamos.

Aparentábamos una normalidad que apenas sabíamos reconocer y admitir como nuestra, por más que finalmente acabáramos haciéndolo sin reticencias, y un cariño acordado que nos permitía, cuando menos, seguir juntos un poco más, hasta que alguno de los dos tuviera el valor suficiente para afrontar la única solución que ya creía podría salvarnos.

Era una situación insoportable, amigo mío.

Completamente insoportable.

Una situación insoportable e insostenible que no tenía sentido prolongar y que volvía a hacer surgir en mí el deseo o, mejor, la necesidad, de huir. De continuar con mi camino, con mi viaje interminable, como si el mero hecho de viajar, de seguir adelante, y siempre adelante, fuera ya de por sí un destino o una meta. De abandonar cuanto había hallado al lado de María para tratar de encontrar en mi vida algo que fuera indiscutiblemente mío.

Y, por supuesto, lo encontré.

Aunque, como suele ocurrir, lo encontré justo donde nunca se me hubiera ocurrido buscar.

***

Aquel domingo de octubre me había levantado muy temprano, cuando ella aún dormía, y me había encerrado en la habitación contigua a nuestro dormitorio para leer un absurdo libro de intriga, tratando de extraer algo, cualquier cosa, de aquellas palabras vacías y huecas, o de aquellos personajes insustanciales y planos que solo parecían ser capaces de mostrar sentimientos de papel.

Si no recuerdo mal tenía abiertas de par en par las ventanas y debía llevar más de una hora recostado en el butacón marrón que colocáramos allí varios meses atrás, buscando hacer lo más confortable posible una habitación en la que cada vez pasaba más tiempo.

De improviso dejé caer el libro sobre mi pecho, agudizando el oído hasta escuchar cómo se me resquebrajaba el corazón.

Porque la oía llorar.

A través de la puerta cerrada de nuestro dormitorio y de la delgada pared que nos separaba. A través de mi indolencia y de mi reencontrada necesidad de huir, la oía llorar.

Por primera vez desde que fuera a buscarla a Madrid, y confundiera sus lágrimas con la lluvia, la oía llorar.

La oía llorar, a pesar de saber que solo debemos llorar por aquello que amamos de verdad y perdemos para siempre.

¿Por qué estaba tratándola así?

Dios mío, ¿por qué la estaba tratando así?

Y, sobre todo, ¿de qué la culpaba?

¿La culpaba, acaso, de mis dudas, de mi confusión, de no poder devolverme la paz, cuando ni yo mismo comprendía por qué la había perdido? ¿De no tener las respuestas a unas preguntas que incluso ahora me resultaría imposible formular de manera correcta?

¿La culpaba de ser capaz de quererme a pesar de mi comportamiento de las últimas semanas, a pesar de aquello en lo que me había convertido, a pesar de que no podía siquiera mirarme a la cara y reconocerme en quién era?

¿La culpaba, en definitiva, de no saber hacerme recordar qué era lo que siempre había buscado, a pesar de estar seguro de que solo había logrado encontrarlo precisamente en ella?

Abrí con sigilo la puerta del dormitorio, me acerqué a la cama en la que María sollozaba boca abajo, con el rostro parcialmente tapado por la almohada, y me senté a su lado acariciando su cuello dócil y suave que pareció volverse de mantequilla al contacto con mi piel.

Lentamente fue apaciguando el frenético latir de sus pulmones y, girando la cabeza hasta permitirme intuir sus ojos en la oscuridad que aún lo envolvía todo, me acercó a ella y me abrazó con la misma tristeza y la misma ansiedad que una vez me juré haría desaparecer para siempre de su mirada de mar.

—Lo siento —imploré—. Lo siento, María. No sé cómo he podido dejar que lleguemos a esto. Hacerte tanto daño.

La besé en la frente.

—Lo siento mucho —insistí—. Y te juro que no volverá a suceder; que todo será como antes.

Me aparté de ella.

—Porque me crees, ¿verdad? Y podrás perdonarme.

—No lo sé. No sé qué es lo que te pasa, ni sé por qué te comportas así, como alguien totalmente diferente a aquel de quien me enamoré.

—Lo siento, mi vida —repetí, posando ahora mi frente en su hombro—. Tú solo dame otra oportunidad, antes de tomar ninguna decisión, y ya verás como logro compensarte.

—No quiero que me compenses, David. Lo único que quiero es que me dejes pasar todo esto contigo. Que me dejes ayudarte, cuidar de ti.

—Ojalá fuera tan fácil, pero es que ni siquiera yo termino de comprender qué es lo que me ocurre, o por qué me siento de este modo, como si tuviera mil voces en la cabeza y no fuera capaz de distinguir cuál es la mía, ni supiera cuáles dicen la verdad y cuáles me están mintiendo, ni pudiera hacerlas callar...

Me detuve.

—¿Qué pasa?

—La voz del silencio —respondí—. Ya te he hablado de ella.

—Sí, pero, ¿qué tiene que ver con esto?

—Probablemente nada. Es que he recordado que Antonio me dijo en cierta ocasión que solo con ella podría obligar a callar a los demás sonidos que no nos permiten escuchar a nuestra propia voz indicándonos el camino correcto, el camino de vuelta a casa; desafiar a nuestros miedos para descubrir que, a veces, aquello que más tememos jamás pretendió hacernos daño, y que basta dar un rodeo para no tener siquiera que afrontarlo. Porque solo tras el silencio se puede esconder nuestra verdadera voz, como solo en la oscuridad podemos darnos cuenta de que nuestros sueños están siempre envueltos en luz.

Me enderecé un poco, apoyando la espalda en el cabezal.

—Mi hermano Antonio era así. Él siempre creía saber qué era importante, y qué no lo era. Por qué merecía la pena luchar, y de qué debía huir, sin que huir o luchar tuvieran trascendencia alguna.

—¿Y qué crees tú?

—No lo sé. Supongo que siempre creí en él.

Entonces María fijó su mirada en mi rostro, bajo la rigidez de aquella penumbra mansamente fugada a través de las hendiduras de la persiana, y comenzó a sonreír con una sonrisa de esas que nunca aprenderán a mentir, como me sonriera justo antes de intentar convencerme de que los grandes milagros son tan pequeños que apenas se ven.

—¿Por qué no lo haces? —dijo, sin más.

—¿El qué?

—Escribir... Escribir sobre todo aquello. Enfrentarte a tus recuerdos, a lo que eras, a cuanto dejaste atrás.

Me puse en pie, sintiendo cómo se me contraía el estómago.

—No puedo, María, no sé escribir. Ya te lo he dicho otras veces.

—Venga, David, ahora será diferente, estoy segura —aseveró, poniéndose también en pie y aproximándose a mí hasta rozar mi cuerpo con su cuerpo desnudo—. ¿No lo entiendes? Ahora hablarás de ti.

Aspiré una dilatada porción de aire, sin comprender qué esperaba que respondiera a una propuesta como esa.

—Vamos, mi vida —me exhortó—. Vuelve. Vuelve y busca lo que has perdido.

No, no podía hacerlo.

Además, sería una perfecta desfachatez.

La voz del silencio.

Aprender a convivir con mis sueños.

Enfrentarme con el tiempo.

Dejar de huir.

Volver.

Regresar a esa época en la que aún era capaz de distinguir las cosas importantes, dar rodeos. Esa época en la que sabía lo que quería, y cómo debía desearlo, que no buscarlo. Esa época en la que todavía no me había olvidado de quién era. En la que sabía formular las preguntas, y sabía encontrar las respuestas, siempre de una sencillez y de una simpleza absolutamente irrebatibles, como sabía también olvidarlas, sin plantearme siquiera la remota posibilidad de que ya jamás lograse recuperarlas.

Volver a sentirlos junto a mí, aun tan solo un instante, y aun tan solo en unos recuerdos que al fin me atrevería a recordar sin rencor.

Decirles todo lo que callé, contarles cuanto después aprendí, asegurarles que nunca podría olvidarlos.

Volver.

Volver...

Ladeé el cuello, sin apartar los ojos de María.

—Hazlo, David —insistió, acercando mis manos a sus labios y rozándolas con ellos—. No puede ser malo algo que consiga que me mires de nuevo así.

Sonreí.

Sonreí sin fingir.

Sonreí sin engañar.

Y, sin fingir ni engañar, la besé.

Aquel mismo día escribí las primeras líneas de la que pronto sería mi primera y más preciada novela.

Es más, aquel mismo día aprendí a escribir.

Porque fue entonces, casi veintiún años después de cierta noche en la que se simulara entretenido arreglando, a mi lado, el mecanismo enmohecido de una vieja caña de pescar, cuando descubrí lo que mi hermano Antonio había querido enseñarme.

Aquel día escuché, por primera vez en mi vida, la auténtica voz del silencio.

Y supe que no es sino la única voz que perdura para siempre en nuestras gargantas, y la única que alcanzaremos a oír cuando seamos capaces de crear el vacío en nuestro interior, y de despojarnos de todas las voces ajenas que resuenan constantemente dentro y fuera de nosotros, forzándonos a hablar sin saber, en absoluto, qué es lo que queremos decir. Como supe que siempre está y estará ahí, sin edad, sin dudas, sin prejuicios, sin miedo... Igual que supe que es el único lenguaje dispuesto a hablar de todo aquello para lo que se quedan cortas e inútiles las palabras.

Más aún, por descabellado que pueda parecerte, funcionó.

Extendí ante mí la infinita vacuidad de una hoja desierta, adentrándome en el desbarajuste y la espesa oscuridad que se agazapaban en las esquinas más recónditas de mi alma tratando simplemente de encontrarme.

Y me encontré.

Como encontré cuanto creí haber perdido para siempre en las ineludibles fauces del tiempo.

Allí estaba mi pequeño pueblo pesquero, blanco y marinero, en el que las prisas no existían y el futuro carecía de importancia.

Allí estaba mi padre, prometiéndome el primer rayo de sol, del que necesariamente debe nacer la luz. Y mi madre, incapaz de llorar. Y mi hermano Paco, atado a sus pies de metal. Y mi hermano Antonio, mi querido hermano Antonio, intentando enseñarme a soñar.

Allí estaban también Pablo y Jaime, mi hermano, mi amigo. Justo a mi lado, demostrándome que el amor no entiende de atajos, ni el corazón de disfraces; y que el final del camino carece por completo de importancia, dado que lo único realmente trascendente es nuestra manera de caminar.

Y, por supuesto, allí estaba yo, contemplándome desde unos años que jamás se fueron del todo, acariciando el tiempo, que dormitaba, dócil y bullicioso, a mis pies.

Si, anciano, allí estaba yo.

Y me vi.

Y por primera vez en mi vida me reconocí.

***

El portalón verde de aquella casa situada al comienzo del viejo puerto pesquero cedió unos centímetros, dejándonos entrever la figura de Pablo sobresaliendo de su interior.

—¿David...?

—Hola, Pablo. ¿Cómo estás?

—Bien —respondió, procurando ocultar el desconcierto que mi presencia imprevista debía producirle.

—¿Puedo ver a mi hermano?

Dijo que sí, moviendo la cabeza muy despacio, sin terminar de discernir, probablemente, qué postura debía adoptar.

—Pasa. Hola María, me alegro de verte.

Sin hablar más franqueamos el pasillo que se abría ante nosotros, introduciéndonos en la estancia que ocupaba uno de sus costados.

—Jaime, tienes visita.

Mi hermano cerró el libro que tenía entre las manos, que leía en la mecedora que mis abuelos regalaran a mi madre el día en que se casó, situada ahora junto a la ventana, para descubrirnos a escasos tres metros de él.

—¿Qué tal, Jaime? —le saludé, sentándome en un sofá que debían haber comprado después de la muerte de Paco, en el que también se sentó María, muy cerca de mí—. Ha pasado mucho tiempo.

—Sí —se enderezó, desviando la mirada hacia Pablo, que se le aproximó para apoyarse en el brazo de la butaca desde la que mi hermano seguía observándonos sorprendido—. Más de un año.

—Ya. Verás, he estado pensando mucho, y trabajando mucho —expliqué—. Y quería enseñarte una cosa.

Abrí la mochila que llevaba conmigo, y extraje de ella un ancho manuscrito cosido con una gruesa espiral, que le pasé por mediación de Pablo.

—*Recuerdos* —leyó Jaime en voz alta, sin prestarle mayor importancia. A continuación se fijó en mi nombre, mecanografiado en el borde inferior, y alzó la vista para mirarme con unos ojos resplandecientes y cálidos de los que había desaparecido el recelo con el que me acababa de recibir—. ¡Es tuyo, David! Has escrito un libro.

Volvió a concentrarse en el manuscrito, pasó varias de sus hojas y comenzó a leerlo al azar. Entonces, muy lentamente, el resplandor de sus ojos se inundó de una ternura infinita. La misma con la que me miraba en el muelle, cuando trataba de convencerle de que estaba bien, o con la que miraba a Paco, cuando se sentaba a su lado en el destartalado butacón que antes se hallaba junto a aquella ventana que todavía le rendía algo de luz e intentaba hacerle hablar.

—Somos nosotros.

Asentí.

—Tiene una dedicatoria —le indiqué, tras reparar fugazmente en Pablo, que tampoco apartaba sus ojos de él.

Jaime buscó las líneas que iniciaban el caudal de lo escrito, leyéndolas en silencio, aunque moviendo ligeramente los labios, los cuales terminaron dibujando una sonrisa que parecía querer escapar de su rostro.

De nuevo, me miró.

Y yo le miré.

Quería decirle tantas cosas...

Aun así, no dije nada.

¿Para qué?

Solo me levanté de aquel sofá y, acercándome a él, le apreté con fuerza entre mis brazos, como le abrazara la mañana en que murió nuestra madre, sabiendo que nada nos quedaba por decir.

A fin de cuentas, nunca tuvimos que hablar para entendernos.

IX

David mira el cielo. Un cielo alto y luminoso sembrado de mil estrellas que, poco a poco, dejan de brillar.

—No tardará en amanecer —afirma desde el borde de la orilla por la que ahora pasean.

—Eso me temo —coincide el anciano, dejándose rozar por una de las olas que logran alcanzarles—. Por ello no debemos demorarnos mucho. Dime, ¿crees que fue entonces cuando cometiste el error que buscamos? ¿Al abandonar a Paco? ¿Al tratar así a María, o a Jaime?

El Viajero se le acerca un paso más, pero no le responde. Permanece en silencio, escrutando un horizonte que sabe pronto despertará.

—David, ¿me has oído? Te preguntaba si crees que fue entonces cuando cometiste el error que buscamos.

—¡Claro que te he oído! —replica secamente.

La Muerte ladea la cabeza, manteniendo sus pupilas fijas en él.

—¿Qué te pasa?

—Nada.

—Vamos, muchacho, ¿qué te ocurre?

—Te digo que no me pasa nada —contesta—. Es solo que no creo que sea justo lo que estás haciendo conmigo.

—¿El qué?

—Pues todo esto. Siempre pensé que había sido un buen hombre; que todos mis actos, incluso aquellos relacionados con los terribles acontecimientos que finalmente me han traído hasta ti, los hice por amor, y solo por amor... Y ahora miro atrás y, en mi propia historia, no veo más que errores. Errores pequeños e intrascendentes, y también errores inmensos y de escalofriantes consecuencias, como los que acabas de señalar, que hubiera podido evitar con un poco de atención, o intuyendo, al menos, las consecuencias de mis actos.

Tensa el cuello, que siente rígido y agarrotado.

—He seguido tus consejos, he intentado esforzarme en mirar y ver, en replanteármelo todo, en destruir para crear, y, de repente, descubro que nada es como siempre había creído. Te cuento mi vida, y todo cuanto hice en ella me parece diferente a como hasta ahora lo vi y, lo que es peor, repleto de resultados imprevistos que, de algún modo, marcaron el destino de aquellos que más quería. Y no es justo. No es justo que me hagas encarar cuánto daño causé, y cuánto dolor hubiera conseguido evitar, cuando nada puedo hacer para enmendar mis decisiones. Cuando, finalmente, he dejado de existir.

El anciano humedece sus labios, hundiendo los tobillos en el mar al aproximarse a su compañero.

—No te equivoques, David. Yo no te he encarado con nada. Únicamente te he dicho que, a veces, es necesario destruir para crear, y replanteárnoslo todo para separar la mentira de la verdad. Solo eso. Si algo has visto, o algo has descubierto, es porque lo has querido hacer, sin que yo haya tenido nada que ver con ello.

Apoya su mano en el hombro del Viajero.

—Y, por supuesto, no has dejado de existir. Ya deberías haber comprendido que la vida no termina nunca, como nunca termina nuestra irrenunciable capacidad de influir en aquellos que nos importan. ¿No lo ves? Nada termina y nada empieza, sino que todo vuelve una y otra vez. Porque vivir es mucho más sencillo de lo que a simple vista podamos creer. De modo que hay ocasiones en las que un final es solo un comienzo o, mejor, en las que terminar no es más que hallar un nuevo principio, o dar un paso adelante. Y esto es, posiblemente, lo único que da sentido a cuanto ahora te rodea, a tu actual situación, a mí. La única realidad de la que no podemos escapar, por más lejos que huyamos de ella. Ni siquiera ocultándonos dentro de nosotros mismos, que es, sin duda, el lugar donde resulta más difícil que nos puedan encontrar.

Le libera de su mano, sin dejar de mirarle.

—Por eso debes aprender a dar el siguiente paso, y debes decidir cuál es la verdad: la historia que me estás contando, con sus errores, su confusión, su exuberante poesía y ese universo de milagros diminutos en los que parece acabar enredado siempre el azar, o la historia imperturbable que guardabas en tus recuerdos. Quién sabe, quizá entonces te resulte un poco menos difícil escoger una respuesta para mí y, sobre todo, recuperar de nuevo la paz.

David vuelve a suspirar, sintiéndose una vez más ilógicamente persuadido de que aquel anciano que le ha rescatado del silencio, del vacío y de la luz tiene razón. De que es él quien está queriendo ver su biografía desde una perspectiva insólita y novedosa, y quien está distinguiendo en ella cosas que nunca antes se había atrevido a reconocer; como si, efectivamente, vivir, vivir sin más, pudiera considerarse la mayor de todas las aventuras o la más emocionante de las novelas.

—Venga, David, debemos ir finalizando. ¿Tienes ya la respuesta que buscamos?

—Quiero terminar mi historia —repite—, compartirla contigo.

—Pero, ¿sabes ya cuál ha sido el mayor error de toda tu vida?

El Viajero mueve una de sus piernas, tratando de evitar que un alga verdosa y alargada se enrede entre sus pantorrillas.

—Déjame completar mi relato —ruega, sin responderle—. Procuraré ir más deprisa, centrarme en lo más relevante.

—No creo que sea una buena idea. Se nos acaba el tiempo.

—Lo sé y, aun así, debo hacerlo. ¿No lo entiendes? Tengo que averiguar, de una vez por todas, cuál es la verdad.

—Como quieras... —acepta el anciano—. Tuya es la decisión, y tuyo el riesgo de perder una oportunidad como la que te ofrezco.

David asiente con cierta pesadez, convencido de haber descubierto una de las respuestas que toda su vida ha tratado de encontrar. La más trascendental, acaso, de todas ellas. Porque cree haber descubierto, casi sin proponérselo, qué es lo que siempre ha buscado y, lo que es más importante, cree haber descubierto dónde lo debe buscar.

Después sale del agua y se deja caer frente a la Muerte, que le observa desde la roca que él le cediese al comienzo de esta noche en la que está reconociendo su vida repleta de milagros, de poesía y de todo aquello que María trató de mostrarle, aunque él nunca lo vio.

Vuelve a inclinarse hacia atrás, sin apartar la vista de su compañero, en quien cada vez cree más firmemente haber hallado alguien del que hubiera podido ser amigo, de haberse conocido en otras circunstancias, por supuesto.

Y vuelve a adentrarse en sus recuerdos, experimentando de nuevo la maravillosa y desconocida sensación de que, si se lo permite, volverán a sorprenderle.

***

No fue fácil escribir *Recuerdos*.

No puedes sospechar siquiera cuánto dolor rezuman sus líneas. Cuántas alternativas. Cuántas horas robadas forzosamente a los escasos ratos libres que me dejaba mi trabajo, y desmenuzadas hasta la extenuación en aquel cuarto contiguo a nuestro dormitorio. Cuántos borradores desechados. Cuántas atormentadas introspecciones. Cuántos momentos que no quería recordar.

Sin embargo, lo hice.

Lo hice porque, gracias al cielo, ella estaba allí, conmigo.

Pues estoy seguro de que no hubiera sido capaz de escribirlo sin María, dado que, sin ella, sé que no hubiera tenido suficiente valor. De hecho, estoy convencido de que si fui capaz de desgranar la espiga infinita de mi memoria, si no ardí ni me derrumbé enfrentándome con el descabellado universo que ardía y se derrumbaba dentro y fuera de mí, si supe encontrarme en la espesa oscuridad que cercaba hasta las esquinas más abiertas e insignificantes de mi historia, fue por y para ella.

Incluso creo que podría decirse que *Recuerdos* es más obra suya que mía; que, de algún modo, contiene más de María que de mí.

Ella siempre supo cómo enjuagar mis dudas, cómo impulsar mis palabras, cómo enseñarme a dar rodeos y, sobre todo, cómo escucharme.

Es más, nunca conocí a nadie que supiera escuchar como ella; que me hiciera sentir tan libre para crear.

Lo cierto es que nunca conocí a nadie como ella.

Y, por descontado, estoy completamente seguro de que, sin ella, no me hubiera atrevido a afrontar la decisión que cambió nuestras vidas para siempre.

Todo ocurrió una mañana de sábado, apenas un año después de terminar *Recuerdos*. Una mañana triste y oscura de noviembre que aprovechábamos para pintar de una tonalidad más alegre las paredes de nuestro pequeño apartamento, el cual habíamos decidido comprar a nuestro arrendador unos meses atrás, en la firme creencia de que acabaríamos haciendo de él nuestro último y definitivo hogar.

María bromeaba tratando de salpicarme, desde el último peldaño de la escalera de tijera en la que se hallaba encaramada, con el rodillo que nos habían prestado unos vecinos, al tiempo que yo sujetaba su base intentando evitar que cimbrara más de la cuenta, mientras procuraba protegerme de las pizquitas de pintura que arrojaba sobre mí cubriéndome el rostro con las mangas de la camisa.

El timbre del teléfono repiqueteó, de repente, por toda la habitación.

—Para, mi vida, ¡el teléfono! —la avisé—. Voy a cogerlo.

Solté la escalera y rebusqué bajo las viejas sábanas que habíamos esparcido por el suelo y sobre los muebles que no nos habían cabido en el pasillo, hasta que finalmente localicé aquel aparato junto a una pila desarmada de revistas.

—¿Dígame...?

Esperé con impaciencia recibir alguna respuesta, advirtiendo de soslayo la atenta mirada de María, que se había bajado de la escalera y me observaba con curiosidad.

—¡José Manuel, qué alegría! —exclamé en cuanto me llegó su saludo desde el otro extremo de la línea—. ¡Cuánto tiempo sin oírte!

Le sentía respirar nervioso, excitado.

—¿Qué te pasa?

Entonces logró calmarse, y logró hablar.

Fue entonces cuando supe que no había escrito *Recuerdos* solo para mí, o para los míos.

Porque José Manuel Castaños, en quien una vez encontré un trocito de mi hogar al término de unos escalones que parecían mecerse bajo mis pies, había transcrito la copia de mi novela que le entregase en agosto, cuando volvimos a Sevilla para pasar parte de nuestras vacaciones de verano con Fran y con Mónica, y la había paseado por las principales editoriales del país, profundamente convencido de que mi historia era, en el fondo, un reflejo de la historia secreta y colectiva de quienes buscan y no encuentran su voz en el ruido que, inevitablemente, nos rodea a todos.

Y, contra cualquier pronóstico, aquel hombretón de ojos nerviosos y voraces lo había conseguido. Finalmente, uno de esos editores se había interesado por ella, y le había comunicado su intención de publicarla.

¿Puedes creerlo? Querían sacar a la luz mi novela, dejándome compartir mi memoria y mis palabras con personas que jamás conocería y que, aun así, se convertirían en protagonistas incondicionales de mis recuerdos, mezclando mi historia con la historia de quienes quisieran participar en ella, hablando ahora con la voz de otros.

—Debemos contestarles —me indicó, al cabo de un largo silencio—. He quedado en que les diría algo antes del lunes.

Me separé el auricular del oído.

—¿Qué ocurre? —se interesó María.

—Es José Manuel, dice que un editor de Madrid quiere publicar mi novela.

Abrió intensamente los ojos.

—¡Es genial...!

Tragué saliva, un tanto aturdido por el modo en que, de nuevo, se precipitaban los acontecimientos a mi alrededor, y sin estar seguro de qué era lo que debía responder; temiendo quizá que aquello pudiera trastornar el difícil equilibrio que al fin había encontrado en mi vida.

—¡Vamos, David! —me animó María, acercándose un poco más—. No puedes negarte a una cosa así.

Comencé a mordisquearme el labio inferior, igual que solía verla hacer a ella cuando no sabía que decir.

La contemplé pausadamente, como la contemplara aquella lejana mañana de octubre en la que me enseñó a escuchar la voz del silencio brotando justo de donde siempre supe que debía estar.

Y sonreí.

Sonreí, acercándome el auricular para oír la exclamación de júbilo que emitió José Manuel tan pronto le confirmé que podía aceptar por mí.

Porque acepté, por supuesto que acepté.

Acepté a pesar del miedo atroz que sentía, puesto que ella me iba a prestar su valor.

Acepté porque María quería que aceptara.

Acepté porque, pasara lo que pasara, ella siempre estaría a mi lado, logrando que todo acabara saliendo necesariamente bien.

***

De todas formas, decidí mantenerme relativamente al margen de aquello, dándole plenos poderes a José Manuel para cuanto estuviera relacionado con la publicación de mi novela, tratando acaso de evitar ilusionarme con un proyecto sin apenas posibilidades de éxito, y sintiéndome convencido de que la imprevista divulgación de mi obra no supondría más que una anécdota en mi vida; de que nadie que no me conociera podría entender, y mucho menos apreciar, el dolor, el cariño y la entrega que colmaban sus párrafos, o de que no encontraría a ningún compañero de viaje dispuesto a perseguir conmigo algo similar al primer rayo de sol desperezándose sobre las aguas.

Tiene gracia: que no supondría más que una anécdota en mi vida...

Al final sí que encontré quien quisiera revivir conmigo mi pasado, mi búsqueda y mis encuentros y, ante la mayor de mis sorpresas, *Recuerdos* supuso lo que Fernando definió como el mayor éxito en la dilatada trayectoria de su editorial.

Incluso llegó a ganar un premio realmente importante, que paseó mi nombre y mi fotografía por los principales medios de comunicación del país, e impulsó las ventas del libro hasta unas cotas que no me hubiera atrevido siquiera a soñar.

Fue así como, casi sin buscarlo, casi sin querer, terminé convirtiéndome en un escritor.

¿Te lo imaginas? La pequeña *Sardinita* que no sabía leer, el hijo del pescador, yo: un escritor.

Porque decidí que eso era justamente lo que quería hacer el resto de mi vida: escribir, componer el silencio con mi imaginación, vivir de mis ideas y de mis sueños, compartir mi alma, repartirla a trocitos.

Igual que decidí que, pasara lo que pasara, no consentiría que nada de aquello alterase ni por un instante cuanto creía haber conseguido hasta entonces.

De modo que opté por aislarme de las presiones que se cernieron sobre mí tras la publicación de *Recuerdos*, y de su éxito inesperado, como decidí volver a protegerme en el anonimato de aquella ciudad colgada de las montañas en la que ya reconocíamos un hogar; en nuestro pequeño apartamento cercano al parque de La Ciudadela, que nunca me pareció más grande ni más poblado de estrellas; en la habitación contigua al dormitorio en el que noche tras noche descubría su olor y su calor enredados en el aire; y en las pequeñas cosas que vigilaban nuestra intimidad y nuestras circunstancias, diferentes e idénticas cada día.

Como decidí también volver a pedirle prestado a María su valor y su fe para adentrarme una vez más en el desbarajuste y la espesa oscuridad que, estaba seguro, aún existían en algún lugar de mi memoria. Y, en aquel aislamiento buscado e indispensable, entre aquellas pequeñas cosas que se me antojaban, no obstante, grandes, muy grandes, surgió un año y medio después mi segunda novela. Un relato suave y luminoso que hablaba del mar, y de la espera, y de sus pequeños milagros, y de ella.

Sobre todo, de ella.

Y ya no pude esconderme más.

Porque la presentación de esta obra fue algo similar a un fabuloso espectáculo orquestado por Fernando, mi editor, siguiendo una estudiada estrategia comercial que no llegué a entender, a pesar de lo cual no me negué a participar en ella. Jamás pude negarle nada a aquel hombre de maneras convincentes, fuego en los gestos e imponentes ojos almendrados y despiertos, semejantes a los ojos de un gato.

No me negué, a pesar de saber que me acabaría sintiendo, con seguridad, minúsculo y vulgar. Siempre me sentía minúsculo y vulgar cuando tenía que hablar de lo que escribía, en el convencimiento de que hablar de una novela era como a tratar de describir una sinfonía, de precisar los colores del amanecer o de detallar los infinitos matices que nos evoca el mero roce de la persona amada.

Y, lógicamente, minúsculo y vulgar me sentía en aquella mesa alargada y estrecha, respondiendo a las preguntas que me lanzaban completos desconocidos mientras algún flash esporádico derramaba su mudo destello de luz a mi alrededor.

Recuerdo que contestaba manejando con descuido las palabras, atento tan solo a la presencia serena y reconfortante de María, quien, sentada en primera fila, entre mi hermano y Pablo, se esforzaba por sonreírme constantemente, al tiempo que escuchaba con atención cuanto decían aquellos extraños.

Ya que te aseguro que, en todo aquel disparate, nada tenía sentido, salvo la presencia de María, Jaime y Pablo frente a mí.

Alguien me preguntó entonces qué era para mí lo más preciado, lo que me impulsaba a escribir.

Esta vez no respondí.

Estaba cansado de mentir, de mezclar mi realidad con aquella realidad que no quería hacer mía.

Así que lancé una mirada reprobadora a quien me había formulado esta última pregunta, cogí uno de los ejemplares de mi segunda novela, que Fernando había apilado junto a mí, en uno de los extremos de la mesa, y comencé a pasar con delicadeza sus hojas hasta localizar el primer párrafo, aquel en el que describía a Alicia, el *álter ego* de María en todas mis obras, el cual empecé a leer con una voz que volvía a acariciar las palabras.

Después cerré el libro y, tras contemplar brevemente su cubierta, levanté la vista de él sin prestar interés a nada de cuanto ocurría en torno a mí, absolutamente a nada, para reencontrarme con los ojos templados y cristalinos de María, que parecían atestar por completo aquella estancia, llenándola de coherencia, de serenidad y de paz.

✳✳✳

Esa misma noche regresamos tarde al lujoso hotel que Fernando nos había reservado en el centro de Madrid.

Me sentía cansado, y profundamente aliviado de saber que había terminado con la presentación de la novela, por lo que pronto podríamos retornar a nuestro pequeño apartamento en el que ella perduraba constantemente enredada en el aire.

La verdad es que no lo había pasado bien. Ni siquiera me había sentido cómodo. Nunca lograba sentirme cómodo cuando tenía que asistir a cualquiera de los actos en los que Fernando estimaba inexcusable mi ausencia. Solía permanecer taciturno, casi huraño, dejando a María el peso absoluto de las relaciones, para las que se había convertido en una auténtica experta, y esperando a que concluyera lo antes posible para retomar el estricto anonimato que me había propuesto preservar por todos los medios.

—¿Queréis una copa? —sugerí, esforzándome por liberarme del mutismo al que me había aferrado desde que llegamos a Madrid la tarde anterior, y sintiéndome repentinamente abrumado por una honda tristeza al no tener que llamar a José Manuel, como hacía siempre que concluía alguna de aquellas reuniones, pues había fallecido seis meses atrás, de una extraña enfermedad que no le permitió leer la versión definitiva de mi segunda novela.

—No, gracias —rehusó mi hermano, cogiendo una de las dos llaves que acababan de entregarnos—. Estoy exhausto. Ha sido un día muy largo.

—Tienes razón —reconocí, tomando la otra llave y comenzando a caminar junto a María, que apenas me había dirigido la palabra en toda la noche—. Sí que ha sido un día largo. La presentación, la cena.

Jaime asintió sin soltar la mano de Pablo, quien sin duda había bebido más de la cuenta.

—¿Y tú estás cansada? —pregunté a María, mientras atravesábamos aquel sobrecargado recibidor para alcanzar los ascensores.

Volvió a mirarme desde unos ojos inusitadamente vivos, sin responder.

—¿Te pasa algo?

Se encogió de hombros, entrando la primera en el ascensor.

—¿He hecho algo malo? —insistí, situándome a su lado y procurando que Jaime no nos oyese.

Negó con la cabeza, ante lo que me atreví a besarla en sus negros cabellos, rodeando su cintura con mis brazos y dejándome arrobar de nuevo por el tacto de su densa melena.

Tan pronto alcanzamos la décima planta, ayudé a mi hermano a sacar a nuestro amigo del ascensor, y a llevarlo a su habitación, donde logramos acostarlo tras apartar de un manotazo las bolsas amontonadas sobre la cama.

—No está acostumbrado a beber —le disculpó Jaime, acompañándome a la puerta—. Ni está acostumbrado a todo esto.

—No te preocupes.

Salimos al pasillo, en el que María entregó a Jaime el zapato que Pablo se quitara en el ascensor.

—Buenas noches —se despidió mi hermano, dejando caer el zapato a su espalda, junto a una de sus maletas.

—Buenas noches, Jaime —respondí—. Y gracias por venir. No habría sido lo mismo sin vosotros.

—No, David, gracias a ti por invitarnos.

Me golpeó con suavidad el hombro, como tantas veces hiciera en el pueblo, y cerró aquella puerta detrás de la cual ya oíamos roncar al hombre con el que compartía su vida.

Rocé la espalda de María, y nos adentramos en el corredor repleto de espejos al final del cual se ubicaba la hermosa suite que ocupábamos nosotros.

Nada más entrar en ella me desplomé en la butaca blanca que había en una de las esquinas de la sala de estar, frente a la puerta que daba acceso al dormitorio, por la que María desapareció tras brindarme una mirada que no supe reconocer.

Inspiré lentamente, sin comprender qué le ocurría, al tiempo que me levantaba para desprenderme con torpeza de la corbata que Fernando había insistido que debía llevar durante la cena, quitarme también la chaqueta, y volver a acomodarme en la butaca.

A los pocos minutos María salió del dormitorio vistiendo su vieja bata larga de satén, y se me acercó despacio para acabar sentada en mis rodillas, rodeándome el cuello con los brazos y posando en mi boca cerrada un beso inolvidable que aplastó por completo mi malestar y mis dudas.

—Gracias —dijo, sin separar sus labios de los míos.

—¿Por qué?

—No lo sé. Por todo, por cómo eres.

Volvió a besarme.

—Este es por el libro. Es lo más bonito que he leído en mi vida.

—Debía serlo, María. Habla de ti.

Se recostó sobre mí, apoyando la cabeza en mi pecho y perdiendo la vista más allá del altísimo ventanal que nos protegía de la frialdad de la noche.

—Pues me temo que tendrás que ir acostumbrándote a verme distinta —anunció rozando mis dedos, que entrelazaba en su cintura.

—¿Y eso?

Ladeó la espalda, mirándome directamente a los ojos.

Y suspiró.

De hecho, ambos suspiramos en sus labios.

—Es que no voy a tener más remedio que engordar un poquito los próximos meses...

Me quedé paralizado. Totalmente paralizado, mientras el mundo entero parecía detenerse en torno nuestra.

Detenerse y empezar a brillar.

—¡Un hijo! —exclamé, poniéndome en pie, con ella entre mis brazos.

—Temía que te enfadaras conmigo —confesó—. Que pensaras que no es un buen momento, que no estás preparado para una cosa así.

La deposité de nuevo en el suelo, sobre la alfombra, sin apartar mis ojos de sus ojos de espuma y sal, en los que de nuevo creí posible llegar a ver sonreír al mar, contuve un escalofrío y, aproximando los labios a su mejilla, le susurré algo al oído con una voz tan delicada y tan menuda que estoy seguro de que ni siquiera el diablo del aire pudo compartirlo con nosotros.

María se separó unos centímetros de mí, para contemplarme esta vez con una mirada intensa, como si intentara fabricar un recuerdo que deseara pudiera perdurar en nuestras memorias para siempre. Después sujetó mis manos con el roce de las suyas y me acercó al dormitorio, cerrando la puerta detrás de nosotros y apagando la luz.

***

A los pocos meses, mi hija nació de la única manera en la que podía haber nacido.

Porque mi hija nació de noche, como una estrella.

Mi hija nació en primavera, como una flor.

Mi hija nació sin prisas, como un trocito de sol.

—Tiene un aire a ti —observó María.

—Un poco sí —concedí—. Pero espero que, de mayor, sea tan bonita como su madre.

Trató de sonreír, reclinando la cabeza sobre la almohada.

—Estoy agotada.

—Lo sé, mi vida. Has sido muy valiente.

Se incorporó unos centímetros, para entrever el pequeño cuerpecito que dormía junto a ella, acurrucado en la cuna que conformaban su pecho y su brazo izquierdo.

—Es hermosa, ¿no crees?

—Mucho. Ahora duerme, cariño, debes recuperar las fuerzas.

Presionó ligeramente a la niña, como si quisiera cerciorarse de que al fin estaba allí, con nosotros, y recostó de nuevo la cabeza en la almohada, quedando quieta y encogida sobre las sábanas deshechas.

En aquel momento mi hija despertó, y pareció mirarme con sus inmensos ojos negros. Sin llorar, casi sin moverse, como si quisiera estudiar hasta el más inapreciable de mis rasgos.

Entonces la cogí en brazos.

La acerqué a mí.

Y, por primera vez, la besé.

La puerta de la habitación de la Clínica Universitaria en la que nos hallábamos cedió muy despacio, hasta permitirme ver a Jaime y a Pablo asomándose a su interior, sin llegar a entrar.

—¿Podemos pasar?

Me giré hacia ellos, meciendo con cuidado a mi hija.

—Dios mío, David, es preciosa —dijo mi hermano, aproximándose con sigilo mientras Pablo quedaba atrás, junto a la puerta.

—Tu sobrina, Pablo —le dije, moviendo la cintura para que pudiera verla mejor.

—¿Te has fijado? —comentó Jaime, balanceando los nudillos a unos milímetros de los labios de la niña—. Tiene los ojos de mamá.

—Es verdad, se parece a ella.

—¿Cómo está María? —preguntó, bajando la voz al verla dormida.

—Bien, dentro de lo que cabe.

—Será mejor que nos vayamos, Jaime —indicó Pablo, apoyando su mano en el hombro de mi hermano—. Necesitan descansar.

—Tienes razón. Al menos ya sabemos que las dos se encuentran bien. Estaremos en la cafetería, David. Si quieres, dentro de un rato venimos y nos quedamos con ellas, para que tú también puedas bajar y cenar algo.

—Ya veremos —respondí, a la vez que Pablo besaba a la pequeña en la frente.

—Mi sobrina —recalcó—. Nunca pensé que tendría una familia. Quién iba a suponer, cuando nos conocimos, que todo acabaría así, ¿no os parece?

—Es cierto —coincidí—. Sin duda, hay ocasiones en las que el destino tiene más imaginación que nosotros.

Asintió, cosquilleando los bracitos de la niña y dirigiéndose luego hacia la puerta de aquella amplia habitación, que volvió a abrir muy despacio.

—Se parece a mamá —reiteró mi hermano, rozándola de nuevo con la yema de sus dedos—. Tiene sus ojos...

Después siguió los pasos de nuestro amigo, deteniéndose junto a la puerta para volver a brindarme una sonrisa dilatada y profunda, repleta de palabras que, por supuesto, no iba a pronunciar y para, tras acariciar la mano de Pablo, salir de la habitación con el mismo sigilo con el que habían entrado, al tiempo que yo acunaba a mi hija entre mis brazos y le susurraba algo que una vez me juré no repetiría jamás.

—Cierra los ojos y deja que las estrellas te lleven a dormir con los ángeles, trayéndote de vuelta al alba y devolviéndote a mí.

Pronunciaba estas frases mecánicamente, con una voz distante y sobrecogida, y sintiéndome transportado a un cuarto orientado a un puerto pesquero que ningún barco usaba ya, a una vieja mecedora ubicada a los pies de la cama de mi madre, y a un tiempo lejano y doloroso que, aun así, no estaba seguro de querer dejar atrás, sin darme cuenta de que la niña ya estaba dormida.

Con sumo cuidado la deposité en la cuna, la arropé y me senté en una de las sillas apoyadas en la pared, observándolas a ambas con la convicción de que ante mí se encontraba lo más importante de cuanto hubiera podido sucederme en la vida, y lo único capaz de hacer que todo lo que en ella había acaecido hasta ese instante tuviera algo de sentido; dejándome cazar, de golpe y por sorpresa, por el cansancio acumulado tras más de dos días sin dormir.

Cerré los ojos y, no sé por qué, recordé el mar.

Un mar eterno y profundamente azul que aprendí a amar y a mirar a través de los ojos de mi padre, y que mecía con suavidad su pequeña embarcación cuando nos adentrábamos en él hasta perder de vista cualquier rastro de tierra.

Y recordé el silencio.

Un silencio mágico y vivo que parecía hablar en la placidez de la noche, cuando solo alcanzábamos a oír el crepitar del barco sobre las olas, el vaivén mudo y cansino del hilo de nuestras cañas de pescar arañando el océano, o el sonido de la línea saliendo del carrete.

Y recordé su sonrisa.

Una sonrisa amplia y despejada que invariablemente anidaba en su rostro al reunirnos en torno suyo, al alba, para contemplar cómo nacía, casi por arte de magia, la luz.

Y recordé el delicado calor de su mirada, y la honda emoción que me embargaba cuando, justo antes de embarcar, me abrazaba con firmeza y me prometía al oído que pescaría el primer rayo de sol para mí.

Y, sobre todo, recordé su olor. Su profundo olor a mar.

Así es, anciano. Entonces cerré los ojos y, no sé por qué, recordé a mi padre.

Y al fin pude saber, con la certeza que da el devenir circular e inevitable del destino, que había sido un hombre inmensamente rico, e inmensamente feliz.

***

A partir de aquel momento yo mismo comencé a sentirme también inmensamente rico e inmensamente feliz, sin que hubiera para ello ningún motivo concreto, salvo la novedosa presencia de mi pequeña en nuestras vidas.

Porque, tras el nacimiento de mi hija, todo pareció cambiar, sin cambiar; dar un giro imperceptible que me permitía mantener idéntica dirección, pero siguiendo ahora un rumbo completamente distinto, por más que simulara no haberse trastocado ni el más inapreciable arbusto del camino.

Todo era igual, pero nada era lo mismo.

Incluso yo me sentía diferente: más sereno, más confiado, más valiente y más libre, a pesar de saberme encadenado a una realidad que, esta vez, sí quería hacer mía.

Y eso que procuramos esforzarnos por que todo siguiera tal y como estaba antes de que ella apareciera en nuestra historia. De modo que volvimos a recluirnos en nuestro pequeño apartamento cercano al parque de La Ciudadela; volvimos a guarecernos tras el crisol de sentimientos que allí descubrimos y que ya sabíamos empeñados en quedarse con nosotros para siempre; volvimos a entregarnos con devoción a la escritura de mi tercera novela, precisamente la que dediqué a César, quien muchos años atrás me aseguró que mi corazón estaba hecho de polvo de estrellas, y que en él se hallaba encerrada la fuerza entera del universo, por lo que no había nada que no pudiera lograr con tan solo desearlo con suficiente intensidad; y volvimos a cuidar celosamente de nuestras parcelas de intimidad y de aquella maravillosa monotonía en la que estaba seguro de que nada me faltaba por encontrar.

Creía que en aquel viejo apartamento tenía, al fin, cuanto siempre había buscado; que la vida no podía ofrecerme nada más.

Pero aún no sabía que estamos condenados a convivir con el destino, ni sabía que este siempre acaba llamándonos con nuestra propia voz.

Nunca olvidaré aquella tarde prolongada en la que divisamos, en la distancia, la inconfundible silueta de mi pequeño pueblo pesquero apenas hilvanada sobre las aguas.

Conducía despacio, con la ventanilla abierta de par en par y la atención concentrada en cualquier resquicio del paisaje que me permitiera vislumbrar la apagada imagen del océano, más allá de los altos matorrales y de la ribera desierta, experimentando una sensación extraña y realmente placentera cada vez que miraba de soslayo el espejo retrovisor para descubrir, detrás de mí, a María y a mi hija, que había dejado de llorar y permanecía a regañadientes en su sillita de viaje.

Quería enseñarle el mar.

Quería que conociera el mar de mi infancia, el mar de mis recuerdos.

El mar de mi padre, su abuelo. El mar de Antonio, y de Paco, y de Luis.

Quería que contemplara el mar que, de alguna manera, la había traído hasta mí. Un mar vivo y eterno que estaba convencido aprendería a mirar y a ver a través de mis ojos.

—Déjame conducir ahora a mí, David —me rogó María tan pronto alcanzamos las primeras construcciones del pueblo.

—Estamos llegando, no merece la pena.

Se enderezó, apoyando una de sus manos en el respaldo de mi asiento.

—Venga, David, aparca ahí mismo, en la gasolinera.

—Es muy tarde. Quiero llegar a casa y darme una ducha. Además, Jaime nos esperaba hace más de dos horas, y ya sabes cómo se preocupa si nos retrasamos sin avisarle.

—Por favor, mi vida —insistió, rozándome la nuca—, haz lo que te digo...

No discutí. Jamás pude discutir con ella cuando me hablaba así.

Esperé a que el semáforo nos cediera el paso y detuve el vehículo donde me había indicado, apeándome de él para pasarme al asiento trasero, en el que mi hija me recibió agitando los brazos.

—Mamá se ha vuelto loca —bromeé, sacándola de su sillita y sentándola sobre mis rodillas.

—Tonto —rió María, poniendo en marcha el motor y desviándose hacia la izquierda.

—¿Adónde vamos?

No respondió, salvo con una mirada resplandeciente regalada desde el espejo retrovisor, que acababa de orientar hacia mí.

Sin hablar, recorrió las calles que rodeaban el edificio de la Lonja, que dejó atrás, bordeando el muelle y el antiguo varadero, hasta que pudimos avistar una casa hermosa y solitaria recién edificada al comienzo de esta pequeña donde de niño creía debía bajar Dios a nadar, frente a la que estacionó el coche, apeándose rápidamente de él y haciéndome salir.

—¿Por qué paramos aquí? —pregunté, tratando de proteger a nuestra hija del relente cubriéndola con la toquilla que Mónica le había regalado en el hospital.

—¡Es nuestra, David!

La miré sorprendido, sintiendo cómo la niña se movía, inquieta, en mis brazos.

—Pero, María, no podemos...

Dio un paso hacia mí, besándome en los labios. Un beso rápido y delicado que atajó las palabras dentro de mis dientes.

—Has vuelto a casa, *Sardinita* —dijo, perfilando una sonrisa inolvidable, y volviéndose hacia aquella construcción abierta al océano en la que pronto buscaría a ciegas algún retazo de su olor, o de su calor, fugazmente robados al aire—. Has vuelto al mar.

Entonces aspiré una profunda bocanada de la tarde espesa y perdurable que terminaba de apagarse en torno nuestro, y yo también sonreí.

También sonreí, mientras el viento comenzaba a dormir la luz a nuestro alrededor.

Un viento dócil y majestuoso que, por un momento, me pareció un viento inextinguible, escapado de unos años que ahora sé que nunca se fueron del todo.

Un viento impredecible y egoísta que, de repente, comprendí que había sido siempre mi amigo.

Un viento cargado de recuerdos.

Un viento cargado de milagros.

Milagros sorprendentes y descabellados capaces incluso de doblegar la realidad y, sobre todo, pequeños milagros. Milagros diminutos y traviesos que solo a veces sabemos separar de la luz, o del aire, que siempre está a nuestro lado, por más que haya ocasiones en que apenas sepamos distinguirlo de la nada que creemos nos separa de lo que tenemos junto a nosotros.

Y, ¿sabes? No me sorprendió.

De hecho, ya no me sorprendía nada.

Al fin había descubierto por qué los grandes milagros son tan pequeños que apenas los podemos ver.

PARTE IV

AUSENCIA

X

—Es realmente curioso —dice la Muerte, en cuanto el Viajero vuelve a interrumpir su relato—. Al final, después de todo lo que habías vivido, después de cuantos lugares has conocido, después de tantos intentos por empezar de nuevo, terminaste encontrando tu lugar en el mundo, tu verdadero hogar, justo en el punto de partida, de donde te marchaste precisamente para tratar de encontrarlo.

David se agacha, coge un guijarro apenas enterrado y, tras examinarlo un instante sobre la palma de su mano, lo arroja al mar, observando las ondas que produce al desaparecer en las aguas.

—Te veo un poco distraído, muchacho —afirma el anciano, acercándosele despacio para alcanzar, como él, la orilla.

Una vez más, no obtiene respuesta alguna de su compañero, que permanece inmóvil y sin apartar los ojos del mar.

—David...

—Perdona, no te estaba escuchando. ¿Qué decías?

—Decía que te veía un poco distraído.

—Tienes razón, lo siento.

—¿Te preocupa algo?

—No exactamente, solo pensaba.

—¿En qué?

—En nada importante, supongo.

—Venga, David, ¿no irás a tener ahora secretos conmigo?

—Claro que no, pero es que no es nada. Tan solo acabo de recordar la única ocasión en la que María me habló de ti.

—¿Qué fue lo que te dijo?

—Poca cosa. Fue esa misma noche, la primera que pasamos en nuestra nueva casa, mientras hacíamos planes absurdos sobre cómo sería allí nuestra vida, sobre los años que nos aguardaban entre aquellas paredes que aún olían a pintura húmeda, sobre los libros que escribiría en ella... Entonces, no recuerdo por qué, le pregunté si temía a la muerte, si te temía a ti. María calló unos segundos, al cabo de los cuales me contestó que, desde niña, creía que al morir lo único que no nos llevamos es el amor que no hemos dado, de modo que, si somos capaces de amar de verdad, sin reservas y sin dudas, la muerte no nos debería parecer en absoluto tan temible como solemos creer, puesto que, pase lo que pase, y encontremos lo que encontremos al morir, nunca estaremos, en ella, completamente solos.

—Hermosas palabras.

—Sí. Como antes te dije, era una gran mujer.

Cierra brevemente los ojos.

—Jamás se lo he contado a nadie, ni siquiera a los médicos que me trataron estos últimos meses, pero siempre pensé que ambos moriríamos juntos, y ya muy viejecitos, de alguna enfermedad de esas que no supiéramos pronunciar, en aquella hermosa construcción abierta al mar. Fíjate que incluso le hice prometerme que nada podría separarnos, ni siquiera la muerte. Y al final ya ves, ninguno de nosotros falleció en aquella casa, ni lo hizo por causas naturales. Es más, al final ni siquiera tú has resultado ser como yo le expliqué que te creía, cuando me preguntó si solía pensar en ti.

—¿Y cómo me creías?

—Pues no lo sé: diferente. Siempre pensé que morir sería algo terrible y doloroso; siempre vi la muerte como el final de todo, como el momento en el que el universo entero desaparece y, simplemente, dejamos de existir. Igual que, paradójicamente, siempre imaginé que aquí hallaría todas las respuestas. Y, sin embargo, resulta que lo único que encuentro es esta playa, una nueva pregunta y, por supuesto, a ti.

El anciano inunda sus mejillas, de improviso, con una expresiva sonrisa.

—Quién sabe, quizá en eso no estuvieras equivocado. Acaso, tan solo un poco confundido.

—¿Qué quieres decir?

—Pues lo mismo que antes, David. Que las cosas no son siempre lo que parecen, y que debes aprender a dudar de todo. De todo y de todos, ¿comprendes? También, por qué no, de cuanto ahora nos rodea, y hasta de mí.

Estira la espalda, sin dejar de mirar al Viajero.

—Además, supongo que tenías razón, y la muerte que tú esperabas hallar existe, como supongo que no hay una sola manera de morir. Así, hay ocasiones en las que la muerte es, efectivamente, un final, y ocasiones en las que no es sino un nuevo comienzo. De hecho creo que en el fondo, no es más que una gran pregunta. Una pregunta inevitable y sorprendente que el destino, tarde o temprano, nos formula a todos, forzándonos a buscar en nuestros recuerdos, y en lo que hayamos dejado atrás, hasta que seamos capaces de demostrar qué es lo que hemos aprendido y, sobre todo, qué es lo que aún nos queda por aprender. Y creo también que si entonces no somos capaces de hallar la respuesta adecuada, nunca moriremos por completo y, desde luego, nunca recuperaremos la paz... a menos, por supuesto, de que alguien venga desde muy lejos para salvarnos, y nos ayude a encontrar las respuestas correctas, o, incluso, conteste a nuestra propia pregunta por nosotros.

El Viajero da un paso hacia el anciano, sumergiendo sus talones en las olas moribundas que alcanzan la orilla.

—No te entiendo.

—Ya lo sé. Todavía te queda mucho que aprender para poder comprenderlo. Pero confía en mí cuando te digo que cada vez estás más cerca de lo que has venido a buscar, como cada vez estoy más seguro de que acabarás sabiendo del porqué de mi pregunta, de cuanto te está sucediendo, hasta de mí, más de lo que puedas siquiera imaginar. Aunque nada de esto tiene ahora importancia. Lo único que debes tener claro en este momento es que eres alguien especial, alguien capaz de doblegar al destino, y de obligarle a formular las preguntas correctas; así como que te estoy ofreciendo lo mejor de ambos mundos, porque te estoy ofreciendo la oportunidad de ser realmente libre. ¿No lo ves? Te estoy ofreciendo la oportunidad de decidir.

David arquea las cejas, mientras la Muerte camina en silencio en dirección a la misma roca que ocupa desde casi el comienzo de la noche.

No sabe por qué, pero se siente bien, como siente la inconcebible sensación de haber regresado, al fin y para siempre, a casa.

Se siente bien, aun teniendo que aceptar que debe dudar de todo y de todos, hasta de la Muerte.

Se siente bien, a pesar de haber descubierto que, de entre todas las formas de morir, ha optado por la más difícil. Aquella en la que puede incluso no morir por completo, si no es capaz de averiguar, en su caso, cuál es su verdad.

—Vamos, David, debemos darnos prisa. El sol no tardará en salir.

El Viajero se acerca al anciano, dejándose caer de nuevo en la arena, a poco más de un metro de él.

—*Ser realmente libre...* —repite, muy flojito.

Después empapa sus pulmones con el aire frío y húmedo de esta noche casi concluida, y, una vez más, vuelve a mirar al mar.

***

Verás, entonces comenzaron los que sin duda constituyeron los mejores años de toda mi vida.

Porque aquellos años fui feliz, amigo mío, muy feliz.

Y lo fui porque aprendí, al fin, a vivir sin desear más de cuanto tenía, y sin recelar de lo que constantemente encontraba dentro y fuera de mí; como aprendí a recorrer la orilla del mar sin dibujar más huellas que las de aquellos que venían conmigo.

Aquellos años nuestra hija aprendió a crecer ante nuestras atónitas miradas, y aprendió también a ver el mar a través de mis ojos; como aprendió a esperar ver surgir el primer rayo de sol más allá del horizonte, convencida de que acabaría pescándolo para ella y atándolo a las patas de su cama.

Aquellos años Jaime y Pablo siguieron junto a nosotros, o nosotros seguimos junto a ellos, que no es necesariamente lo mismo. Y, poco a poco, aprendieron a mirar de frente y sin tapujos a su propia realidad, sin necesidad de cuestionarse continuamente si estaba bien o estaba mal ser, sencillamente, distintos; como aprendieron a soslayar el desprecio y el temor de quienes no eran capaces de distinguir la música del sonido, o la belleza de la armonía, sintiéndose por fin libres para gritar en la calle lo que antes solo osaban susurrar bajo las sábanas.

Aquellos años aprendí a disfrutar de mis personajes y de mi trabajo; como aprendí a sentirme próximo a mis lectores, sabiéndome profundamente afortunado por haber encontrado fieles compañeros de viaje que no temieran buscar conmigo, para hallar en ellos, algo idéntico y diferente cada vez.

Y, por supuesto, estaba María.

Pero, ¿qué puedo decirte de María?

María lo era todo, ¿entiendes? Ella lo era todo para mí. Ella era mi lugar en aquel mundo enloquecido y maravilloso que había aprendido a hacer mi amigo. Ella era mi refugio, mi camino, mi guía... Pues solo en ella podía encontrar la cohesión y la congruencia que necesitaba para seguir adelante, y siempre adelante, igual que solo en ella podía descubrir y resguardar mi alma y mi corazón, que pronto comprobaría no eran sino algo semejante a un inmenso acantilado de cristal.

Solo en ella.

Y en el mar.

Y en mis recuerdos.

Y en las ausencias, que sentía cálidas y cercanas, como si hubiera localizado, al fin, la guarida del tiempo, escondida en cada una de las esquinas de mis sueños y de mi memoria.

Sí, anciano, aquellos años fui feliz, muy feliz.

Y estaba seguro de que aquella felicidad debía durar para siempre, sin darme cuenta de que nada dura para siempre.

Porque mi felicidad iba a terminar.

No sé por qué iba que terminar, pero iba a terminar.

Mi felicidad iba a terminar, y yo iba a hacer algo terrible.

Algo terrible que me acabaría trayendo hasta ti.

***

Aunque ahora intento pensar en cuanto ocurrió a partir de entonces, afrontar que debo volver a enfrentarme con todo aquello, hallar las frases adecuadas para transmitirte lo que al final sucedió y, sobre todo, los motivos por los que tuvo que suceder, y lo único que me viene a la cabeza es una conversación que aconteció casi al inicio de mi historia, y a la que mi memoria me remite una y otra vez.

Y con esa conversación me llega también una manera hermosa y valiente de desafiar al presente y al futuro, y un singular sentimiento de seguridad y de paz y, por encima de todo, la voz de mi hermano Antonio tratando de devolverme la confianza en el mar.

Pero no te he contado que, tras perder a mi padre, empecé a temer al mar; a verlo como un monstruo temible, rencoroso y despiadado que no desfallecería hasta devorarnos a todos entre sus fauces.

Como tampoco te he contado por qué dejé de temerle.

Apenas habrían pasado más de un par de meses desde la desaparición de nuestro padre y, al igual que todas las noches, cenábamos en la mesa de la cocina, escuchando Jaime y yo la animada charla que mantenían nuestros hermanos, mientras que nuestra madre, que no había probado un solo bocado del plato que tenía ante ella, no apartaba sus ojos de Antonio, quien, sin embargo, no la miró ni una sola vez.

Tan pronto terminamos de cenar, Antonio llevó a Paco al salón, donde le sentó en el butacón situado junto a la ventana, al tiempo que nosotros corríamos a arrellanarnos en el suelo, frente a él. Después le hizo una señal con las manos y se encerró en la cocina, con nuestra madre.

Paco comenzó a contarnos una de esas extrañas historias que, de cuando en cuando, inventaba para nosotros, pretendiendo inútilmente ahogar las voces de Antonio y de nuestra madre, las cuales nos llegaban, no obstante, con meridiana claridad, principalmente cuando elevaban el tono de la discusión hasta casi llegar a gritarse.

Al poco, mi madre salió de la cocina y, sin dirigirnos una palabra, se alejó por el pasillo bajo la atenta mirada de Paco, quien guardó un silencio repentino tan pronto supo acabada aquella conversación.

—Sigue, Paco —le instó Jaime, jalándole un par de veces de una de las perneras de los pantalones.

Nuestro hermano no le prestó excesivo interés, como tampoco se lo presté yo, quien, como él, permanecía atento a la puerta de la cocina, por la que en seguida vimos surgir a Antonio palpándose el rostro con una de sus manos.

—Antonio... —le llamó Paco.

—Ahora no, los niños. Luego hablamos.

Se sentó en una de las sillas que rodeaban la mesa redonda de madera, acariciando con dejadez la mejilla de Jaime, que se había levantado del suelo para dejarse caer, dando grandes risotadas, sobre sus rodillas.

—¡Hazme el caballito, Antonio!

—No, mi vida, es muy tarde.

Volvió a rozarle la mejilla, y se incorporó asiéndolo con uno de sus fuertes brazos, igual que me asió a mí, tras hacerme en la barriga unas cosquillas rápidas con las que no me reí.

—Venga, *Sardinita* —dijo poniéndose en pie sin soltarnos, como si no pesáramos más que dos sacos de plumas—, es hora de acostarse.

Nos sacó del salón y cruzó el pasillo con ambos en brazos, depositándonos con cuidado sobre la cama que todavía compartíamos.

—Poneos el pijama —ordenó—. Y tapaos bien, que esta noche hará frío.

—¡La luz! —gritó Jaime—. Déjala encendida, ¿vale?

Sonrió. Jaime tenía pesadillas desde la muerte de nuestro padre, y no podía dormir con la luz apagada.

—Hasta mañana, chicos —se despidió, entornando la puerta.

Cuando salió, me puse apresuradamente el pijama que mamá siempre nos dejaba en el cajón superior de la mesita de noche, y me tumbé boca abajo, junto a mi hermano, con el rostro hundido en la almohada.

Así permanecí unos minutos blandos e imprecisos, percibiendo a mi lado la agitada respiración de Jaime, y sintiéndome incapaz de encontrar el sosiego que debe preceder al primer sueño.

Al rato, mi madre entró en el dormitorio y apagó la luz que creíamos estaría encendida toda la noche, acercándose a la cama para arroparnos.

Jaime pareció calmarse al sentirla cerca de él, mientras que yo la recibí inmóvil, con los párpados apretados y el rostro hundido en la almohada.

—Cerrad los ojos y dejad que las estrellas os lleven a dormir con los ángeles, trayéndoos de vuelta al alba y devolviéndoos a mí.

Después se inclinó sobre nosotros y nos besó con esa dulzura suya que siempre creí que podía llegar a doler, quedando un momento quieta, imperturbable, mirándonos en silencio mientras Jaime sosegaba su respiración y yo apretaba los párpados fingiendo estar dormido. Luego volvió a acariciar mis enmarañados cabellos y salió del cuarto con el mismo sigilo con el que antes entrara en él.

En cuanto sentí cerrarse la puerta de su dormitorio, me incorporé sentándome con la espalda apoyada en el cabezal.

—Jaime...

No se movió.

Crucé los brazos, contemplando las sombras que se desparramaban a nuestro alrededor.

Entonces oí algo.

Agudicé el oído, pero no alcancé a escuchar nada más, salvo la agitada y nerviosa respiración de Jaime, que volvía a soñar.

Bajé de la cama, con cuidado de no despertarle, y comencé a caminar hasta salir de la habitación, emitiendo un ruido insólito al arrastrar mis holgadas zapatillas por el suelo. Atravesé después el pasillo, envuelto también en una oscuridad densa y compacta, aunque parcialmente atenuada por el resto de luz que se deshacía desde las fisuras de la puerta del salón, la cual empujé con delicadeza, tratando de evitar que gimieran sus enmohecidos goznes, para entrever a mi hermano Antonio sentado en el sofá, echado hacia delante con el rostro encerrado entre las manos.

—Sardinita —se sorprendió, forzando una sonrisa al percatarse de mi presencia—. Vuelve a la cama, por favor. Es muy tarde.

Me acerqué a él, apoltronándome a su lado y besándole en la mejilla, a la que las lágrimas habían dotado de un sabor extraño, entre salado y amargo.

—No lo hagas, Antonio.

—¿El qué?

—No quiero que trabajes en el mar. No quiero que vayas a pescar en el barco de Luis.

Comprimió los labios, de los que desapareció momentáneamente la sonrisa que antes forzara para mí.

—¿Por qué no? Es lo que somos: pescadores.

Me enderecé, sentándome con los pies colgando fuera del sofá.

—Venga, Sardinita, papá ya no está, y sabes que mamá no se encuentra bien, y que Paco no puede caminar. Tengo que trabajar. Alguien debe hacerlo.

—¡No quiero! —remaché—. ¡El mar te tragará a ti, como se tragó a papá!

—No digas eso. El mar no podrá conmigo, te lo prometo.

—¡Pero es que no quiero que lo hagas...! —insistí, moviendo las piernas y golpeando con ellas sus pantorrillas—. Puedes trabajar en otra cosa. Puedes ir al campo, como el padre de Julio, o el de Diego, el Flaco.

—Vamos, David, confía en mí. No pasará nada.

—¡Te digo que no quiero! ¿No lo entiendes? Tengo miedo. Miedo de que te ocurra algo, de que nos quedemos solos.

Ahora mi hermano cerró un instante los ojos. Después se levantó, cogió la manta de nuestra madre, cuidadosamente doblada sobre la mecedora, aún situada al otro extremo del salón, y se sentó de nuevo junto a mí, cubriendo con ella todo mi cuerpo.

—Mi pequeña *Sardinita* —dijo, desviando fugazmente la mirada hacia el mar, a través de los visillos de la ventana—. ¿Quieres saber un secreto? Yo también tengo miedo. Pero no siempre es malo tener miedo. El miedo solo es malo si nos impide hacer las cosas que tenemos que hacer.

Me acercó un poco más a él.

—Veamos, ¿recuerdas cuando, la última primavera, os enseñé a hacer barquitos de papel?

Asentí.

—¿Y recuerdas cuando Jaime no quería soltar el suyo en el estanque, porque temía que se deshiciera en el agua?

Volví a asentir.

—Tú te enfadaste con él, y le dijiste que tenía que abandonarlo allí, porque precisamente para eso lo habíamos hecho. Que no eran más que barquitos de papel. Luego te aproximaste al borde del estanque, y dejaste ir el tuyo detrás de aquel pato tan gracioso que antes había estado comiendo de tus manos.

Me rozó la frente con los dedos.

—Pues la vida es algo así, *Sardinita*, como un barquito de papel. Puedes tratar de protegerlo, guardándolo en un cajón, por ejemplo, donde quedará olvidado y sin entender porqué fue una vez hecho así, de la cuartilla de un cuaderno o de las hojas de un libro. O puedes lanzarlo al agua, donde es posible que se deshaga a su mero contacto, o donde quizá avance un poco, hasta terminar encallado en algún escollo, o destrozado por alguna ola fea y arrugada. Si bien, con suerte, puede también que soporte el envite de las mareas, y acabe alcanzando el horizonte y navegando para siempre sobre el límite del mundo... Pero, ¿sabes una cosa? —continuó, tras guardar un silencio efímero y delicado que pareció fusionarse con las sombras que la noche creaba a nuestro alrededor—. La verdad es que poco importa lo que ocurra al final con él. Lo único que tiene realmente importancia es si nos atrevemos o no a soltarlo en el agua, porque te aseguro que nada hay más triste que un barco que nunca haya surcado el mar, aunque no sea más que un frágil e insignificante barquito de papel.

Entonces comencé a sonreír, mientras me abandonaba al amodorramiento que conquistaba todos y cada uno de mis sentidos.

Jamás en mi vida me había sentido más protegido, ni más cerca de algo que incluso ahora no sabría decir qué fue.

Porque le entendí.

Le entendí, aun sin comprenderle del todo.

Es más, en aquel mismo momento dejé de temer al mar, y aprendí a amarlo y a aceptarlo tal y como es. A pesar de que, salvo en una ocasión en que regresé para buscar el primer rayo de sol en compañía de mis hermanos, no me volví a atrever a adentrarme en él.

***

Lo cierto es que, como antes te dije, no sé muy bien por qué te cuento todo esto, aunque imagino que tendrá que ver con el hecho de que no tengo claro cómo continuar con mi historia, ni sé con seguridad qué es lo que ahora debo recordar para ti.

Más aún, supongo que una parte de mí desearía detener aquí mi relato, inventar cualquier respuesta a tu pregunta y esperar la siguiente orden del Maestro Titiritero, que comienzo a pensar que ni siquiera aquí soy capaz de despojarme de sus hilos.

Pero no lo voy a hacer.

Esta vez llegaré hasta el final, por más que comprenda a ciencia cierta que en los recuerdos que debo rememorar no encontraré más que dolor.

Para empezar, creo que deberías saber que toda mi vida he tenido una confianza ciega y absurda en el destino, al que siempre he querido ver como a un amigo impredecible y egoísta que nunca se aleja demasiado de nosotros, por lo que tenía también la certeza de poder reconocer los signos y las señales que este debía exhibir necesariamente ante nuestros ojos cada vez que algo malo fuera a sucedernos, o cada vez que algo nos tuviera que decir.

Debía estar totalmente equivocado, puesto que aquella mañana, y a pesar de que todo iba a cambiar para mí, o el destino no me dijo nada o yo no lo supe escuchar.

Porque aquella mañana no hubo señales, ni mensajes invisibles, ni siquiera un vago presentimiento, que pudiera haber alertado a mi corazón o a mi razón.

No hubo nada, anciano, absolutamente nada, que me permitiera llegar a intuir al menos que aquella sería la última vez que ella estaría junto a mí.

Recuerdo que nos levantamos muy temprano, antes incluso de rayar el alba, y que, como todos los días, salimos a caminar por esta misma playa que aún parecía dormida.

Y recuerdo que no hablamos mucho.

Solo paseamos juntos y muy cerca de la orilla, dibujando con nuestras huellas confundidas un camino que pronto se fundiría con el movimiento de las olas, como si nunca hubiera llegado a existir.

Había terminado mi última novela, salvo en un ligero matiz argumental que acaparaba mis pensamientos sin permitir que en ellos hubiera espacio para nada más, y del que creo que le hice algún comentario a María, a lo que ella me aportó varias sugerencias, tras la que volvimos a pasear en silencio por la playa desierta.

No, no hablamos mucho aquella mañana.

Ni siquiera le dije cuánto la quería, o cuánto significaba para mí.

Supongo que, en cierto modo, me había acostumbrado a ella: a su presencia, a su cercanía, a su dulzura, a su paz.

Así es, en cierto modo supongo que me había acostumbrado a ser feliz. A descubrir junto a mí cada amanecer cuanto había buscado una vida entera, como si creyera que debía permanecer incuestionablemente a mi lado tan solo porque una vez, hacía mucho tiempo, saliera a mi encuentro, acaso por azar.

En cuanto amaneció regresamos a casa, donde, de nuevo sin hablar, me dispuse a hacer el desayuno, mientras María iba a despertar a nuestra hija, que ya tenía seis años, y la traía a la cocina, saliendo en seguida en dirección a nuestro dormitorio para terminar de arreglarse, llevándose consigo la taza de café que acababa de prepararle.

Cuando la niña apuró su cuenco de cereales, la colgué sobre mi espalda y me dirigí a su cuarto, en el que la ayudé a vestirse, acercándola después al encuentro de María, que había sacado del garaje el coche que solíamos usar para viajar a Madrid, o cuando íbamos a Sevilla a visitar a Fran y a Mónica, en lugar del pequeño Rover rojo que nos resultaba más cómodo de conducir por las estrechas calles del centro del pueblo.

—Hoy tardaré un poco —me indicó, apeándose de él para acomodar a nuestra hija en el asiento de atrás—. Después de dejarla en el colegio quiero hacer algunas cosas.

—Vale... Conduce con cuidado —le aconsejé, a la vez que ella se quitaba la gabardina y la colgaba del respaldo de su asiento.

Entonces se volvió hacia mí, mirándome largamente por encima de aquel vehículo que no debió coger, y, entornando la puerta del conductor, se me acercó con pasos cortos, hundiendo los tacones de sus zapatos en la grava suelta, y me besó.

Por última vez, me besó.

—Te quiero, *Sardinita*... —susurró.

No respondí.

Me limité a acariciar brevemente su rizada melena, y a verla desandar sus pasos sin borrar de sus labios la misma sonrisa que acababa de compartir con los míos, entrar en el coche, decirle algo a la niña, que comenzó a reír a carcajadas, y alejarse por el camino de tierra que comunicaba nuestra casa con la antigua carretera de la costa, levantando una ligerísima nube de polvo tras de sí.

No, no hablamos mucho aquella mañana en la que me había olvidado de reconocer la magia de las cosas pequeñas. Ni siquiera le dije cuánto la quería o cuánto significaba para mí.

De hecho, ni siquiera le respondí.

¿Para qué hacerlo? Aún nos sorprenderían muchas mañanas como aquella, y aún tendría muchas oportunidades de confesarle cuánto la amaba, cuánto la necesitaba, cuán invisible y diminuto me sentía cuando no estaba a su lado, cuánto me costaba respirar sin ella...

Pasé las tres o cuatro horas siguientes encerrado en el espacioso despacho que María me había hecho construir en el piso de arriba, con un amplio ventanal orientado hacia el mar.

Estaba preocupado.

No sabía cómo terminar mi última novela.

Permanecía abstraído, con la mirada perdida en la misma playa en la que acababa de recibir el día con ella, y no me sentía bien.

No podía, reconociéndome incapaz de lograr esa perfección de la que siempre había intentado dotar a todos mis escritos, y a la que entonces ni siquiera lograba aproximarme, como si de repente se hubiera agotado la voz del silencio en mi interior.

El teléfono sonó de nuevo escandalosamente, rasgando el pesado dosel de mis pensamientos, que parecían hallarse muy lejos de mí.

Lo contemplé meditabundo hasta que, finalmente, enmudeció. Llevaba sonando desde hacía más de una hora, con llamadas intermitentes y cada vez menos espaciadas que, por supuesto, no contesté. Nunca atendía el teléfono cuando estaba trabajando.

Casi al instante volvió a desmenuzar su timbre agudo e invariable por toda la habitación, deshaciendo la quietud de aquella mañana en la que no sabía cómo terminar mi última novela.

Me levanté mecánicamente, un tanto enojado por sus continuas interrupciones, y lo descolgué sin prestarle demasiado interés. A fin de cuentas, nada importante podía ocurrir aquella mañana, en absoluto diferente a todas las demás.

***

A los pocos minutos abría violentamente el portón de casa, saliendo rápidamente por él y cerrándolo a mi espalda de un sonoro portazo.

Respiré después profundamente, tratando de contener la rabia y la angustia que ardían dentro de mí, y me apresuré hacia el garaje para introducirme en el pequeño Rover que María debería haber cogido aquella mañana.

Una vez en su interior aferré fuertemente el volante con ambas manos, como si solo así pudiera detener la agitación y el estremecimiento que me convulsionaban, sin permitirme siquiera sentir o pensar con claridad.

Debía calmarme.

Sobre todo, debía calmarme.

No podía derrumbarme.

No, cuando ellas más me necesitaban.

Cerré un segundo los ojos, intentando dominar el enloquecido ritmo de mi corazón, arranqué el coche y salí del garaje, acelerando ruidosamente tan pronto crucé la cancela de nuestra casa, de la que me alejé por el mismo camino de tierra por el que lo hiciera María apenas unas horas antes, levantando, como ella, una ligerísima nube de polvo tras de mí.

Al momento conducía deprisa por las calles de mi pequeño pueblo pesquero, haciendo retumbar el sonido ronco del motor contra las paredes de las casas bajas que me escoltaron hasta alcanzar la carretera nacional, y que parecían temblar y fundirse a mi paso, como parecían también temblar y fundirse mis recuerdos, y mi dolor.

Porque comenzaba a sentir dolor. Un dolor ciego y tajante, capaz de obligarme a pensar, y a recordar.

Tras estacionar el vehículo, atravesé corriendo la entrada de Urgencias del Hospital Comarcal, precipitándome hacia el mostrador del fondo.

—¡Por Dios, David, al fin!

Giré la cabeza, para descubrir a Jaime gritándome desde uno de los accesos laterales.

—¡David, aquí!

Venía hacia mí dando grandes zancadas, acompañado por la enfermera con la que antes había estado hablando.

—¿La niña...! —exclamé, desintegrando las limaduras que sentía aferradas a mi voz.

—Esta bien —me informó, apartándose para dejar paso a una camilla que nos rodeó empujada por un celador grueso y desgarbado—. El accidente ocurrió después de dejarla en el colegio, en la carretera de la costa. Ahora está en casa, con Pablo.

—¿Y María?

No respondió.

Carraspeó imperceptiblemente, desviando su mirada hacia la enfermera, que se había separado un poco de nosotros y nos observaba con atención.

—Ven —dijo, acercándose a ella.

Le detuve.

—¿Y María, Jaime? ¿Dónde está?

Entonces mi hermano dejó escapar un sonido extraño que simuló, por un instante, ser capaz de solidificar el silencio entre sus labios.

Y me miró.

Me miró con unos ojos deshechos que no sabían mentir.

Me miró con la mirada más triste que jamás le vi.

—Está arriba —confirmó, sin poder evitar que unas lágrimas invisibles le entrecortaran las palabras—. Y no está bien, David. *Se va...*

Le aparté de mí.

Le empujé, justo cuando todo se apagaba a mi alrededor, extinguiéndose y oscureciéndose como si nunca hubiera conocido la luz.

Oscuridad.

Oscuridad y vacío.

Y dolor, mucho dolor.

Solo oscuridad, vacío y dolor, mientras negaba reiteradamente con la cabeza.

—¡David, por favor, debemos subir!

Volví a apartarle de mí, sintiendo cómo se despedazaba, hasta hacerse minúsculos añicos, mi corazón de cristal.

—Venga, David —insistió—. Vamos arriba, con ella...

Lentamente dejé de mover la cabeza, al tiempo que, poco a poco, se iba apaciguando el caos en que por un momento se habían convertido mi memoria y mi razón.

Entonces tomé el brazo que me ofrecía mi hermano y empecé a caminar junto a él, detrás de la enfermera que le había seguido hasta mí.

Así cruzamos interminables pasillos de una blancura turbadora, mientras comenzaba a iluminar cuanto me rodeaba un destello de esperanza, absurdo y despiadado.

Esperanza y fe, su fe.

Porque todo iba a salir bien.

Todo tenía que salir bien.

Ella haría que todo acabara saliendo bien.

María lo iba a lograr.

Iba a lograrlo, seguro.

Ella blandiría ante la muerte uno de sus pequeños grandes milagros, y regresaría a mí incluso desde un mundo inexistente y vano en el que los milagros no pudieran, o no quisieran, existir.

Ella me demostraría que nada hay imposible para quien siempre había sabido descubrir los secretos que constantemente se enmarañan en el aire, a nuestro alrededor, como nada hay invisible para quien sabe mirar y ver.

Y nadie sabía mirar y ver como ella.

Eso es, ella lo conseguiría.

Tenía que conseguirlo.

No podía irse de mi lado.

No aquel día.

No así.

Todavía teníamos tanto que decirnos, tanto que darnos, tanto que seguir buscando juntos.

No, ella no se iba a ir, de ningún modo.

Ella volvería a mí, aun tan solo un instante, y podría decirle todo lo que aquella mañana no había sabido expresarle: cuánto la necesitaba, cuánto la quería, cuán invisible y diminuto me sentía cuando no estaba a su lado, cuánto me costaba respirar sin ella.

Decirle que la echaré de menos; que no sabré vivir sin su olor y su calor enredados en mis labios.

Decirle que la amo y que la amaré siempre.

Sí, ella volvería a mí, aunque fuera tan solo un instante, y volvería a verla sonreír.

Por desgracia aún no sabía que los milagros no existen, ni sabía que la esperanza y la fe únicamente sirven para seguir adelante con un poco más de esperanza, y un poco más de fe.

Porque María no lo consiguió, y aquel mismo día, cuando el sol se hallaba justo en la mitad del cielo, ella, mi estrellita de mar, se fue para siempre de mi lado.

Y nunca volví a verla sonreír.

Como nunca volví a tener cerca de mí su olor, su calor o su fe.

***

Nada más bajar del ascensor, la enfermera nos guió hasta una sala pequeña y desierta de la que, finalmente, desapareció por una de las anchas puertas del fondo, después de indicarnos que debíamos aguardar allí.

Mi hermano trató de explicarme algo y yo le respondí con una afirmación, aunque apenas le había oído. Solo podía prestar atención a aquella puerta cerrada tras la que se libraba la batalla más importante de mi vida, de algún modo convencido de que María iba a ganarla por mí.

Jaime se sentó en una de las sillas apoyadas en la pared, rogándome que me sentara junto a él, a lo que me negué, comenzando a recorrer, con pasos cortos y nerviosos, una y otra vez aquella sala que jamás podré olvidar, con un gesto roto prendido de mis labios.

De repente, la puerta por la que antes desapareciera la enfermera se abrió de par en par, surgiendo de ella un médico alto y corpulento con los ojos fijos en el suelo.

Y me detuve.

Y aquel hombre alto y corpulento alzó la vista, y me miró.

Y lo supe.

Entonces, lo supe.

Supe que el tiempo no es una bestia irracional que lo devora todo a su paso, todo lo bueno y todo lo malo, dejando tras de sí tan solo el cúmulo de desperdicios que acaban constituyendo nuestros recuerdos.

Como no es el arquitecto de nuestra memoria.

Es más, mucho más.

Y supe que no importa lo mucho o lo poco que hayamos vivido, lo cerca que creamos estar de cuanto hayamos buscado durante toda una vida, o lo convencidos que estemos de tener aún cosas pendientes de hacer.

Porque fue entonces cuando supe que al final, y a pesar de todo, de absolutamente todo, lo único seguro es que el tiempo, simplemente, se va.

XI

La Muerte guarda silencio. Un silencio prolongado en el que parece poder compartir el dolor de su compañero, que permanece en pie e inmóvil, con los ojos fijos en el mar.

—Lo siento —dice, de repente.

—¿El qué?

—Pues, no sé, que todo tuviera que terminar de ese modo. Es un final muy triste.

—Como bien sabes, este no es el final.

El anciano asiente con un movimiento de la cabeza.

—Por supuesto.

Apoya ambas manos en sus rodillas y vuelve a permanecer unos segundos sin decir nada, admirando el continuo movimiento del agua, que ya anega la base de la roca.

—¿Estás bien?

—Creo que sí —responde el Viajero—. Aunque no es fácil recordar una cosa así.

—Lo sé, amigo mío, te aseguro que lo sé. Como sé que un dolor como ese nunca se va por completo.

—¿Ni siquiera aquí?

—Sobre todo aquí —confirma, arqueando la espalda antes de volver a reposarla en la rugosa superficie de piedra—. Bueno, ahora sí que hemos acabado. El sol va a salir.

—Pero no podemos acabar todavía. No estoy preparado.

—Vamos, David, conoces las reglas. Debes darme una respuesta, y debes dármela ya.

—Es que necesito un poco más de tiempo.

—Por favor, no insistas. Está amaneciendo. No podemos retrasarlo más.

—¡Sí que podemos! Aún puedo terminar mi historia para ti. Hacerte comprender cuanto después sucedió y, lo que es más importante, llegar a comprenderlo yo.

—No, David. Apenas faltan unos minutos para que comience el día y, entonces, si no has sido capaz de darme la respuesta que buscamos, nada de cuanto aquí hayamos descubierto habrá tenido sentido.

—Claro que lo habrá tenido, te lo aseguro. Y no necesito más que esos pocos minutos para concluir mi relato; para tratar de hallar algún significado en mis últimos actos y, sobre todo, para intentar ser, al menos por una vez, y tal como tú afirmaste, realmente libre.

—No te confundas, muchacho, ni tergiverses mis palabras. No me refería a eso cuando dije que te estaba dando lo mejor de ambos mundos.

—Ya sé que no te referías a esto, pero ahora eres tú el que debe confiar en mí, igual que yo confié en ti cuando accedí a buscar una respuesta a tu pregunta. Ahora hay un nuevo objetivo. Un objetivo mucho más ambicioso que el que tú me has impuesto, dado que ahora debemos averiguar, cueste lo que cueste, y cualesquiera que sean las consecuencias de hacerlo, si efectivamente las cosas son, o no son, lo que parecen, o lo que siempre creí.

—No puedes cambiar mis reglas, David. Lo sabes, como sabes lo que estás arriesgando, y lo que puedes perder. ¿De verdad crees que merece la pena exponer tanto para terminar tu relato?

—¡Sin duda alguna! Y no estoy cambiando tus reglas. Tan solo estoy añadiendo reglas nuevas: las mías. Además, tengo la impresión de que, en el fondo, son las mismas que las tuyas. Piensa que has sido tú quien me ha convencido de que era alguien especial, alguien capaz de doblegar al destino y de obligarle a formular las preguntas correctas; de que debía dudar de todo, de absolutamente todo, incluso, por qué no, de todo eso, y hasta de ti; de que ninguna duda es completamente intrascendente, y de que lo que buscamos puede estar en cualquier parte, cuando no sabemos qué es lo que estamos buscando.

»Por favor, confía en mí —insiste—. Quizá parezca una locura, pero estoy seguro de que eso es exactamente lo que debo hacer. ¿No lo ves? De algún modo creo que es justamente por esto por lo que he querido regresar aquí.

La Muerte abre los labios para decir algo que, finalmente, prefiere callar. Solo encoge los hombros, fijando su mirada en David.

—Como quieras. Es tu decisión y es tu destino. Pero recuerda que, cuando salga el primer rayo de sol, si no has sido capaz de darme la respuesta correcta, y no consigues elegir el siguiente paso a dar más allá de esta playa, todo esto no habrá servido de nada, y volverás a ser un muñeco de trapo. Los dos lo seremos.

El Viajero se deja caer sobre la arena, mientras observa como el anciano inunda inesperadamente sus labios con la misma sonrisa familiar y cercana que nunca imaginó que pudiera sentir, después de tanto tiempo, tan próxima y viva; y mucho menos en este preciso lugar al que comienza a intuir por qué ha querido regresar, acaso por última vez.

Se inclina hacia atrás y vuelve a examinar el cielo, que resplandece y se despereza al tiempo que simula transformarse en mar.

Y vuelve a recordar.

Vuelve a recordar, convencido de que en esta ocasión será diferente, muy diferente.

Porque sabe que ahora va a enfrentarse con el más terrible de cuantos fantasmas se han cruzado en su camino, como sabe que va a intentar recuperar, al fin, y cueste lo que cueste, aquello que siempre buscó.

***

Como te estaba diciendo, sé que debo terminar mi historia en apenas unos minutos, sé lo que arriesgo de no hacerlo a tiempo, y sé lo que puedo perder. Sin embargo, y si he de serte sincero, una vez más no sé muy bien cómo continuar.

Y es que, dime, ¿cómo podría hacerte comprender por qué todo tuvo que acabar como finalmente lo hizo?

Cómo mostrarte el dolor, la desesperación, el vacío y la tristeza que desde entonces sofocaron todos mis intentos por reanudar mi vida sin ella, hasta hacerme optar por la decisión más importante, más compleja y, sin duda, más trascendente y más meditada, de cuantas jamás haya tomado.

Cómo convencerte de que no tuve otra alternativa, de que no siempre es posible dar rodeos, o de que seguir adelante no equivale necesariamente a avanzar, igual que renunciar a seguir adelante no equivale, en absoluto, a permanecer en el mismo sitio.

Cómo transmitirte la desazón que suponía la descabellada certeza de que María se fue consumiendo sus ojos en mis ojos hasta dejar de ver, o de que se fue entre mis brazos, aunque yo no estuviera allí. De que se fue hablando conmigo, a pesar de que nunca despertó. Susurrándome al oído que todo iba a salir bien, que no estaba solo, que ya nunca estaría solo, que ella siempre estaría a mi lado, en mis recuerdos, en mi sonrisa, en el mar, o en esas minúsculas palomas de luz que creía ver a nuestro alrededor justo después de comenzar cada nuevo día, a la vez siempre idéntico y siempre diferente a todos los demás, y que constantemente trató de mostrarme, aunque yo nunca las vi.

Cómo explicarte, sobre todo, los motivos por los que al final, simplemente, me rendí.

Ya que al final, simplemente, me rendí.

Me rendí porque ella, mi estrellita de mar, mi camino, mi guía, ya no estaba conmigo. Y no puedes imaginar siquiera cuánto dolía su ausencia, cuánto la necesitaba, cuán invisible y diminuto me sentía cuando no estaba a su lado, cuánto me costaba respirar sin ella o cuán brutal era la sensación de que, aun sin estar, jamás se iría del todo. Puesto que, a veces, me bastaba oír el sonido inesperado de una puerta al abrirse, o el de una ventana azotada por el viento de Levante, para sentirla de nuevo junto a mí tan espantosamente real y cercana que, por un instante, creía volver a recuperar su sonrisa aferrada a mis labios o su respiración, templada y expectante, enmarañándose en mi propia respiración.

Aun así, esto no era lo peor, te lo aseguro.

Lo peor era no saber en qué momento iba a olvidar que se había ido para siempre.

Porque había momentos en los que llegaba a olvidarlo por completo y, entonces, me sorprendía mirando el reloj de pared que adornaba una de las esquinas de mi despacho, deseando que llegara la hora en que solía regresar a casa para sentir una vez más su abrazo sedoso y sereno ciñendo mis hombros; o me oía pronunciando su nombre en el hueco de la noche, poco antes de incorporarme, empapando de sudor mis sábanas desiertas, para enfrentarme con la evidencia de que nunca volvería a escuchar la tersura de su voz, como nunca volvería a compartir su olor y su calor con ese viento inquieto y orgulloso al que ya no quería hacer mi amigo.

Eso era lo peor.

Eso, junto a la recalcitrante impresión de que nada de cuanto había ocurrido era real. De que todo aquello no era sino algo similar a un sueño dentro de un sueño, y de que cualquier mañana, al despertar, volvería a descubrir su cuerpo, desnudo y suave, confundiéndose con el mío, que por fin se transformaría en mantequilla al roce buscado e inevitable de su piel.

Pero todo aquello era real.

Aterradoramente real.

Y lo único que descubría, en todas y cada una de las infinitas cotidianeidades que me rodeaban, era que me había quedado solo.

Que ya siempre estaría solo.

Y, por supuesto, que jamás volvería a tener cerca de mí su olor, su calor o su fe.

Dios mío, cómo podría hacértelo comprender.

De todas formas empiezo a creer que sería una necedad o, cuando menos, de una vanidad absurda y despreciable, casi obscena, tratar de razonar una cosa así, como absurdo sería tratar de razonar sentimientos tan individuales y, a la vez, tan colectivos, como son el dolor, el amor, la soledad o la tristeza.

Hasta me atrevo a sospechar que nada más tendría que contarte. Que, a estas alturas de mi relato, ya deberías saber por qué todo tuvo que acabar como finalmente lo hizo sin más justificación que cuanto te he contado, aceptar mis últimas acciones sin más juicio que el que yo mismo me imponga, y creer cuanto te diga sin más pruebas que mis propias palabras, y lo que hayas aprendido sobre mí esta noche sorprendente que he rescatado del vacío y de la luz para ti.

Es más, estoy seguro de que no te voy a aportar nada nuevo; de que, de alguna manera ya conoces el resto de la historia, y de que incluso has debido oírla en muchas otras ocasiones, aunque cada vez con diferentes nombres, diferentes circunstancias y diferentes motivos que, aun así, y si te fijas con atención, descubrirás que, de un modo u otro, siempre son los mismos.

En mi caso —como, supongo, ocurre en todos los casos— las circunstancias y los motivos carecen de importancia. De hecho, ahora tengo la certeza de que, ante una decisión como la que tuve que tomar, todo carece por completo de importancia. Todo, salvo el amor que no hemos dado, los milagros que no quisimos ver y, desde luego, nuestra integridad y hasta el más insignificante de nuestros recuerdos, donde constantemente reconocemos no solo lo que fuimos, sino también lo que estuvimos irremediablemente condenados a ser; como tengo la certeza de que, en el fondo, todo es desconcertantemente relativo, y de que a veces ir y volver puede llegar a ser lo mismo, puesto que a fin de cuentas el único camino sin retorno es el camino que nunca escogimos.

Porque ahora sé que lo único verdaderamente importante de cuanto entonces sucedió, y lo único capaz de trascender más allá de mi memoria y de mi historia, es precisamente que al final me rendí.

Y podría ofrecerte mil excusas sobre por qué me rendí.

Podría detallarte lo insoportable que era su ausencia, lo ensordecedor que resultaba el silencio de su voz en mi voz o cuánto dolía el saber que se había ido para siempre de mi lado.

Podría hablarte de la amargura que sentí cuando dejamos ir sus cenizas flotando en el viento para que terminaran recostadas sobre alguna de las olas que cada amanecer veíamos fundirse con nuestras huellas, caprichosamente mezcladas entre sí a lo largo de esta misma playa que nunca parecía acabar de despertar.

Podría describirte la fantasmal imagen que, previamente filtrada por la velada luminosidad de aquel frío atardecer de invierno, constituía mi hija abrazando con una fuerza en ella desconocida a mi viejo amigo Pablo, mi entrañable marinero sin mar, que intentaba mantenerla lo más apartada posible del escaso grupo que observaba las cenizas de María brevemente sostenidas en el aire, hasta desaparecer sumergiéndose en la bruma que absorbía el ocaso un poco más allá.

Podría aclararte por qué descubrí entonces que todo había dejado de tener sentido dentro y fuera de mí.

Ya que fue entonces cuando descubrí que nada, absolutamente nada, tenía sentido sin ella.

Porque, tras la muerte de María, mi constante deseo de seguir adelante pareció desvanecerse en mi interior, igual que debió desvanecerse la luz en sus ojos antes de que se fuera de mi lado sin que yo hubiera estado allí para prestarle mi valor a la hora de afrontar ese último viaje que aún creía repleto de oscuridad y de dolor.

O, mejor, mi constante deseo de seguir adelante, simplemente, se fue.

Se fue con ella, con el tiempo, con los momentos inolvidables y sin embargo olvidados, que dejamos irreparablemente atrás, con todo cuanto callé y, sobre todo, con todo aquello de lo que, a pesar de haberlo buscado infatigablemente, siempre huí.

Podría contarte cómo empecé a consumir los días aquí, recorriendo esta playa que he recreado para nosotros. Pasando las horas únicamente contemplando el mar, mientras sentía en mi rostro la pertinaz caricia del aire, que ululaba incansable en el borde del océano, acaso esforzándome por creer lo que mi padre nos quiso transmitir: que el viento, o el destino, no es sino un amigo impredecible y egoísta que solo intenta indicarnos el camino de vuelta a casa, mientras nos habla de sus sueños en un lenguaje misterioso y ancestral que durante un tiempo estuve seguro de entender, y que ya ni siquiera sabía escuchar.

En ningún otro lugar me sentía más cerca de ella, ni de lo que en ella encontré, o de lo que con ella perdí.

Podría tratar de persuadirte de cuánto me esforcé en mantener, al menos, cierta regularidad en mis actos, obligándome a salir de casa, a reunirme con mis antiguos amigos, a estar ocupado o a buscar alguna razón para seguir, a pesar de todo, adelante, y siempre adelante.

Aunque eso fue al principio, muy al principio, cuando todavía sosegaba mi memoria el rumor de sus palabras tratando de convencerme de que todo iba a salir bien, de que no estaba solo, de que ya nunca estaría solo, de que ella siempre estaría conmigo, en mi sonrisa, en mis recuerdos, en el mar o en sus imposibles palomas de luz.

Pero el rumor se fue apagando, poco a poco, hasta terminar confundido con el vacío inescrutable en que se habían transformado mi voluntad y mis entrañas. Y entonces dejé de conocerme, o quién sabe si me conocí por primera vez, y comencé a confinar y a abatir más y más mi carácter, hasta apenas identificarme con lo que me había convertido.

Podría justificarte de innumerables maneras por qué no volví a poner los medios para controlar la confusión y el desbarajuste que de nuevo ardían y lo derrumbaban todo dentro de mí. Por qué no miré a aquello a los ojos y procuré refugiarme en el mismo universo de algodón en el que hacía años aprendí a encontrarme, como aprendí a encontrar cuanto creía haber perdido en el viaje a ninguna parte en el que finalmente acabó deviniendo mi vida. Pero es que comprendí que aquella voz que una vez me hizo sentir alguien especial nunca fue del todo mía, como comprendí que, sin ella a mi lado para escucharlo, el sonido del silencio carecía de importancia para mí.

Podría pormenorizarte el desasosiego que se adueñó de mi pretendida entereza cuando rogué a mi hermano que se llevara a mi hija una temporada, asegurándole que no me sentía capaz de cuidar convenientemente de ella; que me vendría bien un poco de tranquilidad para rehacer mi vida.

Rememorar el ardor que anudó mi estómago cuando vi a mi pequeña forzar una de sus tristísimas sonrisas, mientras agitaba la mano derecha desde el asiento trasero del viejo Seat de su tío, el día en que la alejé definitivamente de mi lado. O la ternura infinita que descubrí en la mirada de Jaime la última ocasión en que me suplicó que me fuera a vivir con ellos, convencido de que no debía ser bueno que estuviera tanto tiempo solo, a lo que, por descontado, y como siempre, me negué. De ningún modo podía abandonar aquella casa, nuestra casa, en la que aún confiaba encontrar algún retazo de su olor o de su calor fugazmente robados a ese aire sutil y mentiroso que constantemente me hablaba de su ausencia, o algún fragmento de cuanto ambos descubrimos juntos, por más que no lo descubriéramos a la vez.

Podría relatarte también la facilidad con la que engañé a todos aquellos que, de alguna forma, cualquiera que esta fuera, se relacionaban conmigo.

Porque de nuevo aprendí a mentirles, como aprendí a fingir una serenidad y una fortaleza que en absoluto eran mías, pero que me bastaban para convencerles justo de lo que querían creer: que acabaría recomponiendo mi vida; que mi comportamiento era normal, dadas las circunstancias; que tarde o temprano me acostumbraría a su pérdida y a su ausencia; que solo necesitaba un poco más de tiempo.

Tiene gracia, que solo necesitaba un poco más de tiempo... Como si no supieran que el tiempo se había ido para siempre de mi historia, y ya no quería, o ya no podía regresar.

Sí, anciano, una vez más les engañé.

A todos ellos.

A todos, menos a mi hermano.

Puesto que, igual que en tantas ocasiones, tampoco entonces pude engañar a mi hermano; como si, a pesar de lo que había perdido, a pesar de aquello en lo que me había convertido, a pesar de lo que estaba a punto de hacer, siguiéramos sin necesitar hablar para entendernos.

Y trató de ayudarme, te lo aseguro. Hasta me llevó a varios médicos que, creyendo que lo sabían todo, no sabían nada y a los que, por descontado, también engañé.

Jaime.

Mi hermano, mi amigo.

Lo único que me quedaba de un mundo grande y pequeño, complicado y sencillo, enloquecido y maravilloso, que hacía años había dejado de existir. Y no puedes sospechar siquiera cuánto lo echaba de menos.

Podría decirte incluso que procuré evitar por todos los medios el final al que parecía abocado, que hice cuanto estuvo en mi mano por habituarme al vacío de su recuerdo, a la abrumadora presión de su ausencia, o a la insoportable sensación de que, aun sin estar, jamás se iría del todo. Que me esforcé denodadamente por recobrar las fuerzas y los motivos que sin lugar a dudas necesitaba para volver a ser el que una vez fui. Que luché por recuperar la paz.

¿Sabes? Creo que ni siquiera lo intenté.

Porque, en el fondo, creo que no quería conseguirlo.

Podría decirte tantas cosas...

Pero no lo voy a hacer.

Para qué, si sé que nada de cuanto pueda argumentarte tendrá realmente importancia.

Y es que, como mi padre me explicara en cierta ocasión, el sentirse en paz es tan solo una cuestión de tener o de no tener esperanza. Y casi sin darme cuenta, casi sin querer, descubrí que yo la había perdido por completo.

Fue entonces cuando decidí dejar de fingir, como decidí dejar de buscar lo que estaba seguro de que ya no volvería a encontrar.

Igual que fue entonces cuando, por fin, me rendí.

Simplemente, me rendí.

Y me gustaría poder decirte que fue por amor, y solo por amor.

No sería verdad.

O, al menos, no lo sería del todo.

Porque ahora sé que no lo hice por amor o, al menos, que no lo hice solo por amor.

Aunque sí que lo hice por ella.

Porque ella se había ido para siempre y se lo había llevado todo consigo.

Porque sin ella nada tenía sentido.

Porque sin ella no quería que nada tuviera sentido.

Porque en ella encontré lo que siempre había buscado.

En ella encontré algo en lo que creer.

Y, sin ella, no sabía en qué creer.

Sin ella no me reconocía.

Sin ella había perdido la fe.

Y no hay mayor infierno ni mayor castigo que el tener que seguir adelante, y siempre adelante, sin fe.

Fe en los pequeños grandes milagros que el viento esconde constantemente para nosotros, una y otra vez en los mismos lugares, precisamente en aquellos en los que solemos olvidarnos de buscar. Fe en el tiempo, que, aun persiguiéndonos tenazmente, nunca nos quiere alcanzar. Fe en ese destino travieso y egoísta que siempre está a nuestro lado, aunque no esté con nosotros, y que siempre acaba escribiendo recto, hasta en renglones tan torcidos que a veces nos parezca que se pueden llegar a romper. Fe en la esclavitud de la que suele disfrazarse la verdadera libertad.

Fe en ella.

Fe en la vida.

Fe, en definitiva, en todas aquellas cosas en las que merece la pena creer.

No, no podía seguir adelante.

Ni podía mirar atrás.

Solo podía huir.

De nuevo, huir.

Como siempre, huir.

Al fin, y para siempre, huir.

Y, esta vez, huir sin escapar, huir sin avanzar, huir sin retroceder, huir sin buscar, huir sin esperar.

Lo entiendes, ¿verdad?

Huir de sus recuerdos.

Huir de su ausencia.

Huir de lo que tuve.

Huir de lo que era.

Huir de lo que fui.

Huir de mí.

Sobre todo, huir de mí.

Y lo hice.

Entonces, lo hice.

Decidí subir a la cima del abrupto acantilado que hería las aguas al otro extremo de esta misma playa en la que cada amanecer salía a recibir el día con ella, y donde aprendí a creer que una vida entera no era nada comparado con el mero roce de su piel, o con un instante diminuto a su lado. Aspiré por última vez una amplia bocanada del aire frío y húmedo de este mar cercano y poderoso que siempre reconocí como parte de mí, y me arrojé a sus brazos imperturbables y familiares que enseguida me envolvieron en la dolorosa caricia de su regazo de piedra y sal, vacío y oscuridad, como envuelve la mañana a la luz o el viento al tapiz de mis recuerdos, que al fin descubrí tejidos con algo parecido a un hilo infinito de cristal.

Sí, amigo mío, entonces fue cuando me suicidé.

PARTE V

UN FINAL

XII

—Y así termina mi historia —concluye David—. Después te conocí, y todo esto empezó...

Se levanta con cierta pesadez, sacude las palmas de sus manos frotándolas contra sus muslos entumecidos, y se torna a barlovento para contemplar el mar. Un mar viejo y cansado, persistente y orgulloso, que nunca le ha parecido más real.

—Comienza a amanecer —dice, sin apartar su vista de las aguas.

El anciano asiente despacio, se apoya en un saliente que encuentra al azar en la roca sobre la que ha estado sentado la mayor parte de la noche, y se pone también en pie, arqueando ligeramente la espalda para intentar aliviarla del dolor que le atenaza desde el mismo instante en el que el Viajero le encontró, acercándose a la orilla hasta situarse junto a él.

—Es hermoso, ¿no crees?

—Mucho —corrobora la Muerte—. Bueno, muchacho, al final lo has logrado. Has concluido tu historia antes de que termine la noche.

—Sí... Gracias por dejarme intentarlo. Has sido muy paciente conmigo.

—Desde luego, y te aseguro que no ha sido fácil. La verdad es que no sabía qué era lo que querías hacer, o lo que esperabas conseguir completando tu relato.

—Ya me lo imagino. Lo cierto es que ni siquiera yo lo comprendía, al menos al principio.

El anciano da un paso hacia atrás, alejándose del rompiente de las olas, que parecen embravecerse al sentir despertar la mañana.

—En fin, ahora sí que ha llegado el momento. Porque, dime, ¿has descubierto ya cuál es el gran error de tu vida, ese gran error, del que derivan tus demás errores?

El Viajero se gira hacia el agua y vuelve a quedar apresado en un significativo silencio, apenas turbado por el bramido de la pleamar, o por el arrullo del viento, que aún lo envuelve todo.

—Pues, en parte sí, y en parte no.

—Vamos, David, no empecemos de nuevo. Sabes que debes darme una respuesta concreta a mi pregunta, y sabes que debes dármela ya.

—Claro que lo sé, pero es que no es tan sencillo. Verás, lo cierto es que, cuando nos conocimos y me formulaste esta pregunta, inmediatamente me vinieron a la cabeza tres o cuatro decisiones entre las que estaba seguro encontraría el error que esperabas escuchar. Pensé en cómo acabó todo para mí, en el modo tan terrible y cobarde en el que decidí volver a huir, esta vez para siempre. Pensé en Paco, y en lo solo que debió de sentirse sin que yo hiciera nada por evitarlo. Pensé en cómo desprecié a mi hermano Jaime por algo tan irrelevante como era el sexo de la persona de quien se había enamorado. Pensé en María, y en lo poco que la valoré mientras la tuve a mi lado. Y pensé en otras equivocaciones que había cometido, y que finalmente ni siquiera he llegado a recordar para ti.

»Después comencé a rememorar mi vida, a verla pasar rápidamente ante mis ojos como jamás la había contemplado, en una sucesión de imágenes y sentimientos desconcertantemente breves, fugaces e imprevisibles que, como ya te comenté, a ratos apenas parecían tener lógica ni coherencia alguna, igual que si fuera otro, y no yo, el que estuviera recordando por y para mí.

»Y comencé también a vislumbrar, en cuanto te estaba contando, cosas que de ningún modo debían estar allí, como si pudiera ser posible que, a medida que te iba exponiendo los diversos acontecimientos de mi historia, esta simulara convertirse en algo diferente a lo que siempre había creído, o como si hubiera aprendido a descifrar en mi vida una realidad desconocida que nunca hubiera querido aceptar, por más que, de alguna manera, pudiera estar seguro de que siempre formó parte de ella.

Hace una pausa, en la que aparenta rastrear sus ideas en un amanecer aún sin estrenar.

—Entonces, siguiendo tus consejos, intenté abrir mi mente, mirar y ver, destruir para crear, dudar de mi historia y de mis recuerdos, replanteármelo todo...Y, al hacerlo, y para la mayor de mis sorpresas, lo único que descubrí fue mi relato repleto de magia, de poesía, de pequeños milagros, y de una especie de mano invisible que parecía decidir constantemente por mí, como si mi vida no hubiera sido sino algo semejante a un cuento, o a cualquiera de mis novelas, por más que de ella yo no fuera, de ningún modo, su único autor. Fue en ese instante cuando supe que los errores de entre los que trataba de hallar cuál era el más trascendente de todos carecían, por completo, de importancia; que, de hecho, todo carecía de importancia, incluso el encontrar una respuesta para ti, o el poder derrotar al destino más allá de esta playa a la que comenzaba a intuir, al menos, por qué había querido regresar. Todo, salvo el desentrañar cuál era la auténtica verdad de mis decisiones y de mis actos, y el hacer frente a aquello que acababa de percibir socavando la base misma de mi historia.

»Porque había algo nuevo en mis recuerdos, en mis dudas, en mi relación con aquellos que alguna vez compartieran conmigo alguno de los trayectos de sus vidas. Y debía esclarecer de qué se trataba. Debía buscar qué era lo que empezaba a sospechar que había formado parte indivisible de lo que te estaba relatando, a pesar de que solo lo que te estaba contando podía estar allí, y sin llegar a hacerle caso a esa advertencia con la que creo que intentaste orientarme, y que hasta bien entrada la noche no llegué a descifrar: que en toda búsqueda debe asumirse el riesgo de que no solo encontremos lo que estamos buscando, si no que es posible incluso que hallemos algo que hubiéramos deseado que permaneciera escondido para siempre. Ya que averigüé algo que hubiera preferido no saber, y que no era sino que había en mi vida un gran secreto, que ha condicionado irremediablemente cuanto en ella ha sucedido. Un secreto oculto y turbador que, aun así, siempre intuí íntimo y cercano, si bien jamás quise reconocerlo como parte de mí. Y este secreto es que nunca he sido un hombre realmente libre.

Sostiene las palabras temblando, dóciles, en el aire, mientras busca palabras nuevas con las que expresar lo que al fin se siente capaz de decir.

—Sí, anciano, ahora lo sé. Nunca he sido un hombre realmente libre, porque he vivido siempre con miedo. Miedo al tiempo, que no se va, te lo aseguro. Muy al contrario, lo dejamos escapar, lo que en absoluto es lo mismo; aunque nunca se aleja demasiado de nosotros y, lo que es peor, nunca lo hace con las manos vacías, sino que siempre se lleva consigo cuanto debimos decir y no dijimos, cuanto debimos hacer y no hicimos y, sobre todo, cuanto debimos dar y nunca dimos. Miedo a los sueños, que jamás nos abandonan, por más que nosotros queramos abandonarlos a ellos, como jamás envejecen, por más que todo envejezca a su alrededor;

permanecen siempre jóvenes, hermosos, repletos de paciencia y de valor, agazapados en el aire, dentro y fuera de nosotros, esperando a que les hagamos la más imperceptible de las señales, y les permitamos acompañarnos a lo largo de la senda desconocida que constantemente inventamos. Miedo al destino, ese ser sin memoria que, pase lo que pase, y hagamos lo que hagamos, siempre termina escribiendo por nosotros nuestra propia historia, por más que trate de convencernos de que nosotros somos sus únicos autores, y por más que siempre acabe escribiéndola del revés. Miedo a la soledad. Miedo a la cercanía. Miedo a la mentira. Miedo a la verdad. Miedo a la vida. Miedo a ser feliz...

Sacude despacio la cabeza.

—Y ya no quiero seguir viviendo con miedo. Quiero plantarle cara a todo aquello que no me he atrevido a afrontar. Quiero aceptar cuanto hice, y los motivos por los que lo hice, como parte inseparable de mi pasado y de mis circunstancias. Quiero reconocerme en quien fui, y en quien soy, sin pretender haber sido, o llegar a ser, alguien diferente, y sobre todo quiero dejar, de una vez por todas, de huir.

Cierra los ojos, tratando de contener el desconcierto que hasta a él le produce lo que está a punto de hacer.

—Por eso, mi querido amigo, aun conociendo tus reglas, y aun comprendiendo cuánto arriesgo y cuánto puedo llegar a perder, decido que mi respuesta será, precisamente, el negarme a responderte. Porque creo que ese gran error que buscamos, y el único del que, de algún modo, derivan los demás es, sin duda, el haber creído, desde que alcanzo a recordar, que existe una respuesta a tu pregunta, tras la que poder esconder mis responsabilidades y mis culpas. El pensar que cuanto de malo me ha sucedido en la vida pudiera ser fruto de alguna elección errónea concreta, o de una mala pasada del destino, en lugar de admitir que he sido yo quien ha fabricado paso a paso mi destino, aceptando al fin que no somos sino lo que nuestras decisiones dicen de nosotros.

»Es por esto por lo que estoy seguro de que el mayor error de toda mi existencia sería, sin duda, el darte una respuesta, cualquiera que esta fuera. Ya que estaría admitiendo, y esta vez consciente y voluntariamente, el volver a ser un esclavo. Un esclavo de mis temores, de mis recuerdos, de mis sueños, de mis circunstancias; volver a ser un muñeco de trapo. Porque que en eso me convertiría, en un insignificante muñeco de trapo, por más que el Maestro Titiritero me permitiera, en esta ocasión, elegir el escenario y la moraleja de la farsa que de nuevo representaría para él. Y no lo voy a hacer, de ningún modo, puesto que, con independencia de lo que pueda perder no dándote la respuesta que esperas oír, mucho más perdería haciéndolo. ¿No lo entiendes? Esta vez mi historia voy a escribirla únicamente yo.

Ahora el Viajero guarda silencio, buscando los ojos sobrios y extrañados del anciano, que no se apartan de él.

—Efectivamente tienes razón al decir que esta no es la respuesta que esperaba —reconoce, ensombreciendo el gesto y articulando las palabras pausadamente, como si las estuviera descubriendo a la vez que las pronuncia—. Pero, aun así, supongo que debe ser la respuesta correcta —confirma, comenzando, de nuevo, a sonreír—, *puesto que es la respuesta que tú querías oír...*

David contiene, súbitamente, el aliento, a la vez que, tras pasarla fugazmente sobre el mar, vuelve a fijar la mirada en su compañero.

Fija la mirada en su compañero y, de repente, lo comprende todo.

Comprende y recuerda.

Recuerda el cansancio.

Un cansancio invencible que le arrebató su realidad.

Recuerda la luz.

Una luz absoluta e insaciable de la que todo, hasta su ser, participaba.

Y recuerda la llamada de la luz.

Una llamada que, sin embargo, y sin saber muy bien por qué, no quiso atender.

Aún no.

Y recuerda una voz mansa y despejada que le rescató del vacío, del cansancio y de la luz.

Una voz que solo podía existir dentro de él.

Y recuerda unos ojos oscuros y profundos a través de los cuales muy pronto aprenderá a mirar y a ver.

Unos ojos que solo podían existir dentro de él.

Y recuerda una sonrisa familiar y cercana que le devolverá la paz.

Una sonrisa que, por supuesto, solo puede existir dentro de él.

Y recuerda lo que tuvo.

Y recuerda lo que era.

Y recuerda lo que siempre creyó, incluso cuando no podía, o no quería, creer en nada.

Y recuerda lo que siempre buscó.

Y recuerda su vida, que, como siempre había escuchado, pasa rápidamente ante sus ojos, justo antes de que todo tenga que terminar y de que deba abandonar un cuerpo y una realidad a los que, en su caso, ha renunciado por propia voluntad, como en un veloz retablo de imágenes y sentimientos apenas conexos en el que, al final, es capaz de verse y de reconocerse, tal y como es.

Y recuerda que, por una vez, al menos por una vez, le gusta lo que ve.

—¡No puede ser! —balbucea, sin apartar la vista del anciano, que comienza a brillar bajo el peso irrevocable de un sol a punto de aparecer—. Todo esto...

—Únicamente existe porque tú has deseado que exista —le interrumpe, con un ademán de sus manos—. Y es lo que tú has querido que sea. ¿No te acuerdas? Solo tuviste que buscar en tus recuerdos, en lo más profundo de tus sueños, y en ellos encontraste este mar, y esta playa, y esta noche, y este cielo... Y en ellos me encontraste a mí, me llamaste Muerte y decidiste verme así.

El Viajero niega moviendo la cabeza.

—Entonces, ¿nada de esto es real, ni siquiera tú? —le interpela—. ¿He estado siempre solo?

—Vamos, muchacho, no digas eso. ¿En serio crees que no existo, que no soy real? Ya deberías haber comprendido que, a veces, basta saber mirar para ver a nuestro lado justo aquello que estamos buscando, o creer en los milagros para que estos ocurran.

—Es que no lo entiendo —insiste—. Eso quiere decir que aún no he muerto, ¿verdad? Que sigo allí, con ellos.

—¿Y qué más da? Después de todo, la muerte es un concepto muy confuso, y ya te advertí que no hay una sola manera de morir, igual que no hay una sola manera de estar vivo. Además, vuelves a concentrarte en cuestiones que carecen de importancia, y no debes perder el poco tiempo que tienes buscando explicaciones para todo. A veces, sencillamente, no las hay.

—Sí, pero...

Le hace callar con un nuevo gesto de sus manos.

—Por favor, créeme, no podemos continuar con esto. Ahora sí que no podemos. En apenas unos segundos nacerá la luz y, como ya te previne, es en este instante cuando tienes que tomar la decisión más difícil, y más trascendente, de cuantas hayas tomado en toda tu vida. Porque, dime, ¿cuál quieres que sea tu destino tan pronto termine la noche? ¿Quieres cambiar algo, cualquier cosa, de lo que me has contado? ¿O prefieres, quizá, venir conmigo; esperar a que surja este día sorprendente y desconocido, descubrir qué guarda para ti? —se le acerca un poco más—. Intentar buscarla, allá donde esté. Volver a verla... volver a verlos a todos.

El Viajero queda en silencio, mirando el mar.

De nuevo, silencio.

Como siempre, silencio.

Silencio y recuerdos.

Silencio y ausencias.

Silencio y mar.

Sobre todo, silencio y mar.

—No —contesta, girándose hacia su compañero—. Solo quiero regresar. Quiero intentarlo de nuevo, ¿comprendes? Quiero seguir adelante, con mis dudas, con mis recuerdos, con mi dolor. Debo hacerlo. Por mi hija, por cuanto he aprendido esta noche, por lo que todavía me resta por aprender y, sobre todo, debo hacerlo por mí, y por lo que aún queda en mí de María, y de todos los que se fueron. Y es que estoy seguro de que esta vez voy a conseguirlo, lo sé. Esta vez todo va a salir bien.

Como única respuesta, el anciano sonríe.

Simplemente sonríe, mientras continúa difuminándose en el fulgor de la mañana, como si pudiera fusionarse con la intensa luz que, lentamente, cubre un amanecer que ya lo envuelve todo.

—¿Qué ocurre?

—El sol. Te dije que mi poder se mantendría en tanto durase la noche, y la noche está a punto de acabar. Ahora tienes que seguir el camino que has elegido tú solo, y tal y como viniste a mí. Sin que te lleves contigo nada de esto, ni tan siquiera en tus sueños, o en tu memoria.

—¿Cómo puedes decir algo así? Yo nunca podré olvidarte, ni podré olvidar cuanto ha ocurrido aquí.

—Sí que te olvidarás, David. Todos los que deciden regresar lo hacen, salvo en esa sensación inevitable de, como tú la has descrito, haber visto pasar rápidamente sus vidas ante sus ojos, en una imprevista sucesión de imágenes que parecen tener cabida en poco más de un instante. Y, ¿sabes una cosa?, creo que es lo mejor que te puede pasar. Piensa que no debe ser nada fácil, allá donde tú vas, creer en lo que aquí has descubierto; y que para aceptar cuanto esta noche te ha ocurrido, y admitirlo como parte de tu historia, primero tendrías que aprender la última y más importante lección que todo esto te puede enseñar. Justamente aquella que te permitiría dejar de temer, desde ahora y para siempre, a tus recuerdos.

—Pero no puedes irte todavía, ni puedo olvidarme de ti, o de lo que aquí he aprendido. ¿No lo entiendes? No puedo seguir adelante solo.

—Claro que puedes. Ya no me necesitas, ni necesitas nada de esto —afirma, disipando algo más la solidez de su cuerpo, igual que David, en el abismo de luz en el que se está transformando, de nuevo, todo—. Ya has encontrado lo que habías venido a buscar. Ambos lo hemos encontrado.

El Viajero exhala el contenido de sus pulmones, de algún modo convencido de que el anciano tiene razón, y sin saber, en absoluto, qué es lo último que debe decirle, como ineludible despedida, antes de que desaparezca definitivamente de su vida, junto con todo aquello que poco antes constituía su única realidad, y que ahora desaparece en el aire, envuelto en luz.

—Gracias por venir a salvarme —se decide, tras unos segundos de reflexión, al mismo tiempo que deja que sus ojos, después de toda una vida de resignación y de entereza, se humedezcan al fin.

—No, David, gracias a ti —responde, desde el vacío y la luz con los que se hayan ya prácticamente fundidos, y confundidos, como si nunca hubieran podido desprenderse totalmente de ellos—. A fin de cuentas, *has sido tú quien ha realizado un largo viaje para salvarme a mí...*

David vuelve a fijar su mirada en los ojos del anciano.

Los dos se miran a los ojos bajo la llamada de la luz en que, poco a poco, se transforma todo, mientras retumban en la memoria del Viajero las palabras con las que este tratara de explicarle poco antes que nada es lo que parece; que, a veces, basta saber mirar para ver justo a nuestro lado aquello que estamos buscando; o que si, al morir, no somos capaces de hallar las respuestas adecuadas, nunca moriremos por completo... a menos, por supuesto, de que alguien venga desde muy lejos para salvarnos, y nos ayude a encontrar las respuestas correctas, o, incluso, conteste a nuestra pregunta por nosotros.

—No eres la Muerte, ¿verdad? —musita—. Pero, entonces, ¿quién eres?

El anciano, apenas una sombra ya, eleva una de sus manos, casi tan desvanecida como él en los primeros reflejos del amanecer, y roza con ella la mejilla del Viajero.

—Hasta siempre, *Sardinita* —se limita a decir, terminando de evaporarse en el aire, y en la luz—. Y, pase lo que pase, procura ser feliz.

David cierra los ojos, sin poder evitar que una amplia sonrisa se pose repentinamente sobre sus labios, a la vez que acaricia, con la yema de sus dedos, los restos de la mano del anciano, que acaba de desaparecer rozando su piel.

—No —susurra, sumergiéndose en el mismo vacío, el mismo silencio y la misma luz de la que todo surgió—. Hasta siempre, no. Esta vez digamos, tan solo, hasta que volvamos a vernos...

XIII

—¡Papá! ¡Papá, mírame!

La niña sacude la cabeza, como si pudiera así alejar de ella el dolor, y vuelve a dejarla caer sobre la mano de su padre, comenzando de nuevo a llorar.

Jaime acaricia sus densos cabellos, mientras parece sacudir también la cabeza. Se mantiene en silencio, y no llora. Sabe que no debe hacerlo, por la pequeña, aunque siente las lágrimas, ásperas y rasposas, abrasándole la garganta.

Detrás de él, a un metro escaso de Pablo, frente a la ventana cerrada, la hermana de María solloza desconsolada sobre el hombro de Fran, que trata de protegerla de la desesperación y de la tristeza rodeándola entre sus brazos, a la vez que le susurra algo al oído con unos labios acostumbrados a reír, y que ahora apenas pueden contener el llanto.

Inesperadamente, uno de los extraños aparatos a los que David permanece conectado emite un sonido hosco y continuo, al que su hermano reacciona de inmediato retirando a la niña del lado de su padre y apretándola contra su pecho, que hace horas siente a punto de estallar.

Mira a David.

Le mira a los ojos, unos ojos oscuros y profundos de los que lentamente, muy lentamente, desaparece la luz.

Y, sin saber muy bien por qué, piensa en ella: en su olor, en su calor, en su confianza, en su sonrisa...

—¡No, papá! ¡Por favor, no! —prorrumpe la pequeña, desasiéndose violentamente de los brazos de su tío y volviendo a dejarse caer sobre la cama—. ¡Por favor, papá, no!

Roza, con su mejilla, la mano de David, al mismo tiempo que la enfermera que le ha atendido durante estas últimas horas, le toca el cuello con dos de sus dedos, y se incorpora negando con un gesto casi imperceptible ante la mirada intensa e inquisitiva que Fran le dirige desde el otro extremo de la habitación.

—¡Por favor, no!

Abraza con fuerza el cuerpo inerte de su padre, sin dejar de llorar.

Un llanto seco y silencioso, contenido y desgarrado, que solo puede brotar de unos ojos acostumbrados demasiado pronto, y demasiado deprisa, a sufrir.

Un llanto diminuto y ligero que enseguida se funde con los primeros albores de la mañana que acaba de amanecer sobre aquel insignificante rincón del mar...

De improviso, y tras poco más de un instante sostenido, la mano del Viajero se contrae, a la vez que arquea la profunda herida que le cruza la espalda, que hace apenas unas horas ha dejado de sangrar, y, abriendo la boca, inspira una honda porción de aire que inunda sus exhaustos pulmones.

La niña se inclina instintivamente hacia atrás, sin terminar de levantarse, y fija sus ojos en los ojos de David quien, tras mantenerlos cerrados unos segundos, los abre de par en par para recibir la mirada atónita de su hija.

—Hola, mi vida —balbucea, mientras intenta entrelazar su mano con las manos de ella.

—¡Papá! —exclama, abalanzándose sobre él—. Creía que tú también te habías ido, como mamá. Que te había perdido para siempre. Que me había quedado sola... Que los dos nos habíamos quedado solos.

Se detiene, al sentir cómo su respiración vuelve a desbordarse a través de unas lágrimas chiquitas y serenas que, esta vez, no le hacen daño al salir.

—No llores, cariño —la sosiega David, desviando brevemente su atención hacia Jaime, su hermano, su amigo, lo único que le queda de un mundo grande y pequeño, complicado y sencillo, enloquecido y maravilloso, que de repente comprende que siempre ha estado con él—. Papá ha vuelto y no volverá a irse, te lo prometo. Nunca más.

Aprieta los labios, tratando de relajar el intenso dolor que atenaza su espalda, y devuelve sus ojos a los ojos de la niña, apartando de su frente los tupidos mechones que le caen sobre ella, como tantas veces hiciera con su madre.

—¿De dónde has vuelto, papá? ¿Dónde has estado?

Tras escuchar su pregunta, David contiene un estremecimiento inesperado, mientras siente cómo se desata el ritmo de sus pulsaciones.

—No lo sé, mi vida —afirma, hablando muy despacio—. Solo sé que he estado muy lejos...

Ahora apaga repentinamente su voz, como se hace cuando se descubre un secreto, y se mantiene en suspenso, con los ojos entornados y la respiración detenida... Hasta que vuelve a cerrar sus párpados agotados, aspira una amplia bocanada de aire, tal y como años atrás aprendió a hacer de su padre, a no demasiada distancia de aquel lugar, en el viejo pantalán de piedra que ningún barco usa ya, y, sin más, sonríe.

Por primera vez en mucho, mucho tiempo, David sonríe.

De nuevo sonríe, con la misma sonrisa familiar y cercana que no debía haber permitido que se borrase de sus labios.

—He estado muy lejos —repite—, pero no he estado solo. De hecho, *ya nunca estaré solo...*

Después acaricia a su hija, contemplando su rostro, sobrecogido y radiante. La acerca hacia él y, tras besarla en la frente, la acurruca sobre su pecho, al tiempo que, apoyando la mejilla sobre su cabeza, mira a la ventana cerrada con los ojos muy abiertos, como si la viera por primera vez.

Y, más allá, mira a una calle apenas transitada que, lentamente, comienza a despertar.

Y, más allá, mira a su pequeño pueblo pesquero orillado a la vera del Estrecho de Gibraltar, justo donde el Océano Atlántico y el Mar Mediterráneo se confunden en una sorprendente explosión de arena y sol.

Y, más allá, mira a las perezosas nubes que rara vez cubren el cielo, constantemente teñido de un azul profundo y doloroso.

Y, más allá, solo un poco más allá, ve los primeros y más deslumbrantes destellos de un sol recién nacido, que entran ahora a raudales por la ventana, inundándolo todo, absolutamente todo, de infinitas palomas de luz.